사 라 지 고
있 지 만

사 랑 하 고
있 습 니 다

사라지고 있지만

완치 없는 삶에 건네는 어느 정신과 의사의 위로

사랑하고 있습니다

장기중 지음

웅진 지식하우스

—— 존 재 하 지 만

—— 존 재 하 지

—— 않 는

나는 치매 환자를 진료하는 정신과 의사다. 많은 사람이 기대하는 정신과 의사의 역할은 사람의 깊은 심리와 그 무의식적 역동을 이해하고 우울이나 불안, 신경증적 상태를 치료하는 것이다. 내가 치매 환자를 진료한다고 하면 어떤 사람들은 의아해하며 다시 물어본다.

"치매는 생각이 사라지는 병인데, 왜 정신과 의사 선생님이 보세요?"

사실 내가 치매 환자를 돌보겠다고 선택한 이유는 치매라는 질병이 너무 명확하게 보였기 때문이었다. 부끄럽게도 나는 정신과 전문의 수련을 받으면서, 환자의 주관적인 진술에 의존하여 그들의 모호한 속마음을 깊이 헤아리는 것이 어려웠다. 그러나 치매는 달랐다. 다른 정신과적 문제와 달리 치매는 뇌 영상 검사나 표준화된 인지 기능 검사 도구로 바로 진단이 나왔다. 정상, 경도인지장애, 치매 중 어떤 상태인가에 따라 그들의 10~15년 후의 예후와 경과를 분명히 예측할 수 있었다. 모든 것이 명확하고 확실해 보였다. 적어도 당시 내 눈에는 말이다.

그런데 어느 순간부터 치매라는 병보다 그 뒤에 도사리고 있는 두려움이 더 크게 보이기 시작했다. 치매에 대한 두려움은 노인에게만 국한되지 않았다. 젊은 사람들도 건망증이 심해졌다고 느꼈을 때 병원에 찾아와 치매에 걸리지 않을지 미리 걱정했다. 정신과 약을 오래 복용한 환자는 약이 치매를 유발하지는 않는지 매번 물어왔다. 한 환자는 불안 수준에서 멈추지 않고 여러 치매 보험 상품을 들고 와 뭐가 자신에게 맞는지 골라 달라 요청해 나를 당황하게 했다.

실제 치매가 의심되어 가족들과 같이 온 노인들은 그 두려움을 더 적나라하게 드러냈다. 자신이 왜 여기에 왔는지 이유도 모른 채 보호자 손에 이끌려 와 진료실 의자에 앉은 그들은 경직된 표정으로 금방이라도 터질 듯한 감정을 억누르고 있었다. 그들은 자신에게 뭔가 결함이 발견될까 봐 두려워했고, 두려움에 압도당하지 않기 위해 과장된 말과 행동을 보였다. 그리고 자신이 치매가 아니라는 것을 충분히 증명해 냈는지 내 표정을 살폈다. 하지만 눈을 오래 마주치지 못하고 이내 고개를 돌리며 결국 두려움을 드러냈다.

그 표정을 보고 있으면 머릿속에 떠오르는 장면이 있다. 그 시점에서부터 치매 환자에 대한 내 두려움도 시작되었는지 모른다. 의과대학 선택 실습 시절 한 요양원에 들렀을 때였다. 다른 실습생들과 간호사의 안내를 받아 첫 병실로 들어갔다. 깨끗하고 넓은 침대에 누워있던 대학병원 환자들과 달리 요양원의 노인들은 바닥에 깔린 요에 누워있었다. 그들은 무료함을 달래기 위한 어떤 활동도 하지 않았다. 허공을 응시하며 입을 약간 벌린 채, 마치 보이지 않는 껍질에 싸여 있는 것처럼 미동조차 없었다. 각자의 세계가 따로 있는 듯했다. 그 세계는 마치 평행우주처럼 연결되지 않은 것 같았다. 우리를 안내해주던 간호사는 그들을 말기 치매 환자라고 설명했다.

"말기 치매 환자가 되면 기억력과 같은 인지 기능 차원의 문제가 아니라 운동 능력, 언어 능력, 사고 능력을 포함한 인간이라 특징지을 수 있는 능력이 사라집니다."

간호사는 그들의 모습에 익숙한 듯 치매 증상에 관해 설명하며 환자들 사이를 지나갔다. 낯선 사람의 방문을 경계하듯 할머니 한 분이 우리를 응시하자, 간호사는 그분 옆에 앉아 우리가 어떤 이유로 왔는지 설명했다. 우리는 의도치 않게 이방인으로 경계 대상이 됐다. 그분들과 물리적 거리를 둬서 불편하지 않게 해야겠다고 생각했다. 두어 걸음 뒷걸음질한 순간, 물컹 무언가 발에 밟혔다. 몸의 균형이 흐트러지기 직전 두 다리에 힘을 주고 뒤를 돌아봤다. 아직도 그 순간이 잊히지 않는다. 내가 밟은 건 말기 치매 상태로 허공을 보고 있던 할머니의 마른 장작 같은 손가락이었다. 가슴이 철렁했다. 인기척을 전혀 느끼지 못했다. 사람이 있다는 느낌이 그렇게 큰 의미로 다가온 적은 없었다. 발에 전달된 감각은 분명 사람의 손가락이 아니라 반응 없는 무기물 같은 느낌이었다. 등골이 서늘했다. 그 순간 내가 사는 세상과 그분이 사는 세상은 단절되어 있었다. 결국, 그분에게 "미안합니다."라는 말을 할 수가 없었다.

인간이라면 보편적으로 갖는 두려움이 있다. 죽음에 대한 두려움이다. 우리는 존재하고 있지만, 어느 순간 존재하지 않을 것이다. 이런 필연적 두려움을 극복하기 위해 우리는 사후 세계나 신, 영혼이라는 초월적 존재나 내가 이 세상에 남길 의미를 필사적으로 찾고 그 영속성을 만들어내려 한다. 치매가 몰고 오는 두려움도 마찬가지라 생각한다. 그들이 보이는 증상 안에 잠재된 두려움의 핵심도 '존재하고 있지만, 어느새 존재하지 않는 사람이 돼 버릴 것'에 대한 두려움이었다. 그렇기에 내 진료실에서 그들은 내가 아직 사랑하는 사람과 같이 있을 수 있음을 필사적으로 증명하고 싶어 했다.

하지만 그들은 두려움에만 머물러 있지 않는다. 그들은 치매라는 고통을 안은 채 우리 곁에서 숨 쉬며 살아가고 있다. 우리가 두려움을 내려놓고 조금만 눈을 돌린다면, 치매로 인해 인간다운 모습을 잃어 가는 과정 속에서도 부단히 살아 내기 위해 노력하는 그들을 볼 수 있다.

나는 이 책에서 환자들이 만들어낸 세계가 어떤 의미가 있는지 이야기함으로써 그들의 이해되지 않는 행동과 오해가 다시 우리 세계 안에서 연결되었으면 한다. 물론 내가 보고 들은 것만으로 그들이 만들어 낸 세계와 그 마음을 온전히 이해했다고 생각하지는 않는다. 하지만 그 시도가 하나의 작은 퍼즐 조각이 되어 또 다른 조각들의 연결 고리가 될 수 있다면, 언젠가는 그들의 마음을 우리 세계 안에 품는 데 작은 도움이 될 수 있으리라 믿는다. 그분들은 죽음을 앞둔 낯선 존재가 아닌, 우리처럼 울고, 웃고, 그리워하며 살아가고 있는 한 사람이다.

그들의 이야기가 남이 아닌 내 이야기가 될 수 있다는 평범한
사실을 겸허히 받아들이고, 이 과정이 치매 환자가 어떻게 아름다
운 죽음을 맞이할 것이냐에 대한 논의가 아닌 어떻게 우리라는 울
타리 안에서 살아갈 수 있는지 대한 생각으로 이어졌으면 좋겠다.

차례

밤이 찾아와도
삶은 계속된다

우리에게는
조금 느린 시간이
필요하다

잃어버린 것과
남겨진 것

。

밤이 찾아와도
삶은 계속된다

1

— 착 한

— 치 매 와

— 나 쁜 치 매

"벽에 똥칠하는 병이요." "의심 많고 화내는 병이요." "잠 안 자고 밖으로 돌아다녀 가족들을 힘들게 하는 병이요."

　　과거 치매가 무슨 병인지 물으면, 사람들은 이런 대답을 먼저 떠올렸다. 사람들은 치매라는 병보다 치매로 고통받는 부모나 배우자, 친구의 부적절하고 기이한 행동을 기억했다. 치매로 인해 변해가는 과정은 기억을 잃고 인간다움을 잃어가는 모습이기에 주위 사람들의 뇌리에 치매 환자들의 이해 못 할 행동이 더 강렬히 각인됐을 것이다.

요즘은 치매를 이해하는 방식이 과거와 많이 달라졌다. 이제 일반인들도 치매에 관한 질문을 받으면 예전처럼 벽에 똥칠하는 병이라 이야기하지 않는다. 기억이 사라지는 병, 인지 기능이 떨어지는 병, 해마가 망가지는 병처럼 치매의 의학적, 인지적, 병리적 측면을 정확히 언급한다. 아마 책과 방송 매체를 통해 병에 대해 많은 부분이 알려졌기 때문일 것이다. 그리고 실제 치료 현장에서도 치매를 진단하고 평가할 때 특히 인지 기능 증상(기억력, 언어 능력, 집중력, 실행 능력, 시공간 능력 등)을 기준으로 병의 경중을 따지다 보니, 환자들의 이상한 행동보다 기억력과 같은 인지 증상에 더 많은 관심을 두게 됐다. 실제로 치료 현장이나, 지역사회 치매 예방사업에서도 이제는 치매의 인지 증상을 어떻게 늦출지에 초점을 맞춘다.

그러나 치매를 평가하고 진단하는 과정을 지나 치료와 돌봄 단계가 되면 또 다른 상황이 된다. 내 진료실에서 치매 환자 가족이 어떻게 손쓸 수 없는 상황이 되어 돌봄을 포기할 때, 환자의 기억력 문제를 손꼽은 사람은 없었다. 환자가 자식이나 손주 이름을 기억하지 못한다고 해서 또는 자신이 사는 집을 기억하지 못한다고 해서 가족들은 심정적으로 무너지지 않았다. 가족들은 환자가 기억하지 못하는 게 있으면 반복해서 이야기해 줬고, 길을 잃어버리면 그들 손을 잡고 다녔다. 이렇게 가족들이 돌볼 수 있는 수준의 치매 증상을 '착한 치매'라고 한다. 두드러진 정신 행동 증상(치매로 인한 환각, 망상, 우울, 초조, 배회 등)이 없어 가족들과 함께 살아가는 게 가능한 이 단계에서 가족들은 자기 기억 속에 남아있는 환자의 원래 모습을 그리워하며 같이 견뎌 나갔다.

반대로 치매로 인한 기억력 저하가 아무리 초기라 할지라도 정신 행동 증상이 동반된 경우가 있다. 이른바 '나쁜 치매' 상태이다. 이 단계에서 가족들은 절망감에 무너진다. 사랑으로 한없이 품어줄 거라 믿었던 부모나 배우자가 갑자기 물건을 훔쳐 간다며 욕을 퍼붓는다. 그리고 평생을 같이 살아온 가족을 알아보지 못한다. 가족을 바라보는 그들 눈에 낯선 누군가에 대한 두려움이 일렁이면 이를 담담히 받아들일 수 있는 사람은 없다. 의학적으로는 치매의 정신 행동 증상이라고 간단히 말할 수 있다. 하지만 그 고통을 이 단어에 모두 담을 수가 없다.

물론 치매로 인한 기억의 문제와 정신 행동 증상이 별개라는 의미는 아니다. 인지 증상과 정신 행동 증상은 서로 엮여 하나가 다른 하나에 직접적인 영향을 미친다. 그러나 두 증상의 경과에는 차이가 있다. 일반적으로 치매가 진행된다는 것은 뇌에 퇴행성 변화가 나타나 인지 증상이 악화되고, 이로 인해 일상생활이 불가능한 상태로 진행됨을 의미한다. 그렇기에 인지 증상은 치매 초기에서 말기로 갈수록 점점 악화하는 반면, 망상, 환각, 공격성, 배회와 같은 정신 행동 증상은 치매 초기에서 중기까지는 악화하다가 치매 말기가 되면 자연적인 경과로 가라앉는다. 역설적으로 정신 행동 증상은 환자가 인간성을 잃고, 목소리를 잃게 되는 순간 조용히 사라진다. 자연 경과만으로도 증상이 계속되지 않는다는 것이 그나마 작은 위로가 될지 모르겠다.

문제는 치매 초기 단계임에도 나쁜 치매 증상만으로, 더 정확히 이야기하자면 나쁜 치매 증상이 불러일으키는 두려움만으로 치매 노인들이 사회로부터 쉽게 격리되고 있다는 사실이다. 나 또한 나쁜 치매로 입원한 환자들 옆에서 수많은 두려움과 무력감을 경험했다. 그렇기에 나쁜 치매 증상이 주위 사람에게 미치는 고통과 두려움을 조금은 이해하고 있다. 하지만 치매에 걸렸다고 모든 환자가 나쁜 치매로 진행되는 것은 아니다. 관리 가능한 착한 치매로 가족들과 같이 지내는 사람들도 분명 있다. 또 더 진행하는 것을 막는 게 목표인 인지 증상과 달리, 나쁜 치매 증상은 약물과 같은 의학적 접근으로 조절 가능한 영역도 있다. 즉, 치매를 치료할수는 없어도 나쁜 치매를 착한 치매로 되돌릴 수 있다는 것이다.

치매에 걸리면 환자는 병의 경중에 따라 수많은 인연을 만나게 된다. 누군가의 도움으로 아직 독립적인 생활이 가능한 시기에는 가정 방문 간호사나 요양보호사의 도움을 받을 수 있고, 주간 보호센터와 같은 곳에서 재활 치료를 받다가, 전적인 돌봄이 필요하면 전문 요양 시설이나 병원의 도움을 받는다. 그곳에서 여러 의사, 간호사, 요양보호사, 사회복지사들은 각자의 역할을 다하며 환자들 곁을 지킨다.

그 일련의 과정에서 내가 정신과 의사로서 할 수 있는 일은 환자와 가족들이 나쁜 치매 증상에서 벗어나 잠시라도 편한 표정을 지을 수 있도록 하는 것이다. 이를 위해 환자에게 맞는 적절한 약물을 찾고, 적합한 기관이나 병원에 연계하는 것 이외에도 개인적으로는 가족들에게 치매 증상의 의미를 읽어주기 위해 노력한다. 이 과정에서 가족들 마음에 치매가 불러온 막연한 두려움이 가라앉고, 그동안 잊고 지낸 사랑했던 사람의 모습을 다시 떠올릴 수 있다면, 가족들은 어떤 치매 전문가보다 환자에게 큰 힘이 되었다.

그래서 치매 환자를 돌보는 사람으로 내 역할은 구원투수라 생각한다. 물론 내가 무슨 뛰어난 능력이 있어서 치매로부터 그들을 구원해준다는 의미는 아니다. 할 수만 있다면, 일단 달아오른 나쁜 치매 증상을 가라앉히기 위한 시도를 해보고, 이상하게만 보이는 그들의 증상을 주위 사람들이 이해할 수 있도록 고민하고 또 고민하는 것이 내 역할이다. 구원투수로 경기를 끝낼 수는 없지만, 급한 위기를 넘기면 또 다른 동료들을 통해 경기를 이어갈 수 있다. 나쁜 치매 증상을 완화시켜 환자가 좀 더 편하게 지내도록, 증상에 가려진 환자의 감정과 인간다움을 발견하고 우리와 소통할 수 있도록, 그래서 조금 더 가족과 지역 사회에서 함께 할 수 있도

록 작은 불씨를 살려가는 것, 그것이 내가 환자들의 이야기를 계속
해나가는 이유이다.

— 엄마의
— 첫 번째
— 핸드폰

나쁜 치매 증상으로 병동을 들썩이게 하는 어르신들은 치료팀 회의에서 자주 언급되다 보니 주치의도 빨리 얼굴을 익힌다. 반면 말없이 조용히 지내는 어르신들은 행동으로 드러나는 문제가 적다 보니, 그분들을 알아가는 데 시간이 조금 더 걸리기도 한다. 치매로 인한 초조 증상으로 병동에 입원한 할머니는 후자에 속했는데, 본디 성격이 조용한 분 같았다. 초조한 증상이 가라앉으니 말수가 적었고, 치료진에게 부탁할 때도 항상 조심스러워 했다. 그러다 보니 주치의로서 할머니에 대해 알지 못하는 부분도 많았는데, 자녀들과 면담 중 할머니의 핸드폰 이야기를 처음 듣게 됐다. 이야기를 들으며 어느새 나 또한 자녀의 마음으로 할머니를 보게 되었다.

할머니의 자녀들은 엄마가 핸드폰을 갖고 있지 않다는 생각을 못 했다고 한다. 집에 전화를 걸면, 통화음이 세 번도 채 울리기 전에 항상 "여보세요." 하는 엄마의 목소리가 들려왔다. 엄마는 집에 있는 구식 전화기처럼 그 자리에 항상 머물러 있는 사람이었다. 핸드폰으로 세상 소식을 듣거나 물건을 계산하고 음식을 배달시켜 먹는 등 못 하는 것이 없는 세상인데 엄마의 시간만 멈춰 있었다. 치매를 앓기 전 엄마는 일과가 뻔한 사람이었다. 멀리 나가봤자 마트나 시장이 전부였다. 혼자 운전을 할 수 있는 것도 아니고 그렇다고 자주 만나는 친구가 있는 것도 아니었다. 엄마는 뿌리내린 고목처럼 그 자리에 머물며 조용히 가족들을 지켜볼 뿐이었다. 그리고 엄마가 치매로 병원에 입원하고 나서야 자식들은 엄마에게 연락할 방법이 없다는 것을 깨달았다.

엄마가 치매로 입원한 후 자식들은 핸드폰을 하나 마련해드리기로 했다. 병원 전화로 연락을 주고받는 건 엄마가 불편해했다. 평생 남에게 폐를 끼치는 걸 싫어한 엄마는 전화를 바꿔주는 간호사에게 지나칠 정도로 미안해했다고 한다. 자식들은 엄마가 병동에서 어떻게 지내는지 궁금했지만, 막연히 잘 지내고 있으리라 믿을 뿐 수시로 연락할 수 없어 답답했다.

그런데 자식들이 간과한 게 있었다. 자식들이 그동안 익숙하게 여기고 살았던 것들이 엄마에게는 그렇지 못했다. 새로 사드린 핸드폰은 어르신들이 가장 많이 쓰고 조작도 간편하다는 추천에 자식들이 고심해서 고른 것이었다. 하지만 엄마에게는 도무지 어려운 물건이었다. 자식들 순서대로 연락처를 저장해 놓고 단축 번호로 연결해 바로 통화할 수 있도록 해놨지만, 엄마는 핸드폰 번호 키를 누른다는 것 자체가 무엇을 의미하는지 모르는 것 같았다. 자식들이 아무리 가르쳐 드려도 엄마는 도통 핸드폰을 쓰지 못했다. 의사는 이를 치매의 실행증(운동이나 감각 장애가 없는데도 불구하고 익숙하고 의도적인 행동을 실행하기 어려워하는 증상)이라는 의학 용어로 설명했지만, 자식들에게 와 닿지 않았다. 꼭 치매 때문이 아니라 엄마는 처음부터 그런 사람인 것 같았다. 어수룩하고 새로운 것에 잘 적응하지 못하는 사람.

자식들도 잘 모르는 게 있었다. 자식들에게는 엄마의 핸드폰이 무용지물이었을지언정 엄마에게는 그렇지 않았다. 전화하고 번호키를 누르거나 충전하는 건 어려웠을지 모른다. 그러나 핸드폰을 열면 배경화면에는 자식들, 손주, 손녀와 함께 찍은 사진이 깔려 있었다. 엄마가 제일 좋아한 건 자식들이 핸드폰 고리에 달아 준 액세서리 사진이었다. 핸드폰 고리에는 자식들의 어린 시절 사진이 있었다. 엄마에게 핸드폰은 작은 사진첩이었다.

삶에 답이 있고 그 답을 맞히지 못했다고 해서 잘못된 인생이 되거나 길을 잃어버리는 것은 아니다. 이 또한 그대로 가면 된다. 처음 생각과 다를지라도 앞으로 나아가다 보면 어느새 그게 또 길이 된다. 연락할 수 없어 무용지물인 핸드폰이 엄마에게 소중한 추억을 담은 사진첩이 된 것처럼 말이다. 엄마도 마찬가지다. 엄마가 치매에 걸려 과거의 모습과 달라졌다 하여 그게 다른 사람이 된 건 아니다. 아직 자식을 그리워하고 추억하는 엄마다. 통화로 목소리를 들을 수는 없지만, 엄마는 핸드폰 옆 열쇠고리 사진으로 자식들과 연결되어 있다. 엄마는 자식들과 마음으로 통화하고 있다.

— 며 느 리 가

— 돈 을

— 훔 쳐 갔 다

어린 시절 지우개 따먹기라는 놀이가 유행했다. 지우개를 손가락
으로 튕겨 상대방의 지우개 위에 올리면 이기는 게임인데, 이기면
상대방의 지우개가 내 것이 된다. 쉬는 시간마다 아이들은 이 놀이
를 하느라 삼삼오오 몰려다녔다. 나도 쉬는 시간마다 지우개 따먹
기에 열중했고, 큰 필통을 가득 채울 만큼 지우개를 모았다. 필통
을 열 때마다 한 번도 쓰지 않은 새 지우개 냄새가 그렇게 좋을 수
가 없었다.

　그러던 어느 점심시간이었다. 운동장에서 놀다 들어오니 필
통이 텅 비어있었다. 누군가 지우개를 모두 훔쳐 간 것이었다.

그날부터 고통이 시작됐다. 점심시간에 나보다 먼저 들어온 사람이나 아예 나가지 않았던 반 친구들까지 모두 용의선상에 올려 두고 내 지우개를 훔쳐 갔을 가능성을 곰곰이 곱씹었다. '이 녀석은 예전에 내가 지우개 딴 걸 부러워했는데, 저 녀석은 최근에 지우개를 많이 잃어서 투덜거렸는데….' 의심이 간다고 대놓고 물어볼 수도 없으니 미칠 노릇이었다. 어느새 머릿속은 잃어버린 지우개보다 지우개를 훔쳐 갈 만한 사람에 대한 생각으로 가득 찼다. 그 의심과 분노가 한동안 나를 힘들게 했다. 도둑 망상 증상을 보이는 치매 환자가 방문하면 나도 모르게 그때의 내 마음이 떠오른다.

"걔가 나 몰래 자기 친정에 갖다준 게 분명해."

어느 날 며느리가 돈을 훔쳐 갔다고 주장하는 치매 환자가 방문했다. 할머니는 씩씩거렸고, 아들은 그 옆에서 난감한 표정을 짓고 있었다. 할머니는 아들이 용돈으로 쓰라고 건네준 돈을 몇 번 잃어버리더니 언젠가부터 며느리가 훔쳐 갔다고 의심하기 시작했다. 어느 순간부터는 돈을 찾는 문제에는 관심이 없고, 몰래 돈을 훔쳐 가는 며느리를 괘씸해하며 분노했다.

물건이나 돈이 없어지면, 물건 둔 곳을 착각한 것은 아닌지 생각하는 게 일반적이다. 그러나 치매 노인은 실제 물건이 없어졌

건 아니건 간에 누군가 자신의 물건을 훔쳐 갔다고 믿으며 초조해하는데 이를 도둑 망상이라 부른다. 도둑 망상은 치매 노인에게 나타나는 망상 중 가장 흔하며, 치매 초기에도 잘 나타나기에 이로 인해 치매 검사를 받으러 오는 사람도 많다. 도둑 망상은 누군가 자기 집에 무단으로 침입한다는 피해망상으로 번지기도 하고, 가족이나 요양보호사처럼 옆에서 같이 지내는 사람들을 의심하며 분노를 표출하기도 한다.

치매를 앓으면 기억력이 떨어지니 돈이나 통장, 물건을 쉽게 잃어버린다. 그런데 왜 물건을 잃어버렸다가 아니라 누군가 훔쳐 갔다고 생각하게 되는 것일까? 물론 뇌의 복잡하고 오묘한 작용을 우리가 전부 알 수 있는 것은 아니지만, 한 가지 우리 마음이 위협을 느낄 때 쓰는 방어 기제를 이해한다면, 치매 노인의 도둑 망상을 조금은 들여다볼 수 있을 것이다.

그것은 바로 부정이라는 방식이다. 부정은 고통스럽거나 받아들이기 힘든 상황을 현실로 인정하지 않음으로써 고통과 불안을 견뎌 내는 방어 기제다. 불안한 현실에서 도피하려는 마음은 누구나 경험해 본 적이 있을 것이다. 그러나 치매 노인이 경험하는 불안과 고통은 일반인이 느끼는 정도와 차이가 크다. 그들의 불안은 죽음을 앞둔 사람의 그것에 견줄 만하다. 스위스 출신 정신의학자 엘리자베스 퀴블러 로스는 암 선고를 받았거나 삶이 얼마 남지 않는 사람들의 심리적 반응을 관찰하며 이를 다섯 단계(현실 부정-분노-협상-우울-수용)로 나눠 설명했는데, 여기서도 인간이 가장 먼저 보이는 반응은 현실 부정이었다. 부정은 암 환자나 시한부 환자가 본인은 문제가 없다며 병원 치료를 거부할 만큼 강력하게 작용한다. 치매 노인의 현실 부정 또한 스트레스로 현실을 회피하는 정도가 아닌, 자신이 사라지는 상실에 대한 무의식적 불안과 슬픔의 강한 반응일 것으로 생각한다.

치매 노인에게 부정의 방어 기제는 흔하게 나타난다. 노인 우울증과 같은 가성치매와 치매를 구분하는 유용한 방법 중 하나는 '나는 모릅니다.' 반응 여부를 확인하는 것이다. 우울증 때문에 기억력이 떨어진 노인들은 자신의 기억력이 예전 같지 않다며 걱정하는 반면, 정말 치매가 진행되고 있는 노인은 그런 우려를 호소하지 않는다. '나에게는 아무런 문제가 없다. 나는 아무것도 모른다.' 하는 무관심한 표정으로 질문하는 사람을 당황하게 만드는데, 이들 마음에 현실 부정이라는 방어 기제가 작동하고 있기 때문이다.

치매는 나를 이루던 것들을 점점 잃어가는 병이다. 상실은 단순히 기억에만 국한된 것이 아닐 것이다. 능력, 선택, 자유, 희망, 남들에게 받았던 존경 등 삶을 이뤘던 중요한 가치의 상실이 파도처럼 밀려온다. 자신이 변해가고 있다는 현실을 부정하지만, 그 불안을 누르면 누를수록 거기서 유래한 두려움과 슬픔은 더욱 강렬해진다. 인지심리학자 에런 벡은 불안과 슬픔을 초래하는 정서적 구조는 위험에 기민하게 반응하는 인지적 신호를 강화하며, 무언가 가치 있는 것을 잃었다는 자각을 강하게 만든다고 언급했다. 무언가 가치 있는 것을 잃었다는 자각이 점점 강화되는 것, 그것이 도둑 망상의 출발점일지 모른다.

누군가에게는 그것이 돈이나 통장일 수 있고 다른 누군가에게는 쌀이 될 수도 있다. 실제 물건이 없어지지 않았음을 가족들이 아무리 설명해도 가치 있는 것을 잃었다는 두려움은 가라앉지 않는다. 이는 물건이 없어졌다는 사실에서 시작된 것이 아니라 상실의 불안과 슬픔이라는 감정에서 유래한 믿음이기 때문이다. 치매 환자가 현실을 부정하는 상황에서 그들 마음은 스스로 납득할 만한 또 다른 설명을 만들어 내야 한다. 그렇게 감정으로부터 만들어진 자각은 자신이 기억하지 못해서가 아니라 누군가 훔쳐 갔다는 믿음으로 완성된다. 이 믿음 안에서 그들은 더 상처받을 이유가 없을뿐더러 마음속에 꿈틀대는 분노와 불안, 슬픔을 스스로 납득할 수 있게 된다.

물론 도둑 망상을 심리적인 문제로만 해석하면 안 된다. 근본적으로는 치매로 인해 뇌의 인지 능력이 떨어져 현실을 해석하는 능력을 상실했기에 나타나는 증상이다. 치매 노인의 시력이 떨어지거나, 냄새를 못 맡거나, 청력이 떨어지면 도둑 망상은 더 잘 생긴다. 현실과 과거를 혼동하는 경우에 도둑 망상이 생기기도 한다.

현재 존재하지 않는, 과거에 자신이 중요하게 여겼던 물건을 찾아다니며 그것이 없어졌다고 믿는다. 현재 자기가 있는 공간을 혼동하는 때도 있다. 요양원에 입소한 치매 노인이 집에 대한 강한 향수가 있는 경우, 자기가 요양원이 아닌 집에 있다고 착각하며 집에 있는 물건을 요양원에서 찾아 헤매는 경우도 있다.

치매 노인이 물건이나 돈이 없어졌다거나 누군가 이를 훔쳐 갔다고 불안해할 때, 주위 사람들은 먼저 사라진 물건이나 돈에 관심을 보인다. '물건을 찾아주면 해결이 되겠지. 다음부터 물건을 잃어버리지 않게 잘 보이는 곳에 두도록 해야지.' 하고 말이다. 물론 틀린 말은 아니다. 그러나 도둑 망상에서 우리가 눈여겨봐야 할 것은 '훔쳐 갔다'고 바라보는 그들의 시선이다. 치매 노인은 누군가 물건을 훔쳐 간 상황뿐만 아니라, 주위 사람들의 반응에도 유난히 신경을 곤두세운다. 주위 사람들이 지금 이 상황을 어떻게 받아들이고 있는지 말이다. 아무리 부정해도 어렴풋이 느껴온, 뭔지 모를 자기 내면의 두려운 변화가 지금 상황을 불러온 것이 아님을 확인받기 위해서다. 그리고 이 과정을 통해 자신이 만든 상황과 세계는 금 가지 않고 더욱 완벽해질 수 있다. 망상이 주 증상인 조현병에서는 도둑 망상이 흔치 않은데 유독 치매에서 흔한 이유도, 환자의 인식이 많이 손상되지 않은 치매 초기에 오히려 도둑 망상이 잘 나타나는 이유도, 어쩌면 그들도 처음 겪는 자신과 현실에 대한 두려움과 슬픔 때문일지도 모르겠다. 그들이 도둑맞은 건 물건이

아니라 그 물건 안에 깃든 그동안 익숙했던 자신만의 평범한 세상
이 아니었을까.

—— 밤은

—— 어둡지

—— 않았다

그동안 특별한 문제를 호소하지 않던 80대 치매 할머니의 아들이
급하게 상담을 요청했다.

"어머니가 밤에 안 주무세요. 요양원 선생님들도 이제 더 견
디기 어려워하는 것 같고, 자칫하면 여기서 나가게 될지도 모르겠
어요."

안타까운 상황이었다. 낮에 일해야 하는 아들 입장에서 집
으로 모실 수도 없고 다른 요양원을 알아보기에는 시간이 촉박했
다. 아들은 밤에 주위 사람들을 힘들게 하는 어머니가 원망스러우
면서도 한편으로 돌봐주지 못하는 자책감에 표정이 굳어갔다. 이

런 상황을 옆에서 지켜보던 할머니의 친척들은 이런 말을 했다고
한다.

"아니, 치매 증상이 주위 사람을 힘들게 하는 건 맞지만 안 자
면 그냥 가만히 두면 되지 왜 그리 안달을 하나. 요새는 수면제도
좋다는데, 그거 먹으면 괜찮아질 테니 너무 걱정하지 마라."

정말 그럴까? 수면제만 먹으면 바로 해결될 문제일까? 나이
와 성별에 상관없이 불면은 누구나 경험할 수 있다. 특히 나이가
들면 자연스럽게 잠드는 데 시간이 걸리고, 깊은 수면은 감소하며,
얕은 수면은 증가한다. 의학적으로 90세 이상이 되면 깊은 수면이
사라진다고 보고된다. 그래서 어르신들은 중간에 자주 깨고, 한번
깨면 잠들기가 어렵다. 낮에도 마찬가지다. 피곤해하며 잠시 눈을
감지만 작은 인기척에도 바로 눈을 뜬다.

보통 일주일이 지나도 불면이 계속되면 한계를 느끼고 병원
을 방문한다. 먼저 의사들은 면담과 수면 다원 검사를 통해 정신 생
리적 불면의 원인을 탐색하고, 환자 개인의 수면 위생을 파악한다.
수면 위생을 재교육하고 발견된 원인을 교정해 필요할 때 수면제
를 복용하게 하면, 짧게는 일주일에서 길게는 한두 달 이내 불면 문
제는 완화된다. 하지만 치매 환자에게 불면이 나타나면 일반 불면
증과는 전혀 다른 차원의 문제가 된다. 나쁜 치매 환자에게 불면은
엄밀히 이야기하자면 행동의 문제다.

수년 전 치매를 진단받고 집에서 가족들과 같이 지내왔던 70대 할아버지가 입원했다. 입원 전 할아버지는 적극적으로 활동해야 한다는 주위 사람들의 조언에 낮에는 주간 보호센터에 다니고 밤이 되면 가족들과 같이 운동, 산책을 하며 비교적 안정적으로 지냈다. 그러나 수개월 전 발생한 낙상이 모든 것을 바꿔놓았다. 할아버지는 밤에 소변을 보러 가는 도중 발을 헛디뎌 넘어졌고, 골다공증으로 인해 약해진 대퇴골이 골절되었다. 다행히 수술을 받았으나 이후 한 달간 침대에서만 누워 지내면서 수면에 변화가 나타나기 시작했다. 골절로 움직이면 안 되는 이유도 있었지만, 통증 조절을 위해 진통제를 사용하면서 낮에 누워 있는 시간이 많아졌고 점점 밤에 자다가 깨는 횟수도 늘어났다.

그러다 어느 날부터 한밤중에 자다가 깨 사별한 아내를 찾으며 소리를 질렀고, 새벽에 자고 있는 자식들을 깨워 밥을 달라고 하다가 안 들어주면 화내며 욕을 했다. 매일 밤 할아버지와 사투를 벌이던 가족들은 골절이 회복된 이후에도 점점 심해지는 할아버지의 행동을 감당할 수 없어 결국 할아버지를 입원시키기로 했다.

하지만 진짜 문제는 입원 후 나타났다. 병실에서 지내는 첫날 밤 소등을 하고 한두 시간이 지났을까. 자는 것 같았던 할아버지가 조용히 일어나 맞은편 침대에 다가갔다. 그리고 코를 골며 자고 있던 다른 할아버지 자리에 비집고 들어가 옆에 눕더니 갑자기 상대방의 몸을 더듬고 두 팔로 꼭 안았다. 이상한 느낌에 깨어난 맞은

편 할아버지는 소리치며 자리에서 일어났다. 당연히 욕부터 튀어나올 수밖에 없는 상황이었다. 모르는 노인이 자신을 안고 있으니 말이다. 큰소리가 나자 간호사와 보호사들이 급하게 병실을 찾았고 병실 불을 켰을 때 분노에 휩싸여 소리치는 노인과 바닥에 구부려 앉아 두려움에 떠는 할아버지의 모습이 보였다.

누군가는 뇌가 망가진 노인의 과도한 성적 행동으로 해석할 수도 있다. 그러나 이것은 불면 때문에 벌어지는 상황이다. 밤낮으로 잠들지 못하는 일반 불면과 달리 치매 노인의 불면은 낮과 밤이 바뀌는 수면 주기 장애가 특징이다. 우울, 불안 또는 노화로 불면이 나타나는 게 아니라 치매로 뇌의 일중 주기를 담당하는 시신경 교차 상핵의 퇴행이 발생하여 이런 현상을 유발하는 것으로 알려져 있다.

여기에 밤낮만 바뀌는 게 아니다. 밤이 되면 낮보다 치매 환자의 인지 기능과 지남력(현재 자신이 놓여있는 상황을 올바르게 인식하는 능력. 특히 시간, 장소, 사람에 대한 인식)이 더욱 떨어지는데 이를 일몰 증후군의 야간 혼미 현상이라 부른다. 낮에 축 늘어져 잠을 자던 노인들은 밤이 되면 일어나 낮보다 더 혼란스러운 모습과 초조감을 보이며 가족의 삶을 더 피폐하게 만든다. 잠시 잠들었다가도 갑자기 깨면서 현실과 꿈을 구분하지 못하고 이상 행동을 하고 곧 아침이라 생각해 한밤중 밖으로 나가려 한다. 내가 있는 곳이 어디인지 옆에 있는 사람이 누구인지 혼란을 느낀다. 간호사나 다른 환자를 자기 전 만났던 사람이나 꿈에서 본 사람으로 착각하기도 한다.

잠을 안 자고 밤을 헤매는 그들의 마음에는 어떤 생각과 감정, 기억이 흘러가고 있을까. 낮 동안 온종일 멍하니 TV만 응시하거나 눈을 감고 시간이 정지된 것처럼 무기력하게 자리만 지키고 있던 그들이다. 그런데 밤이 되면 그렇지 않다. 돌아다닌다. 사람을 찾아서. 잠을 자려는 노력조차 하지 않는다. 낮에는 주위를 향한 모든 관심을 끊은 것처럼 보였던 그들의 행동은 필사적으로 변한다.

밤이 되면 자신을 확인시켜 줄 상황과 대상이 없다. 아무도 없다. 밤이 지나고 낮이 올 것이라는 생각조차 사라진다. 그 시간이 정지된다.

그들에게 사람 숨소리조차 들리지 않는 밤의 적막함은 낭만적으로 다가오지 않는다. 칠흑 같은 밤바다에 밀려오는 파도를 본 적이 있는가. 숨막힐 것 같은 어둠에 압도된다. 홀로 남은 치매 노인이 느끼는 두려움의 깊이는 이와 같을 것이다. 세상과 연결되어 있다는 느낌을 잃지 않기 위해, 그들은 필사적으로 누군가를 찾았을 것이다. 이는 자신을 잃지 않기 위한 생존 본능이다.

나의 아버지는 2016년 오른쪽 뇌의 2/3 이상이 손상된 심각한 뇌졸중으로 사경을 헤매며 중환자실에 있었다. 당시 의사들은 아버지가 뇌부종으로 인한 섬망으로 심한 혼란을 겪고 있다고 했다. 그러나 구사일생으로 회복하고 그 당시 상황을 되돌아 보며 아버지는 전혀 다른 이야기를 했다. 여러 간호사와 의사가 자신의 앞을 지나쳐 갔으나 아버지는 그들과 분리되어 있었다. 그들 눈에 자신이 들어오지 않으면 죽을 거라는 생각이 들었다고 한다. 아버지는 그때부터 목 놓아 소리쳤다. 주위 사람들에게는 섬망 증상으로 보였겠지만 아버지에게는 살려달라는 외침이었고 현실의 끈을 놓지 않기 위한 필사의 투쟁이었다.

그렇기에 나쁜 치매 증상으로서 불면이 나타나면 절대 칠흑 같은 밤을 만들지 않도록 해야 한다. 어두우면 잠을 더 잘 이룰 거라는 생각에 불을 다 끄고 환자를 혼자 두면 증상은 더 심해진다. 특히 환자가 꿈을 꾸다 현실로 돌아오는 순간에 신경 써야 한다. 의학적으로 야간 혼미는 '꿈꾸는 잠'이라고 알려진 렘수면에서 깨어났을 때 잘 나타나는 경향이 있다. 그렇기에 그들이 꿈꾸다 깼을 때 현실을 인식할 수 있도록 은은한 조명을 유지하고 그들이 좋아하는 사람의 사진을 옆에 두는 것도 괜찮다. 여기에 더해 난 나쁜 치매의 불면이 발생하면 좀 더 일찍 약물 치료를 고려해야 한다고 생각한다. 나쁜 치매 증상으로서 불면은 너무나 빠르게 또 다른 나쁜 치매 증상을 불러오기 때문이다. 대신 약을 쓸 때 단순히 잠을 자게 만드는 수면 유도만을 목적으로 해서는 안 된다. 수면 유도

만을 목적으로 일반 수면제를 쓰면 혼란이 더 심해지고 불면이 더 심해지는 것을 자주 본다. 핵심은 환자의 혼란과 공포, 불안을 다루는 것이다. 이에 초점을 맞춘 약물을 소량 유지하다 보면 시간이 지나 환자의 불면도 가라앉는다.

앞서 이야기한 70대 치매 할아버지는 일련의 치료 과정을 거치면서 조금씩 수면이 늘어났다. 이후 변태 환자라는 오명은 벗었지만 기이한 행동이 바로 사라진 것은 아니었다. 그래도 낮에 드러나는 이상 행동은 주위 사람들이 받아줄 수 있는 수준이었다. 그렇게 할아버지가 병동 생활에 적응해나갈 무렵, 회진 중 할아버지의 반쯤 열린 서랍 속에서 오래된 사진 한 장을 보게 됐다. 아마 할아버지를 위해 자식들이 놓고 갔으리라. 그 사진에서 할아버지는 수줍게 아내의 손을 잡고 서 있었다. 경직되어 서 있는 모양새를 보니 숫기가 없어 아내에게 사랑 표현도 잘 못했을 것 같다. 그래도 할아버지는 아내의 손을 꼭 부여잡고 있었다. 할아버지가 칠흑의 공포 안에서도 놓고 싶지 않았던 '그것'이 사진 안에 있었다.

— 죽 은

— 사 람 들 이

— 자 꾸 꿈 에 나 와

"자꾸 죽은 사람들이 나를 찾아와."

할머니는 잠시 눈을 감고 꿈을 복기하듯 숨을 고르다 이야기를 이어갔다. 할머니는 우울 증상과 치매로 수년간 외래 진료를 받아왔지만 꿈에 관해 이야기한 것은 처음이었다.

"죽은 외삼촌, 순례 언니, 아랫마을에 살았던 영희도 오고, 그러면서 나한테 자꾸 같이 가자고 해. 그렇다고 무서운 건 아니야. 예전에는 안 간다고 소리치고 싸우고 난리를 치다가 바로 꿈에서 깼는데 요새는 좀 달라. 요새는 웃으면서 나도 그냥 따라가. 최근에는 엄마가 왔는데 내 손을 잡고 굽이굽이 산길을 따라가고 언덕 넘고 강을 건너는데, 몸이 천근만근 무거워지는 거야. 힘들어서 더는 못 가겠다고 하니 엄마가 뒤돌아보면서 조용히 웃으시는데 엄마 미소가 그렇게 따뜻하게 느껴진 건 처음이야. 엄마가 고개를 끄덕이더니 다음에 또 올 테니 오늘은 돌아가래. 계속 죽은 사람이 찾아오는 거 보면 내가 살날이 얼마 안 남은 건가 봐."

할머니는 늙었으니 험한 꼴 안 보고 빨리 갔으면 좋겠다는 말을 습관처럼 해왔는데, 꿈을 이야기하는 표정은 그날따라 더욱더 어두웠다. 환자에게 반복되는 꿈이 있을 때 정신과 의사는 자연히 그 무의식적 상징과 해석에 관심을 기울이게 된다. 그런데 할머니의 모습을 보고 있자니 한편으로 '정말 할머니가 돌아가시지 않을까?' 하는 생각이 들었다. 치매 초기이고 어디 몸이 아픈 것도 아니다. 그런데도 나도 모르게 그런 불안한 생각이 들었다. 가족들도 같은 마음이었을 것이다. 마음이 복잡해졌다. 머릿속에 계속 질문이 맴돌았다. '할머니의 꿈은 할머니에게 무슨 말을 하고 싶었던 걸까?'

초기 치매 단계 어르신들은 꿈에 대한 이야기를 즐겨 하신다. 그중 빈번한 내용이 죽은 배우자, 가족, 친척 또는 돌아가신 부모님이 찾아오는 꿈이다. 물론 젊은 사람이나 건강한 노인도 죽은 사람에 대한 꿈을 꾼다. 하지만 이런 내용은 주로 일시적으로 깊은 불안을 느끼거나 돌아가신 분에 대한 심한 죄책감, 그리움, 우울 등의 감정적 요인이 작용했거나, 삶에 찾아온 큰 변화가 죽음이라는 상징으로 나타났을 때다. 그러나 같은 내용이라 할지라도 치매 어르신들의 꿈에서 전달되는 느낌은 무언가 달랐다. 죽은 사람이 꿈에 나타나면 공포나 분노 등 강한 감정을 드러내는 보통 사람들과 달리 어르신들의 표정은 무덤덤했다. 나를 잡아가려고 계속 꿈에 나온다고 이야기하나 사실 그리 무서워하지 않는다.

거기다 나에게 치매 노인의 꿈이 중요한 이유가 하나 더 있었다. 초기 치매 단계를 넘어 현실 능력이 더 저하되는 중기 치매 단계가 되면 꿈이 환각으로 바뀌어 돌아가신 배우자나 부모님, 가족이 눈앞에 나타나기도 한다는 점이었다. 즉 치매 노인의 꿈은 앞으로 나타날 증상에 영향을 미친다. 그래서 더욱 이해가 필요했다.

최근 발표된 치매 환자의 꿈 연구를 찾아보면 꿈 내용 자체보다는 꿈과 관련된 렘수면의 변화가 치매에 어떤 영향을 미치는지에 대한 내용이 많다. 특히 꿈에서의 행동을 그대로 표출하는 렘수면행동장애 환자의 경우 치매(특히 루이소체 치매 또는 파킨슨병 치매)에 잘 걸린다는 것은 치매와 꿈의 관계에서 잘 알려진 연구다. 그 외에도 치매와 꿈에 대한 연구들은 꿈이 생생한 정도, 꿈의 기억 여부가 치매 발생에 미치는 영향 같은 내용이 주로 다뤄지고 있다.

그러나 안타깝게도 여기서 나는 답을 찾지 못했다. 한동안 고민이 이어졌다. 그러다 문득 '죽은 사람이 찾아오는 꿈'을 어디서 많이 들어봤다는 생각이 들었다. 그리고 꿈 이야기를 하던 그들의 표정과 내 진료실에서 본 치매 어르신의 표정이 겹쳐졌다.

내 기억이 머문 곳은 바로 암 환자 병동이었다. 당시 나는 삶이 얼마 남지 않은 말기 암 환자들의 불면이나 섬망 증상을 조절하기 위해 암 병동에 협진 진료를 다녔다. 섬망 상태인 암 환자들과는 대화가 어려웠지만, 대화가 가능한 말기 암 환자들은 주로 꿈에 대해 이야기했다. 통증 없이 파란 하늘을 날아다니는 꿈, 어린 시절로 돌아가 고향 언덕에서 뛰노는 꿈처럼 위안을 주는 꿈도 있었고, 어두운 빗속에 혼자 남아 공포에 휩싸이는 꿈처럼 죽음의 두려움이 지배하는 꿈도 있었다. 그중에서 가장 많이 들은 내용이 바로 죽은 부모님이나 배우자가 찾아와 자신을 이끌고 여기저기 돌아다니는 꿈이었다. 한 환자는 꿈에서 깼는데도 돌아가신 어머니가 옆에서 머리를 쓰다듬어주며 "따라오느라 고생했다." 하고 말해주는 신비한 체험을 하기도 했다.

이런 현상을 완화의학에서는 ELDVs(End of Life Dreams and Visions)라 부른다. 죽음을 앞둔 환자들이 겪는 꿈과 환상에 대한 경험이다. 숨을 거두기 전 빛이 쏟아지거나 터널을 지나가는 경험으로 잘 알려진 임사체험과 달리 ELDVs 현상은 심장이 멈추기 직전이 아닌 조금씩 죽음에 가까워지는 과정 중 경험하는 꿈과 환각이다. 이는 병적인 상태도 아니고 섬망으로 인한 혼란도 아니다.

우리는 ELDVs 현상을 죽음의 과정에서 만나게 된다. 그렇다면 ELDVs 현상이 나타나는 이유가 뭘까? 그 질문에 대한 고민이 치매 할머니의 꿈에 대한 단서를 줄 것이었다.

2014년『완화의학저널』에 흥미로운 논문이 실렸다. 뉴욕 치크토와가 센터의 크리스토퍼 박사는 버펄로 호스피스 병동에 입원한 59명의 환자를 대상으로 ELDVs 현상을 조사했다. 59명 환자 중 88%가 ELDVs 현상을 경험했고 그중 46%가 고인이 된 가족, 친척, 친구가 나오는 경험이었고 39%가 어딘가 돌아다니거나 그럴 준비를 하는 내용의 꿈으로 보고됐다. 연구에 참여한 88세 베리는 사망 28일 전 전혀 모르는 장소를 차로 운전하는 꿈을 꾸다가 "모든 게 괜찮아질 거야. 너는 착한 아들이란다. 사랑한다."라는 어머니의 목소리를 들었다. 71세 다이애나는 사망 38일 전 고인이 된 어머니와 자신을 돌봐준 누이가 꿈에 나와 "내가 가르쳐준 걸 기억해."라고 말하는 소리를 들었고 이에 편안해지는 느낌을 받는다. 크리스토퍼 박사는 ELDVs 경험을 통해 죽음의 두려움에 빠져있던 환자들이 죽음을 받아들이고 안식을 얻는 과정을 지켜본다. 그들은 꿈을 통해 그동안 잊고 있던 무조건적인 사랑을 다시 느끼고 꿈속에 돌아온 고인을 통해 다시 소중한 사람이 되었다. 그렇게 그들은 죽어가는 과정 중에 위안을 얻었다.

치매와 죽음 모두 자신을 잃어가는 과정이다. 옆에서 먹고 자고 말하고 있기 때문에 우리는 치매 환자에게서 바로 죽음을 떠올리지 못한다. 하지만 내가 치매에 걸린다면 전혀 다른 차원의 문제가 된다. 특히 초기 치매 단계에서는 스스로 인지할 수 있고 자신의 변화를 느낄 수 있다. 즉 눈을 뜬 채로 '내가 아닌 다른 사람으로 변해가는 것'을 온전히 느끼게 된다. 그 두려움은 죽음의 두려움과 같다. 그렇기에 위안이 필요하다. 인정하고 싶지 않지만 사라지는 현실에 대한 위안이 필요하다. 내 옆에 있는 사람은 그것을 해줄 수 없다. 불쌍하게 바라보는 그들의 눈빛은 내가 사라지고 있다는 걸 상기시킬 뿐이다.

그때 꿈은 지금은 옆에 없지만 소중했던 사람들을 다시 불러와 주고 그들을 통해 내가 아직 사라지지 않았음을 느끼게 한다. 돌아온 그들은 편안한 목소리로 위로하거나 목적지도 없이 나와 함께 여기저기 다닌다. 역설적으로 그들을 통해 살아있음을 다시 느끼고 그들의 무조건적 사랑을 기억해내며 따뜻함을 느낀다. 그렇게 할머니는 밤마다 위안을 얻고 있는 것인지도 모르겠다. 오늘도 곱게 꾸미고 진료실 의자에 앉는 할머니에게 물어본다.

"할머니, 오늘은 무슨 꿈을 꾸셨어?"

"응, 자꾸 죽은 사람들이 나를 찾아와."

— 악 덕

— 업 주

"뭐 하러 왔어?"

회진을 위해 병동에 들어서니 할머니가 서릿발 선 눈으로 나를 노려보았다.

"네, 별일 없으셨죠?"

내 목소리는 차분하지만 긴장감이 서렸다. 오늘따라 할머니 눈빛이 유난히 매섭다. 이럴 때 괜히 웃으면서 다가가면 더 역정을 내실 수도 있다. 오늘은 회진 마지막에 할머니를 보는 것이 좋을 것 같다는 생각에 일단 지나친다. 그래도 할머니는 다른 병실에서 내가 나올 때까지 기다리고 있다가 노려본다. 따끔한 눈총에 나도 모르게 발걸음이 빨라진다. 같이 회진을 도는 치료팀은 눈치챘으려나? 내가 너무 불편해하는 것 같으면 간호사가 할머니를 모시고 병실로 들어간다. 그렇게 모시고 들어가도 할머니는 어느새 또 복도로 나와 나를 감시한다.

　다른 환자를 통해 들은 이야기로 나는 할머니에게 악덕 업주로 불리고 있었다. 할머니 입장에서 보면 나의 만행은 차고 넘친다. 처음 입원했을 때 화를 심하게 냈다고 독방에 가두지를 않나, 원치도 않는데 씻는 일부터 먹는 것까지 사사건건 간섭이다. 누워서 쉬고 싶은데 얼굴 볼 때마다 일어나서 움직여라, 사람들 모여 있는데 가서 어울리라고 재촉하며 쉴 자유도 빼앗는다. 물론 내 입장을 변명하자면 환자의 자해 위험이 크거나 심하게 흥분한 상태일 때는 발빠르게 자극이 적은 환경을 제공해서 환자의 흥분 상태를 가라앉혀야 한다. 이를 위해 입원 초기에는 독방이라 불리는 안정실에서 격리 치료가 이뤄지기도 한다. 또한 환자들이 너무 무기력하게 자리에만 누워 있으면 기력이 쇠하여 병의 차도가 더딜 수밖에 없다. 잘 먹고 잘 걸어야 어떤 병이 와도 견뎌 낼 힘을 갖기 마련이다. 그래서 환자들에게 적극적인 일상생활을 도모하는 것은 정신과 입원 치료의 기본이다. 물론 이 과정에서 환자들은 정신과 치료를 오해하고 부정적으로 받아들이기 십상이다. 그런데 할머니 마음을 헤아리지 않고 원칙대로만 밀어붙였으니, 할머니의 화는 내 어설픔의 대가일지도 모르겠다.

할머니의 감시에는 나름대로 의무감이 있다. 이 악덕 업주가 다른 사람을 함부로 부리지 않는지, 괴롭히지는 않는지, 또는 무시하거나 상처 주는 말로 자신과 비슷한 처지에 있는 불쌍한 사람들을 고통받게 하지 않는지 지켜봐야 한다. 그래서 내가 나타나면 할머니는 눈을 뗄 수가 없다. 이 악덕 업주가 어떤 나쁜 짓을 할지 예상이 안 되기 때문이다. 그나마 내가 할머니에게 고마운 것은 최소한 나에게 직접 욕을 한 바가지 쏟아붓거나 실제로 달려들어 머리채를 쥐어뜯은 적은 없다는 점이다.

"가냐?"

병동 한 바퀴를 돌고 이제 할머니만 남았다. 할머니는 더 길게 이야기할 것 없다는 듯 단호하게 묻는다. 빨리 가라는 뜻이다. 그래도 여기서 할머니의 기에 눌리면 안 되기에 주치의로서 소심한 용기를 내 본다.

"어르신, 어디 아픈 곳은 없으시죠? 잠은 잘 주무셨어요?"

"얼른 가!"

그래, 이 정도면 다행이라는 생각에 병실을 빠져나간다. 다른 치료팀에게도 할머니로부터 도망가는 모습을 보이지는 않았으니 체면은 지켰다는 걸 위안으로 삼는다. 할머니도 이제 악덕 업주가 사라졌으니 모두가 오늘 하루 편하게 지낼 수 있으리라 생각하며 안심했을 것이다.

　어쩌다 나는 할머니에게 악인이 되었을까? 과거 할머니는 청소업체에서 미화원으로 일하면서 힘들게 자식들을 먹이고 돌보며 억척스럽게 살아왔다. 물론 그렇다고 성격이 억척스럽다는 건 아니었다. 할머니의 자식들은 할머니를 내성적이고 조용한 성격에 힘든 내색 하지 않고 살아온 전형적인 우리네 어머니로 기억했다. 그러니 궂은 청소 일을 하면서 자기 마음 한번 표현하지 못하고 속상하고 억울한 일이 얼마나 많았을지 충분히 짐작된다. 그런데 치매 증상이 악화하자 할머니는 자식들을 힘든 일을 시키는 나쁜 사람이라고 말하며 초조해했고, 자식들의 눈치를 보며 청소하듯 방안 구석구석을 손으로 훑고 다녔다.
　증상의 관점에서 보자면 치매로 인한 환각을 경험했던 것일 수도 있고, 아니면 착오 망상일 수도 있다. "이거 하지 마세요. 조심하세요. 잘 씻으세요." 하며 이리저리 지시하는 자식들이 순간 악덕 업주가 됐을지 모른다. 그리고 원체 소심한 할머니는 증상 안에서 안절부절못하며 과거에 하던 대로, 시킨 대로 일을 반복하고 또 반복했을 것이다. 치매가 할머니의 마음을 휘저을 때마다 그녀는 가정을 돌보기 위해 참고 참았던 그 고통의 시간으로 되돌아갔다.

그리고 할머니가 입원한 이후로 악덕 업주 역할은 자식들로부터 나에게로 넘어왔다. 아마 할머니는 낯선 곳에서 모르는 사람들과 마주하는 상황에서 두려움과 속상함, 짜증의 복잡한 감정이 컸을 것이다. 그 감정을 자신의 마음에 담아 두기 어렵기에 쏟아낼 대상이 필요했을지 모른다.

다만 입원 후 한 가지 달라진 점이 있다면, 병동에서는 소심하고 주변 눈치를 보던 예전의 할머니가 아니라는 것이다. 이제 할머니는 악당의 눈치를 보며 청소하는 피고용인이 아니라 악당에게 큰소리치며 힘없는 사람들을 지켜주는 사람이다. 과거 현실에서 어쩔 수 없이 참고 견뎌야 했던, 그래서 연약하고 상처받았던 마음을, 이제 악당을 직접 혼내줌으로써 조금씩 풀고 있는 듯 보였다. 치매는 어쩌면 더 비극적인 상황일지 모르겠지만, 지금 그녀는 그 현실 속에서 당당하고 자신감 넘치는 자신을 발견하고 있었던 것은 아닐까?

"할머니, 이거 좀 드실래요?"

나는 호주머니에 아껴둔 커피믹스 두 봉지를 슬쩍 할머니한테 건넸다. 잘 봐달라는 뇌물이다. 악당을 엄벌해야 할 할머니가 이런 것에 흔들리면 안 되는데, 이런! 할머니는 순식간에 커피믹스를 낚아챘다. 정의는 정의고 현실은 현실이다. 할머니는 다른 의미로 맺고 끊음이 확실한 분이었다. 그렇다고 이런 좀스러운 뇌물에 악당을 용서해주면 정의의 히어로가 아니지.

"빨리 가!"

단호한 목소리를 들으니 뇌물 작전은 실패했나 보다. 악덕 업주에 더해 뇌물죄까지 추가됐을지 모르겠다. 악당은 악당으로 남아야 자연스럽다.

— 아 내 가

— 외 도 하 고

— 있 소

오전 진료 중 병원 대기실이 소란스러워졌다. 카랑카랑한 할아버지 목소리와 이를 달래려는 직원들 목소리가 어수선하게 들려왔다. 70대 할아버지가 분을 못 이겨 지팡이를 휘둘렀다.

"잘 알지도 못하면서 왜 나를 여기 데려와!"

할아버지는 1년 전부터 아내의 외도를 의심하기 시작했다. 처음에는 아내가 어디 갔는지 확인하고 누구와 만났는지 조심스럽게 물어보는 수준이었다. 그러나 언젠가부터 할아버지는 대뜸 어떤 남자를 만나고 왔냐며 아내에게 소리쳤고, 나무 상자를 아내에게 던져 이마에 7바늘이나 꿰매는 상처를 냈다. 아내는 최대한 혼자 견디려 했지만 심해지는 폭언과 위협에 결국 자식들에게 도움을 요청했다. 자식들이 보기에도 할아버지의 집착은 상식적인 수준을 벗어난 것 같았다. 정신과 진료를 받자고 하면 거절할 것이 뻔했기에, 자식들은 건강검진을 받으러 가자 속이고 할아버지를 병원에 데려왔다. 그런데 할아버지는 자식들과 같이 온 곳이 정신과인 것을 알고 화를 참지 못했던 것이다.

　노년기에 갑자기 나타난 망상이라고 해서 모두 치매로 인한 것은 아니다. 망상 장애, 알코올 중독으로 인한 편집증, 뇌 손상에 의한 망상 등 너무나도 다양한 원인이 있다. 하지만 역으로 정신병으로 간주하다가 치매를 놓치게 되면 점점 더 어려움을 겪게 된다. 나쁜 치매로서의 망상은 치료가 어려울 뿐만 아니라 또 다른 나쁜 치매 증상을 불러오기 때문이다. 또한 망상이 악화하면 치매 자체가 더 빠르게 진행되고 결국 가족들의 경제적, 심리적 부담이 커진다. 망상은 치매의 여러 증상 중에서도 핵심 증상이다.
　치매의 망상에는 가족이나 지인이 자신의 물건을 훔쳐 간다고 믿는 도둑 망상, 거울에 비친 자신의 모습이나 친숙한 사람을 알아보지 못하는 착오 망상, 누군가 자신을 해코지한다는 피해망상, 배우자의 외도를 의심하는 부정 망상이 있다. 이 중에서도 배우자와 가족에게 가장 큰 상처를 주는 망상은 부정 망상이다.

역사상 첫 번째 알츠하이머병 환자의 증상은 부정 망상이었다. 알츠하이머 박사(1864~1917)는 인지 저하와 이상 행동으로 정신병원에 입원한 51세 여성 아우구스트 데터(이하 D 부인)의 뇌를 부검했다. 뇌는 육안으로도 심하게 위축되어 있었고 뇌 조직을 염색해 보니 이상한 덩어리(노인반)가 관찰됐다. 1906년 11월 3일 알츠하이머 박사는 이를 정리하여 학회에 발표했는데, 이것이 알츠하이머병의 최초 보고였다. 이 과정에서 D 부인은 역사상 첫 번째 알츠하이머병 환자가 되었다. 흥미로운 건 알츠하이머 박사의 기록을 통해 확인한 그녀의 초기 증상인데 바로 부정 망상이었다. 철도 직원이었던 남편과 딸을 낳고 평범한 결혼생활을 해오던 D 부인은 남편을 간통죄로 고소하는 망상을 시작으로 치매 증상이 나타났다. 이로 인해 그녀는 사망하기까지 약 5년간 정신병원에서 지내게 된다.

부정 망상은 배우자의 외도를 의심하는 병이다. 부정 망상과 단순한 걱정을 구별하는 기준은 배우자의 외도를 확신하는 증거에 차이가 있다. 부정 망상이 있는 사람은 '바닥에 떨어진 누구 것인지도 모르는 털' 하나도 외도의 확실한 증거로 받아들인다. 추론을 통한 결론이 아닌 이미 정해진 결론을 갖고 있다는 뜻이다. 가족들이 부정 망상이 있는 환자에게 아무리 확실한 증거를 내밀어도 그들의 확신은 꺾이지 않는다. 이런 이유로 부정 망상이 있는 환자는 특히 치료가 어렵다. 배우자의 외도 여부에만 관심을 둔 환자들에게 그들의 심리에 관해 이야기하는 건 한계가 있기 때문이다. 그렇기에 정신과 의사들은 의처증, 의부증 환자와 면담할 때 긴장하게 된다. 단어 하나부터 표정까지 조심스럽다. 그리고 사실 여부의 확인보다 그로 인한 불안이 환자 자신을 얼마나 힘들게 하는지를 인식시키는 데 초점을 맞춘다.

할아버지는 상담만 받자는 자식들의 설득에 결국 진료실에 들어왔다. 대화조차 거부하던 할아버지는 아내에 대한 배신감, 자신을 믿어주지 않는 자녀들에 대한 분노를 끊임없이 이야기했다. 아내의 외출이 잦아지고 부부관계도 피하는 것을 보니 외도가 확실하다고 단언했다.

그러나 자식들의 이야기는 달랐다. 어머니의 외출이 잦아진 게 아니라 아버지의 활동이 확연히 줄어든 것이라 했다. 어느 순간부터 아버지는 집 밖에 나가지 않았고 그렇다고 예전처럼 책을 읽거나 TV를 보는 것도 아니었다. 그냥 방안에 우두커니 앉아 있는 시간이 늘어났다고 했다. 어머니는 남편과 같이 활동하고 싶었지만, 이전과 달리 별로 반응을 보이지 않는 남편을 우울증이라 생각해 조심스럽게 대했다고 한다. 하지만 아내를 향한 할아버지의 눈초리는 점점 매서워졌다. 아내가 외출에서 돌아오면 몰래 핸드백을 뒤지기 시작했다.

할아버지는 부정 망상이 드러나기 전 치매로 인해 앞쪽 뇌기능이 저하되면서 무의욕 증상이 진행되었을 가능성이 높았다. 아내와 딸은 이 모습을 우울증으로 해석했지만, 사실 무의욕 증상은 할아버지 안에서 치매가 진행되고 있었다는 의미였다. 뮌헨대학 정신과 강사였던 소이카 등이 『영국정신의학저널』에 발표한 연구에 따르면, 부정 망상은 우울증(0.1%)보다 치매, 파킨슨병, 뇌졸중과 같은 뇌 질환(7%)에 흔히 동반되는 증상이다. 할아버지는 할머니가 변했다고 믿었지만 사실 변한 건 할아버지였다. 가족들도 모르는 사이 나쁜 치매에 지배당하기 시작했다.

할아버지는 결국 입원 치료를 시작했다. 입원 초기 가족에 대한 분노는 이루 말할 수 없었다. 부정 망상이 더 번지는 듯했다. 할아버지는 매일 밤 소리치며 "딴짓거리를 편하게 하려고 나를 여기 가둬 뒀다." "딸도 그놈에게 돈을 받아 제 엄마와 짜고 나를 가뒀다."라며 흥분했다. 당연히 가족들의 면회는 더 이상 진행되기 어려웠다. 그런데 4주 정도 지나자 할아버지는 더는 분노를 표출하지 않았다. 병동 생활에도 잘 적응하는 것처럼 보였다. 약물 치료와 심리적 개입이 환자의 분노를 가라앉히는 데 일부분 도움을 줬겠지만 그것만으로 설명하기는 어려웠다. 할아버지는 같은 방 사람들에게도 또 나와 면담할 때도 더는 아내의 외도 이야기를 꺼내지 않았다. 그렇다고 아내의 외도를 부인하는 것도 아니었다.

치매 환자의 부정 망상은 중년에 나타나는 일반적인 의처증, 의부증과 예후가 다르다. 배우자의 외도를 이야기할 때 보이는 분노는 일반 의처증, 의부증 환자와 다를 바 없다. 그런데 일반 의처증, 의부증처럼 집요하지는 않다. 그리고 그것을 주장하는 근거 또한 상대적으로 단순하다. 『임상정신의학저널』에 소개된 하시모토 박사의 연구 결과에 따르면 부정 망상의 발현은 오히려 일정 수준 이상의 인지 기능을 필요로 한다. 그렇기에 예후가 좋지 않은 일반 의처증, 의부증과 달리 뇌 기능이 떨어지는 치매 환자의 부정 망상은 1년 내 83%에서 증상이 회복되었다고 보고했다. 물론 치매 환자의 부정 망상이라고 해서 모두 예후가 좋다는 것은 아니다. 예를 들어 알츠하이머병이 아닌 루이소체 치매에서 나타난 부정 망상이거나 성적인 내용의 환시가 동반된 부정 망상은 예후가 나쁠 수 있다.

분명 겉으로 보기에 할아버지의 부정 망상은 나아지는 것 같았다. 하지만 주치의로서 내 불안은 좀처럼 가라앉지 않았다. 개인적으로 치매의 부정 망상으로 인해 폭발하던 감정이 어느 순간 무뎌지는 것은 환자들이 궁극적으로 배우자나 가족들과의 단절을 원하는 것은 아니기에 스스로 넘지 말아야 할 선을 마음속에 긋기 때문이라 생각한다. 아내의 외도에 대한 초조함 아래에는 홀로 남는 불안이 도사리고 있다. 홀로 남는 불안은 외도 의심을 키웠지만 역설적으로 할아버지가 분노를 감내하도록 만들었다. 망상의 내용이 머릿속에 사라지지 않더라도 이 두 가지 불안(홀로 남는 불안, 외도에 관한 불안)이 균형을 맞췄기에, 할아버지는 분노를 마음의 그릇에 담아둘 수 있었을지 모른다.

퇴원 후 통원 치료 중 할아버지의 부정 망상이 다시 악화했다. 재입원을 고민하던 가족들과 상의 후 우리는 한 가지 시도를 해보기로 했다. 할아버지와 아내를 오히려 철저히 분리시켜 보기로 했다. 다시 한번 홀로 남는 불안과 외도의 불안 사이 균형을 맞춰보려는 시도였다. 초반에 가족들은 할아버지의 분노를 고스란히 감내해야 했다. 하지만 일주일 후 할아버지는 아내에게 미안함을 표현하며 같이 지내고 싶다는 마음을 차분히 표현했다고 한다. 그리고 다시 병원에 방문하기 시작했다. 여전히 할아버지는 내가 묻기 전까지 아내의 외도 이야기를 먼저 꺼내지 않았다. 이 접근이 모든 부정 망상 환자에게 도움이 된다고 생각하지는 않는다. 오히려 상황에 따라 증상이 악화할 수도 있다. 하지만 내가 할아버지의 부정 망상을 통해 배운 것은 환자 안에 혼재한 불안과 상실감을 같이 들여다봐야 그들을 어루만져 줄 기회도 얻게 된다는 점이다.
노인 환자와 배우자의 건강 상태에 차이가 나면 부정 망상이 발생할 위험이 크다고 알려져 있다. 나중에 딸을 통해 안 사실이지만 할아버지는 시력을 잃어가고 있었다. 당뇨 합병증이었는데 아무래도 치매 증상이 있다 보니 늦게 발견되었다고 한다. 점점 뿌옇게 변해가는 세상 속에서 할아버지가 느꼈을 불안과 상실, 잃고 싶

지 않은 아내의 모습, 사라져 가는 세상과 자신을 향한 쓰라린 감
정이 부정 망상이라는 복잡한 형태로 나타난 건 아니었을까.

— 뒷담화로

— 대동단결

내가 일하는 곳은 정신과 병동이다. 이곳은 치매 어르신들이 주로 같이 지내는 병실 외에도 조현병이나 알코올 중독 등 다른 문제로 입원한 분들이 많다. 그러다 보니 서로 다른 세대가 섞여 지낸다. 각 병실에는 TV가 없고 병실 밖 큰 홀에 TV와 소파가 있다. TV라도 보려면 다른 환자와 어울릴 수밖에 없는 구조다. 각종 치료 프로그램이나 환자들끼리 모이는 자치 회의도 홀에서 진행되니 특히 여성 병동 홀에서는 환자들이 삼삼오오 모여 대화를 나누는 모습을 자주 볼 수 있다.

　여성 병동은 여러 세대가 같이 있다 하더라도 주로 비슷한 연령대끼리 모인다. 20~30대 젊은 여성들은 자신의 미래와 연애, 결혼, 병동 내 일어나는 사건에 관심이 많고, 40~60대 여성들은 자식과 남편 이야기가 주를 이룬다. 그런데 내가 담당하는 우리 할머니 환자들은 홀에 잘 안 나온다. 특히 치매 할머니들은 치료진이 병실 밖 활동을 유도하며 안간힘을 써도 병실 문지방을 넘기 어렵다. 할머니들은 서로 대화도 많지 않고, 홀에 나와도 뒷짐을 지고 다른 사람들이 이야기하는 모습을 물끄러미 바라보거나 TV만 응시하는 경우가 많다. 그런 치매 할머니들도 활기가 도는 때가 있다. 그건 바로 뒷담화할 때이다.

"이 쌍놈의 영감탱이!"
어느 날 회진을 도는데 호통 소리가 들렸다. 고개를 돌려보니 홀은 아니었다. 다른 병실에 들어가려는데 이번에는 깔깔깔 웃는 소리가 들려 슬쩍 살펴보니 병실에 할머니들이 둘러앉아 있었다.
"근데 이 쌍놈의 영감탱이가 나는 제 엄마 씻기고 밥 먹이느라 등골이 빠지는데, 종일 술 처먹고 얼굴이 벌게 가지고 들어 온 거야. 그냥 처 잘 것이지 우리 색시 하면서 오는데…."
"나 같으면 그냥 주둥아리를 이렇게 빡, 빡!"
이야기에 집중하던 할머니 한 분이 손바닥을 들어 힘껏 때리는 시늉을 하자 다른 할머니들이 그렇게 좋아할 수가 없었다. 남편 이야기로 한창 열기가 오르자 다음 순서는 시어머니다.

"내가 임신까지 하고 제 엄마를 돌보느라고 힘든데, 그날따라 그렇게 감이 먹고 싶은 거야. 신기하게 그날 저녁에 영감이 홍시 세 개를 사 왔네? 어쩐 일이래 하고 있는데 알고 보니 시어머니가 전날 홍시가 먹고 싶다고 한 거야. 그래, 제 엄마 먹고 싶다니 감을 사 왔다고 쳐. 그럼 사 올 때 배불뚝이인 제 마누라한테 뭐 먹고 싶냐고 물어보는 게 당연한 거 아니야? 그런데 내가 꼭지가 돈 건 따로 있어. 시어머니가 홍시를 혼자 그렇게 맛나게 먹다가 나한테 '세상에 이렇게 착한 낭군이 어딨느냐?'라고 하는데 니미럴! 머리에 번개가 번쩍이더니 나도 모르게 시어머니한테 소리를 확 질렀어."

치매 증상으로 매일 하는 자식과의 전화 통화도 잊어버리고 다음 날 아침이면 전화 받은 적 없다며 길길이 화를 내던 할머니가 남편, 시어머니와 있었던 일과 그때의 심리까지 생생하게 기억하고 있다. 게다가 참 신기한 것은 같이 있던 할머니들의 눈빛이다. 남편 뒷담화에 열을 올리는 할머니들의 모습에선 평상시에 볼 수 없던 활기가 넘쳤다. 두세 명이 동시에 목소리를 높이며 남편 흉을 보는데 들어주는 사람이 있는지 없는지는 별로 중요하지 않은 것 같았다. 같이 남편 욕을 할 때는 눈이 번쩍였다. 뒷담화가 한 바퀴 돌고 나니 할머니들 얼굴에 붉게 혈색이 돌았다.

치매에 걸린 할머니들이 다른 건 몰라도 결혼 생활 하면서 억울했던 일은 생생하게 기억하고, 외래에 내원할 때마다 같은 이야기를 수십 번 반복하는 통에 내심 그 심리를 알고 싶어 아내와 이야기를 나눈 적이 있다.

"남편이랑 시어머니 뒷담화는 여성 사이에선 만국 공통어야. 이 주제에 대해선 계급 차이도 나이 차이도 배우고 못 배우고의 차이도 없는, 모든 사람이 의견을 나눌 수 있는 평등한 주제인 거지. 잘산다고 안 싸우는 것도 아니고 못산다고 더 싸우는 것도 아니야."

과학에서도 인간이 뒷담화를 하는 이유는 대화 중 정보를 얻고, 다른 사람의 공감을 통해 자신의 불편한 감정을 해소하며, 비밀을 같이 공유함으로써 소속감과 유대감을 느낄 수 있기 때문이라 보고한다. 그렇기에 뒷담화하는 소통 방식이 인간의 진화에 중요한 역할을 해 왔다고 주장하는 학자도 있다. 이런 관점에서 보자면, 남편과 시어머니에 대한 뒷담화가 치매 노인들에게 반복되는 건 조금 이해할 수 있는 부분도 있다.

그런데 사실 나도 어쩔 수 없는 남자이고 남편이다 보니 여러 여성이 내 흉을 보고 있다고 생각하면 살짝 기분이 좋지 않다. 이에 대해 토로하자 아내가 또 다른 조언을 했다.

"남편하고 시어머니 뒷담화에 너무 큰 의미를 두면 오히려 문제가 더 꼬이고 심각해져. 진심과 재미는 한 끗 차이야. 여자들도 정말 치부라고 생각하면 그렇게 아무한테나 이야기하지 않아."

생각해보면 틀린 이야기도 아니다. 세상 살면서 뒷담화 한번 안 해본 사람이 있을까? 한참 이야기를 하다 보면 사람들끼리 유대감도 들고 재미있다. 그러다 뒷담화 내용이 마치 그 사람의 전부인 양 이야기가 반복되는 시점부터는 점점 불편해진다. 아내가 말하는 뒷담화에 너무 큰 의미를 둔다는 건 이런 모습일지 모른다.

"둘이 쌍으로 내 등골을 빼먹으니까 그렇게 영감탱이 머리가 홀러덩 까진 거야. 천벌을 받은 겨."

이제 여기저기서 남편의 대머리에 대한 흉으로 이야기가 번진다. 한 할머니가 그래도 청소할 때 바닥에서 머리카락을 안 주워서 좋다고 한다. 이렇게 그녀들의 무료한 하루가 지나가고 있다. '천하의 망나니들'을 옆에 두고 살아온 각자의 고단했던 무용담에 오랜만에 생기 넘치는 그녀들의 모습을 봤다.

그런데 인생에는 항상 반전이 있다. 할머니가 퇴원하고 남편과 같이 외래 방문했다. 아니, 천하의 망나니라 예상했는데 멀끔히 차려입은 옷에 중절모를 쓴 멋쟁이가 아닌가. 말투도 나긋나긋하고, 아내 외래라고 병원에 따라온 것도 '망나니'에게 어울리지 않는 행동이다. 게다가 자리에 앉아 중절모를 벗는데, 할머니에게 살짝 배신감이 든다. 비록 머리카락이 얇고 숱이 많지는 않지만, 곱게 빗어 옆으로 넘긴 머리가 있지 않은가. '홀러덩 까진' 대머리는 절대 아니었다. 할머니들의 마음은 참 알다가도 모르겠다.

о

우리에게는
조금 느린 시간이
필요하다

2

—— 느리게
—— 산다는
—— 것

어머니로부터 아버지가 다리 통증으로 잘 걷지 못한다는 연락을 받았다. 뇌졸중으로 한쪽 몸을 쓰지 못하다 보니 척추가 휘어 신경을 누른 상태였다. 걷다가 2~3분 만에 주저앉으시니 내가 직접 모시고 병원에 다녀야 했다.

진료 첫날, 이른 오전 진료라 아버지를 모시고 급하게 차를 몰았다. 병원 주차장에 헐레벌떡 차를 대고 아버지에게 진료 카드와 신분증을 챙겨 왔는지 물었다. 아버지는 내 표정에서 다급한 마음을 읽었을까.

"네 엄마가 가지고 있을 거다. 네 엄마가 같이 왔으니까 물어보자. 여보, 내 카드 어떻게 했어?"

운전석과 조수석에 나와 아버지 둘 뿐인데 아버지는 반대편 차창 밖으로 고개를 돌리며 어머니를 찾았다. 당황한 모습이 역력했다. 이곳에 없는 어머니를 찾는 아버지의 모습은 낯설었다. 그러나 어머니를 왜 찾으시냐고 물어볼 수는 없었다. 잠시 무슨 말을 건네야 할지 망설이다 침묵이 흘렀다. 그래도 의학을 업으로 하다 보니 한 가지 도움이 되는 건 당혹스러운 내 표정을 감출 수 있다는 점이었다.

뇌의 인지 예비력이라는 개념이 있다. 뇌가 손상을 입더라도 충격을 견디며 이를 완화하려는 성질을 뜻한다. 뇌의 예비력이 큰 사람은 뇌졸중이나 치매가 와도 나타나는 임상 증상이 상대적으로 덜 심각하다. 그러나 심한 스트레스나 반복적인 뇌 손상, 흡연과 음주, 부족한 영양, 앉아 있는 생활 습관 등은 뇌의 인지 예비력을 낮춘다. 이 상태가 되면 작은 스트레스에도 이상 행동이 관찰될 수 있다. 특히 아버지처럼 뇌졸중을 앓으신 데다 최근 심한 통증으로 활동력이 저하된 분은 당연히 뇌의 예비력이 떨어진 상태였을 것이다.

다시 마음을 가다듬고 아버지의 옷 호주머니를 뒤져봤지만, 진료 카드와 신분증을 찾지 못했다. 그러다 무심코 내 옷 호주머니에 손을 찔러 넣었는데 손끝에 뭔가 걸렸다. 작고 네모난 것이 만져져 꺼내 보니 아버지의 진료 카드와 신분증이었다. 아침에 어머니에게 받아놓고 잊어버린 것이었다.

"아버지, 제가 실수했어요. 제가 호주머니에 넣어 놓고 잊어버렸어요."

그제야 아버지 표정에 긴장감이 사라졌고, 어머니를 더 찾지 않으셨다. 나는 뭐가 그리 급했을까. 아침에 운전 중 간호사로부터 연락받은 환자 상태 때문에 그랬을 수도 있고 아니면 앞으로 병이 어떻게 진행될지 모른다는 걱정이 내 마음을 짓눌러서일 수도 있다. 아니, 30분만 일찍 나왔으면 이렇게 허둥지둥하지 않고 서로 당황하지 않았을지도 모른다.

일본 치매 의료 분야의 권위자 하세가와 가즈오(우리나라에서도 사용하는 하세가와 치매 척도를 개발했다)가 50년 이상 치매 환자를 돌보며 절대로 해서는 안 되는 행동 중 첫째로 언급한 게 있다. 바로 '서두르는 것'이다.

이 중에서도 특히 급하게 서두르는 것이 가장 나쁘다. "빨리 드세요. 우물쭈물하지 말고"라면서 재촉하면 환자 스스로 할 수 있는 일도 못 하게 막는 것이다. 그러면서 케어자는 시간이 없으니 내가 해드린다고 말하는 경우가 많다. 자신이 하는 것이 빠를지는 몰라도, 환자가 하던 일을 도중에 그만두게 하는 것은 좋지 않다. 또한 "얘기해 드려도 금방 잊어버리시니까"라든지, "말씀드려도 모르시고"라고 하면서 무시해 버리는 것도 결코 좋지 않다. 이런 일을 당하면 누구나 상처를 입게 된다.

-하세가와 가즈오, 『치매 케어의 예법』, 허원북스, 2018

치매 가족들에게는 그렇게 강조해 놓고 나 또한 중요한 것을 놓치고 있었다. 물론 서두르지 않는 건 돌보는 사람 입장에서 쉽지 않다. 누군가를 계속 돌본다는 건 마음의 작은 여유조차 지워버리는 일이기 때문이다. 그렇다 하더라도 뇌의 인지 예비력이 약한 분들의 시간과 우리가 인식하는 시간이 다른 속도로 흐른다는 것을 이해하지 않으면, 우리는 그분들과 시간을 맞출 수가 없다.

노인 요양 관련된 책에서 치매 노인 한 분을 '7초 할머니'라고 부르는 내용을 본 적 있다. 7초 할머니는 남들이 묻는 말에 바로 대답하지 않는다. 그러면 치료자는 마음속으로 '하나, 둘, 셋… 일곱'까지 세며 할머니를 기다린다. 그러면 할머니는 마치 방금 들었다는 듯 대답한다. 할머니의 시간은 우리와 7초의 틈을 두고 흘러가고 있다.

그 일을 겪은 후 아버지와 나는 아예 진료 시간 한 시간 전에 병원에 도착한다. 주차장에 앉아 한 시간 동안 이런저런 이야기를 나눈다. 차 시트를 살짝 뒤로 젖히고 애들 키우는 이야기, 아버지의 통증에 대한 이야기, 미래에 대한 막연한 이야기 등 소소한 대화를 차분히 나눈다. 물론 평범하고 반복되는 이야기일지 모른다. 하지만 무슨 이야기를 했는지보다 그 시간 자체가 소중할 때가 있다. 나에게는 또 다른 의미로 아버지와 '느리게 사는' 방식이 생겼다.

학창 시절 두 시간 동안 전철을 타고 통학했다. 전철을 오랜 시간 타다 보니 무슨 일을 해도 시간이 남았다. 그때 내가 자주 한 일은 멍하니 바깥 풍경을 바라보는 일이었다. 그마저 전철이 빠르게 달리면 소용없었는데 가끔 앞서간 전철과의 간격을 조절하기 위해 느리게 움직일 때가 있었다. 그럴 때면 그림을 감상하듯 바깥 풍경을 즐길 수 있었다. 특히 저녁 석양이 질 때면 철도 옆에 늘어선 큰 나무의 풍성한 잎 사이로 빛이 쏟아져 마치 만화경 같았다. 그 풍경은 나에게 "이제 좀 쉬어도 돼."라며 말해 주는 것 같았다. 서두르지 않는 수많은 선택이 이어지면 '느리게 사는 삶'이 된다. 어쩌면 느리게 사는 방식에서 우리는 그동안 놓치고 있었던 것들을 다시 만날 수 있을지도 모르겠다.

— 그 냥

— 함 께 있 게

— 해 줘

어느 날 여섯 살 아들에게 내가 어떤 사람으로 비칠지 궁금했다.

"아빠는 어떤 사람 같아?"

"응, 변기 치료하는 의사야."

아이의 얼굴에는 장난기가 가득했다. 뜬금없는 아이의 답변
을 곰곰이 생각해보니 그렇게 틀린 말은 아니었다. 애들이 어릴 때
는 배변 스트레스가 심해 변비가 잦았다. 아이들이 고생해서 용변
을 해결하고 나면, 막힌 변기를 뚫는 건 늘 내 역할이었다. 그런데
이것도 수십 차례 반복하다 보니 기술이 늘었다. 나름대로 익힌 몇
가지 노하우로 막힌 변기를 뚫고 나면 자랑스럽게 아이들에게 말

했다.

"얘들아, 아빠가 해결했다! 이제 변기 막힌다고 걱정하지 말고 마음껏 싸라!"

아이가 아빠를 "변기 치료하는 의사"라 부른 건 아마 막힌 변기를 순식간에 해결하는 그런 모습 때문일 것이다. 자식들한테는 순식간에 문제를 해결하는 "변기 잘 뚫는 의사"로 각인되어 있지만, 사실 내가 정신과 의사를 선택하고 난 이후로는 어느 하나 명확한 길이 없었다.

마음을 치료하는 정신과 의사, 이 얼마나 멋진 말인가. 처음이 일을 선택했을 때는 꿈도 컸다. 아직 밝혀지지 않은 미지의 영역에서 실마리를 찾아 사람의 마음을 이해하고 치료하는 모습은 참 멋있어 보였다. 그러나 곧 현실이 닥쳤다. 삶의 문제는 단순히 하나의 원인과 결과로 이뤄지지 않았다. 혼란스럽고 복잡하여 이해하기 어려운 일투성이였다.

정신과 수련 과정 중 내가 상담했던 환자의 장례식에 참석한 적이 있다. 반복되는 자살 시도로 대학병원에 입원한 환자였는데, 퇴원 후 교수님 진료와 더불어 나와 집중 상담을 진행했다. 자신에겐 이런 고통과 상처가 있어 자해를 시도했다고 이야기하는 다른 사람들과 달리, 환자는 자해하고 나면 마음이 편안해진다는 말뿐, 자신도 이런 행동을 하는 이유를 찾지 못했다. 자기 감정과 생각을 말하는 것조차 익숙지 않은 사람이라는 판단에 상담 횟수를 더 늘리기로 환자와 약속했다. 그리고 며칠 후 환자의 사망 소식을 듣게 됐다. 전혀 예상할 수 없었다. 하지만 그 결과는 너무 잔혹했다. 내가 뭔가 중요한 것을 놓친 것은 아닌가 하는 자책감과 어떤 도움도 되지 못했다는 무력감을 견딜 수 없었다. 결국 나는 환자의 죽음을 막지 못했다는 비난을 각오하고 장례식장을 찾았다. 걱정과 달리 환자의 아버지는 장례식장에 찾아온 나를 자리에 이끌어 앉혔다. 그리고 자살은 우연히 실행됐고, 오히려 그 전날 상담을 더 자주 받기로 했다며 환자가 좋아했다고 이야기해 주었다. 마지막으로 환자 아버지는 앞으로 다른 사람들에게도 따뜻한 마음을 잊지 말았으면 좋겠다는 당부와 함께 눈물을 흘리셨다. 그러나 나는 그렇게 하겠다는 말을 입 밖으로 꺼낼 수 없었다. 내 생각과 마음만으로 전혀 도움이 되지 않는 현실을 마주하고 처음으로 두려움과 무력함을 느꼈기 때문이었다. 다른 이의 삶은 내가 이해한다고 도움을 줄 수 있는 게 아니었다.

그런데 이상하게 지금 나는 더 막연하고 두려운 상황에 자주 부딪히는 노인 환자들을 진료하고 있다. 휠체어를 타고 쇠약한 몸을 이끌고 오는 노인들을 보면 약 하나 처방하는 것부터 긴장할 수밖에 없다. 항치매 약물로 구토나 설사를 할 수도 있고, 어떤 경우에는 섬망이 생겨 밤에 사람을 못 알아보고 혼란스러워하기도 한다. 환각, 망상, 불면, 공격성과 같은 정신 행동 증상을 조절하는 약은 잘 쓰면 증상이 조절되어 환자를 가족과 같이 지내게 할 수 있지만, 잘못 사용하면 떨림 증상이나 낙상으로 더 안 좋은 경과를 밟게 된다. 약을 1/2~1/4조각, 가루약으로 처방낼 때마다 지금까지 불만 한 번 표시하지 않은 착한 약사 선생님이라 할지라도, 그분들의 눈치를 볼 수밖에 없다. 약을 쪼개거나 부수는 건 자동 약제기가 할 수 없다. 손으로 다 해야 하는데 분명 쉽지 않다.

입원한 노인 환자들에게 욕을 한 바가지 얻어먹는 건 기본이다. 그분들에게는 치매 때문에 또는 망상이 심해 입원했다는 설명은 통하지 않는다. 의사는 흰 가운의 도움으로 좀 덜 하지만, 간호사들, 보호사들은 정면에서 온갖 분노를 받아내야 한다. 그건 그래도 익숙한 일이다. 치매 노인들은 입원 초반 스트레스로 일시적 퇴행이 심해지면 대소변을 더 잦은 빈도로 지리기 시작하는데, 그때부터는 치료가 아닌 돌봄의 문제로 다른 치료진들은 더 난감한 상황이 된다. 요양보호사가 24시간 정신과 병동에 있기를 원치 않으니, 결국은 치료진들이 하루에도 수십 차례 바닥에 쏟아진 소변과 지린 대변을 닦아내고 세 끼 식사를 떠먹여야 한다.

게다가 알코올성 치매로 온 노인들은 금단 증상까지 겹치며 뇌 기능이 급속히 떨어져 보행이 어렵고, 자리에 앉아 있지도 못하고 뒤로 넘어진다. 그러면 치료진들은 병실 침대를 분해해서 빼내고, 벽과 바닥에 매트를 대야 한다. 간호사들은 CCTV로 환자가 넘어지지 않는지 수시로 관찰하면서, 또 다른 환자를 돌봐야 한다. 1~2주 안에 치매 노인의 낮과 밤을 정상적으로 바꾸지 못하면 점점 모두가 힘든 상황이 된다. 이런 경과를 잘 모르는 보호자들로부터 왜 빨리 좋아지지 않냐 왜 더 나빠지냐고 비난까지 받게 되면, 치료진들도 한계에 도달한다. 그런 때 대놓고 말은 안 하지만, 내가 어떤 결정을 내려주길 원하는 치료진들의 표정을 읽게 된다. 자신의 희생과 노력이 너무 당연한 것으로 취급받을 때의 마음은 자신을 부정당한 고통과 유사하다.

"내가 이 환자를 안 봐도 내 월급은 똑같은데, 내가 뭘 그렇게 잘못했는지 모르겠어요."

어떤 치료자는 나에게 이런 말을 남기고 일을 그만뒀다. 나는 어떤 대답도 해줄 수 없었다. 나는 그 치료자가 다른 누구보다 마음을 다해 환자들을 돌봐왔다는 것, 호전되는 환자들의 모습에 누구보다 기뻐했던 사람임을 알기 때문이다.

처음 이 일에 첫발을 내디뎠을 때, 치매 급성기 증상을 조절하여 그들이 가족과 함께 지낼 수 있도록 하겠다는 사명감과 의사로서 열정이 큰 부분을 차지했다. 그러나 힘든 현실과 내 복잡한 심경이 어느새 사명감과 열정을 무디게 만들고, 어떤 때는 두려움에 뒷걸음질치게 했다. 그런데 한 발씩 내디디며 시간에 몸을 맡기다 보니, 이제는 예전에 가졌던 거창한 사명감이 아닌, 소소한 이유가 나를 조금씩 앞으로 이끌고 있음을 느낀다.

"그냥 잘 먹고 손주들 얼굴 보면 되는 거지. 뭘 더 바라겠어."

"선생님 말 듣고 약을 줄이니 손 떨리던 게 많이 좋아졌어. 걱정하지 마. 이제 훨씬 좋아졌어."

"나 챙기려 하지 말고 선생이나 건강 관리 잘해. 얼굴이 요새 왜 이리 핼쑥해?"

시간이 지나 만남이 이어지다 보면, 오히려 두려워하는 나를 다독이고 있는 건 환자들이었다. 아마 그건 그들이 오랜 시간 어른으로 살아왔기 때문일지 모른다. 어른으로 살아왔다는 건 수많은 고통을 겪고 인내하며, 마음속에 자신만의 답을 찾아왔다는 뜻이기도 하다. 흘려버릴 것은 지나가게 두고, 답을 찾지 못했다 하더라도 더는 초조해하지 않는다. 시간이 해결해 주리라는 것을 이해하게 됐다는 뜻이다. 그 지혜로운 환자들 곁에서 나는 어린아이처럼 관심과 위안을 얻어 왔다.

동반 치매로 아내를 먼저 요양원에 보낸 할아버지가 있었다. 그도 치매로 인한 망상이 악화해 입원 치료를 받게 됐다. 증상이 완화되고 퇴원한 할아버지는 가족들과 같이 외래 진료를 받으러 왔다. 할아버지는 아내가 있는 요양원에 입소할 예정이었고, 입소에 필요한 몇 가지 서류를 챙기기 위해 자식들과 함께 온 것이었다. 한동안 나는 자식들에게 요양원 입소 시 조심해야 할 부분과 망상 증상의 대비, 약물을 어떻게 복용해야 하는지 등을 설명했다.

밖에서 원무과 직원이 서류를 준비하는 데 확인이 필요하다고 하여 자식들이 나가자 진료실에는 나와 할아버지 둘만 남았다. 왠지 모르게 할아버지에게 미안하기도 하고 복잡한 마음이 들어 먼저 말을 걸었다.

"어떠세요? 요양원에 들어가시면 처음에 많이 힘드실 텐데 걱정되는 게 있으세요? 그런 게 있으면 저한테 이야기해 주세요. 제가 가족들하고 요양원 선생님들께 잘 전달해 놓을게요."

가족들과 내가 이야기하는 동안 한마디도 없었던 무뚝뚝한 할아버지가 갑자기 뒤를 한번 돌아보고 자식들이 진료실에 들어오는지 확인하더니 입을 열었다.

"아내랑 같이 있게 해 줘서 고마워. 자식들 다 소용없어. 마누라는 내가 챙길 테니 걱정하지 말고."

평상시 말이 별로 없던 분이 갑자기 장난스러운 미소를 지으며 불쑥 고맙다고 이야기했다. 한동안 아내는 요양원, 자신은 병원에 있으면서 오랜 기간 헤어져 지냈다. 의외로 요양원은 할아버지에게 아내를 만나 다시 데이트를 할 수 있는 장소일 수 있었다. 그 순간 할아버지를 집이 아닌 요양원에 보내 무거웠던 내 마음이 조금이나마 가벼워졌다. 그리고 할아버지의 다음 말에 뭔지 모를 뭉클함이 올라왔다.

"선생, 그냥 둘이 죽을 때까지만 같이 있게 해 줘."

삶의 마지막까지 여전히 사랑하고 사랑받을 수 있는 존재로 살아간다면 그것이 행복한 삶이 아닐까. 그들이 원하는 것은 결국 나 또한 내 삶에서 원하는 것이었다.

── 천 원 이
── 나 오 는
── 화 수 분

"할아버지가 돈을 안 주세요. 서랍에도 숨겨 두고, 호주머니에도 있고." 간호사가 할아버지의 고집에 혀를 내둘렀다. 망상과 밤낮이 바뀌는 등의 나쁜 치매 증상으로 3개월 전 입원한 80대 노인이었다. 다행히 시간이 지나면서 망상과 수면 주기는 회복되고 있었는데 또 다른 문제가 생겼다. 할아버지가 여기저기 돈을 숨겨 놓는 통에 간호사들의 속을 무던히도 썩였다.

병동에서는 따로 현금을 쓸 일이 없고, 필요한 물품이나 간식은 가족들이 따로 보내거나 간식비에서 빼서 쓸 수도 있다. 게다가 병동 내 현금 소지는 제한된다. 치매 노인에게 분실 위험이 크고

도난 사고로 이어지면 서로 고소하는 등 생각보다 갈등이 심각해
지기 때문이다. 그런데 할아버지는 화수분처럼 어디선가 돈이 생
겼다. 치료진들이 돈을 찾아내서 가족들에게 보내도 또 어디선가
돈이 나왔다. 할아버지에게 돈을 받아내는 과정도 이만저만 힘든
게 아니었다. 욕을 실컷 얻어먹을 것을 각오해야 했다. 그렇게 받
기라도 하면 다행이었다. 할아버지는 돈을 준다고 해놓고 화장실
로 들어가 나오지 않기 일쑤였다. 그러고는 어디에다 뒀는지 잊어
버리니 천 원짜리가 병동 여기저기 구석에 박힌 채 발견되는 일이
잦았다.

　　할아버지만 그런 게 아니다. 생각보다 많은 치매 노인이 사
소한 물건에 집착하는 모습을 보인다. 할아버지는 천 원짜리 지폐
몇 장이었지만, 어떤 환자는 가족들이 사다 준 3천 원짜리 화분,
또 다른 환자는 비어있는 담뱃갑에 애착을 보였다. 한 치매 노인
은 다른 사람이 병실에서 나갈 때 자기 슬리퍼를 신고 갈까 봐 노
심초사했고, 온종일 병실 밖에 가지런히 놓인 슬리퍼만 지켜봤다.
한 환자는 당뇨 때문에 먹지도 못하는 노란 커피믹스 몇 개를 서
랍 속에 챙겨뒀다. 그것도 나중에 살펴보니 누군가 먹고 버린 빈
포장이었다. 그것을 휴지에 돌돌 말아 소중하게 서랍 끝에 모아둔
것이다.
　　물건에 대한 애착은 정도의 차이는 있겠으나 누구나 갖고 있

다. 차이가 있다면 보통 사람은 비싼 장신구나 보석, 지폐 뭉치 같은 것을 소중히 하지만, 치매 노인은 그런 종류의 것에는 관심 없다. 그렇다고 개인적인 사연이 담긴 의미 있는 물건도 아니다. 소중한 추억을 떠올리게 하는 사진, 소중한 사람에게 받은 선물, 사랑을 약속한 반지도 애착의 대상이 되지 못한다. 오히려 치매 노인들이 소중하게 보관하고 애착을 보이는 것들은 아주 작고 사소한 것들이다. 그렇기에 그런 행동은 우리 눈에 더 띈다. 하찮은 물건에 그렇게까지 집착하는 이유를 의아해하면서 말이다.

나쁜 치매 증상 중 하나인 저장 강박 증상일까. 저장 강박 증상은 생활에 필요 없는 물건들을 이유 없이 과도하게 모으는 행동이다. 발 디딜 틈 없이 집 안에 쓰레기를 산더미처럼 쌓아 두고 본인은 정작 쓰레기에 밀려 좁은 공간에서 지낸다. 오래된 음식을 쌓아 두고 먹다가 탈이 나기도 하고 층층이 쌓아 놓은 쓰레기 더미가 무너져 크게 다치기도 한다. 저장 강박 증상은 치매 환자 중 22.6%에서 나타나며, 이는 중요한 것과 아닌 것을 구분하는 뇌 기능 상실 또는 무료함을 달래려는 보상 행동 등으로 설명한다.
그런데 앞에서 이야기한 환자들의 애착은 이런 강박 행동과는 차이가 있다. 저장 강박 증상의 경우 물건 자체가 아닌 그것을 쌓고 모으는 행동에 관심을 둔다. 그들은 누군가 쌓아 둔 물건을 치우지 않는 이상 물건을 다시 찾거나 확인하지 않는다. 저장 강박 증상은 주로 전두측두엽 치매처럼 앞쪽 뇌가 손상된 경우 잘 나타난다고 하며 마치 뇌경색으로 한쪽 팔을 들어 올리지 못하는 것처럼 본질적으로 뇌신경학적 증상에 해당한다. 그렇기에 물건 자체에 애착을 보이는 치매 노인들의 모습을 저장 강박으로만 이해하기엔 한계가 있다.

그렇다면 치매 노인의 물건에 대한 애착은 어렵고 가난한 삶을 살았던 우리나라 노인들의 습관적 행동이 남아있는 것일까? 이 또한 답은 아닌 것 같다. 이런 현상은 문화, 나라, 경제적 수준과 상관없이 치매 노인에게 공통으로 나타난다. 내가 관찰한 바로는 치매 전후 경제적 수준과 상관없었고, 외국에서도 노인의 물건 애착에 대해 고민하는 걸 보면 역사적, 사회적 현상도 아니다.

어떤 학자는 이를 지금까지 잘 다뤘던 물건의 사용법을 잊게 되면서 나타난 치매의 결과로 설명했다. 물건을 사용하는 방법을 잊어버리면서 오랜 시간 만지작거리고 이리저리 옮기는 행동이 늘어난 것이며, 이것이 물건에 집착하는 모습으로 보일 수 있다는 해석이다.

영국 켄트대학 사회학 분야의 크리스티나 뷔세 박사는 흥미로운 시도를 했다. 그녀는 요양원에 거주하는 치매 여성들과 그들이 현재 가진 핸드백에 얽힌 기억과 의미를 상담했다. 면담 결과 치매 노인들은 핸드백을 갖고 있는 동안 그것을 잃어버리면 안 된다는 생각에 휩싸여 지내기에 핸드백은 불안의 원천이 되었다. 하지만 한편으로는 추억의 물건으로서 그들이 누구인지 상기시켜 줬다. 핸드백 안에는 치매 이전의 일상이 담겨 있었고 추억도 공존했다. 이런 의미에서 뷔세 박사가 상담한 치매 여성들에게 핸드백이란 결핍된 자기 이전의 또 다른 자아의 확장이었다.

한 가지 중요한 단서는 물건에 대한 애착은 애착의 정도에 상응하는 결핍과 불안을 간접적으로 드러낸다는 점이다. 원래 인간의 정상 발달 과정에서도 물건에 대한 애착은 중요한 역할을 한다. 아기는 세상을 배워 나가려면 어느 순간 엄마와 떨어져야 하며 이때 분리불안을 경험한다. 아직 온전히 성숙하지 못한 자아를 가진 아기들은 불안을 스스로 달랠 수 없기에 엄마 이외 자신 옆에 있어 줄 대상이 필요하다. 엄마와 분리되는 과정에서 아이들은 자신의 불안을 투사할 물건을 찾는데, 그것이 바로 애착물이다. 우리는 이 시기의 아이들이 담요나 애착 인형을 꼭 끌어안고 다니는 모습을 흔히 볼 수 있다. 게다가 분리불안을 심하게 겪은 소아일수록 커서도 특정 물건에 관한 집착이 강하게 나타날 수 있다고 한다. 결국 물건에 대한 과도한 애착을 따라가다 보면 언제나 만나는 건 그 사람의 마음에 깊이 웅크리고 있는 불안이다. 이는 상실감과 외로움에 사무친 치매 노인에게도 마찬가지일지 모르겠다.

나중에 알고 보니 할아버지에게 매번 천 원짜리 몇 장을 쥐여줬던 건 아내인 할머니였다. 병원에 입원하기 전부터 할아버지는 호주머니에 돈이 없으면 그렇게 불안해했다고 한다. 밤에 어두워 잠을 못 잘 때도, 밥을 안 먹겠다고 투정을 부릴 때도 호주머니에 천 원짜리 몇 장 챙겨주고 달래면 말로 달래는 것보다 훨씬 도움이 됐다. 다른 사람에게 주는 것도 아니고, 그걸로 무언가를 사 먹는 것도 아니다. 그래도 아내가 쥐여준 몇천 원이 그렇게 좋았나 보다.

할아버지가 병원에 입원한 상황에서 할머니는 혼자 얼마나 전전긍긍했을까. 병원 지침을 어길 수도 없고 그렇다고 돈을 안 줄 수도 없고. 결국 할머니는 자신만의 완전 범죄를 계획했다. 할머니는 할아버지를 만나러 올 때마다 아무도 안 보는 면담실에서 몰래 천 원짜리 몇 장을 할아버지 환의 호주머니에 쑥 집어넣었다.

지폐 몇 장, 3천 원짜리 화분, 슬리퍼, 다 먹은 커피믹스 봉지…. 결국 작고 하찮은 것들이라는 건 그들의 평범했던 일상에 조용히 자리 잡고 있던 것들이다. 치매 노인의 두려움은 젊은 사람들이 큰 트라우마를 겪고 갖게 되는 두려움과 본질적으로 다르다. 치매 노인은 큰 충격으로 인해 무너지는 경험을 하는 게 아니다. 젊은 사람들이 크고 화려한 물건으로 심리적 공허함을 채우려는 그런 종류의 애착과 다르다. 평범했던 것들이 하나씩 지워져 가는 데에서 오는 두려움이다. 어둠이 깔리고 석양이 지면 집 한구석에 자리 잡고 있던 별것 아닌 물건들에 그림자가 드리워지고 어느새 희미해지다 사라져 버린다. 그렇기에 점점 작고 하찮은 것들이 더욱 소중해지고 두 손으로 움켜쥐어 놓고 싶지 않은 것이다. 그런 어둠에서 아내로부터 건네받은 천 원짜리 지폐는 비록 작고 하찮은 것일지언정, 어둠과 함께 사그라질 자신의 평범한 일상을 잠시 상기시켜 줄 그런 것이었으리라.

── 가장

── 사랑한 사람에게

── 찾아오는 일

하버드 의과대학 정신의학 교수인 아서 클라인먼의 저서 『케어』는
치매에 걸린 아내를 병간호한 10년간의 기록이다. 정신과 의사의
관점에서 남도 아닌 평생 사랑해온 아내를 어떻게 돌봤을지 궁금
했다. 그러나 아내의 발작 앞에서 폭풍이 지나가기만을 간절히 기
도하는 저자의 고통스러운 마음이 내 마음을 한동안 무겁게 했다.

쾌적한 여름날에 갑작스러운 폭풍이 몰려오는 것처럼 조앤의
감정이 어느 순간 나쁜 쪽으로 급변했다. 정신을 차려보니 그녀
에게 어느새 공포, 두려움, 혼돈이 찾아왔는지 사시나무처럼 떨

고 있었다. 자기가 어디에 있는지, 왜 내가 이곳으로 데리고 왔는지 몰랐다. …(중략)… 피해망상에 빠져서 내가 낯선 사람이고 자신을 해칠 거라고 소리 질렀다. 바닥에 누워 발길질을 했다. …(중략)… 조앤을 집어삼킨 파괴와 필사적인 발악을 진정시킬 어떤 방법도 떠올릴 수 없었다.

-아서 클라인먼, 『케어』, 시공사, 2020

치매에 걸린 아내를 위해 용기를 낸 여행이 비극의 시작이 될 줄 아무도 몰랐다. 결국 아서는 항정신성 약물 전문가 친구에게 연락하고 맥린 병원의 노인 신경정신의학 병동에서 아내의 치료를 시작한다. 그러나 발작적으로 나타나는 망상 증상은 조앤과 아서가 집으로 돌아가지 못하게 발목을 잡았다. 치료진은 아내가 요양원에 가야 할 시점이라고 아서에게 설명했다. 무슨 일이 일어나더라도 아내를 돌봐준다고 약속했던 그에게 벼랑 끝 선택이 찾아온 것이다. 남편을 낯선 사람이라 외치고 자신을 해칠 거라 소리 지르게 만든 증상, 그와 아내를 그토록 고통스럽게 만든 건 카그라스 증후군이라고 불리는 착오 망상이다.

카그라스 증후군이란 자신이 잘 아는 누군가가 다른 사람으로 바뀌었다고 믿는 망상이다. 1923년 프랑스의 정신과 의사 카그라스가 논문 「꼭 닮은 것에 대한 환상」에서 이를 처음 보고했다. 치매로 인해 나타나는 대표적인 착오 망상이기도 하지만 노인에게만 생기는 건 아니다. 젊은 조현병 환자에게도 카그라스 증후군이 나타나기도 한다. 물론 어떤 병에 의해 생겼든 간에 자신이 알던 사람이 다른 사람으로 바뀌었다는 망상은 환자에게 극심한 공포를 불러일으킨다. 누군지도 모르는 사기꾼이 가족인 양 행동한다고 상상해보라. 그 사람이 언제든지 나를 해칠지도 모른다는 공포까지 번지면 그때는 죽고 사는 문제로 바뀌게 된다.

"나야 나. 당신 남편. 화내지 말고. 내가 당신 옆에 있잖아!"
"뭐? 당신이 아서라고! 아니잖아. 이 나쁜 놈. 사기꾼! 여기서 나가라니까. 나가."

-아서 클라인먼, 『케어』, 시공사, 2020

그래도 아서가 버틸 수 있었던 이유는 단편으로 조각났을지언정 같이한 수십 년의 추억이 있었기 때문이다. 하지만 카그라스 증후군은 그 미약한 연결조차 허락하지 않는다. 수십 년간 같이 숨 쉬고 공유해왔던 모든 기억이 한순간에 부정당한다. 카그라스 증상은 책이나 드라마에서나 등장하는 것이 아니다. 현실에서도 벌어지는 비극이다.

뇌신경학자인 빌라야누르 라마찬드란에 의하면 카그라스 증상은 우리 뇌가 친숙한 사람을 인식하는 과정 중 오류로 나타난다. 우리 뇌는 친숙한 사람의 얼굴을 인식할 때 두 가지 과정을 거친다. 먼저 우리의 시각은 친숙한 사람의 얼굴 외양과 특징적인 부분을 신경 신호로 바꿔 측두엽에 있는 방추이랑에 보낸다. 이 과정을 통해 우리가 바라보고 있는 것이 원숭이가 아닌 사람 얼굴이고, 이런저런 특징을 고려했을 때 남이 아닌 남편의 얼굴 외형이라 인식한다. 하지만 여기서 끝나는 게 아니다. 두 번째, 평생을 같이 해온 '친숙한' 남편의 얼굴이 되기 위해서는 편도체라는 뇌 부위에서 감정을 연결해줘야 한다. 이 두 과정을 거쳐야 진짜 남편의 얼굴을 인식하게 된다.

카그라스 증상은 방추이랑에서 남편 얼굴 외형은 잘 인식된 반면, 편도체와 연결이 끊겨 남편의 얼굴과 감정이 연결되지 않아 친숙함이 낯섦으로 바뀌게 되는 것이다. 남편의 얼굴을 하고 있지만 남편이 아닌, 남편인 척하는 사기꾼으로 인식한다. 대신 시각이 아닌 청각 자극은 서로 길이 달라 편도체와 잘 연결되어 있기에 카그라스 증상이 있는 아내에게 전화로 남편 목소리를 들려주면 바로 남편임을 알아챈다.

치매 환자에게 카그라스 증후군이 생기면 더욱더 안타깝다. 왜냐하면 카그라스 증후군은 흔히 발병 전 자신이 가장 의지했던 사람을 대상으로 나타나기 때문이다. 바로 옆에서 오랜 추억을 같이한 사람, 고통으로 흐느꼈을 때 나를 품어준 사람, 기쁜 일에 자기 일처럼 웃어준 사람, 치매라는 병에도 끝까지 내 옆을 지켜준 사람이 대상이 된다. 아서와 같은 사람들 말이다. 치매가 진행되는 중에도 희망의 끈을 놓지 않고 견뎌왔던 그들이다. 그러나 자신으로 인해 혼란스러워하며, 고통에 소리치는 상대를 지켜보는 건 지금까지 역할에 대한 근본적인 회의를 하게 한다. 결국 그들도 굳게 부여잡았던 손을 놓을 수밖에 없다. 지쳤거나 또는 귀찮아서가 아니다. 내 존재가 사랑하는 사람을 더 빠르게 무너뜨리고 있다는 두려움 때문이다. 가장 사랑했기에 발생하는, 그래서 더 비극적인 병이다.

— 네

— 아 버 지 가

— 기 다 리 고   있 단 다

할머니는 진료실에 들어올 때면 종종 나에게 요구르트 한 병을 건
네줬다. 그리고 같이 온 아들이 얼마나 효자인지, 남편이 얼마나
잘 챙겨주는지 천천히 말을 이어갔다. 느리지만 같은 이야기를 반
복하면 내가 중간에 말을 끊고 이제 내 이야기도 하자고 너스레를
떨었다. 그러면 할머니는 빨리 집에 있는 남편 저녁을 해 주러 가
야 한다며 자리에서 일어났다. 같이 온 아들은 이 모습을 물끄러미
바라보고 있을 뿐이었다.

　사실 할머니는 우울증을 진단받은 상태로 나를 찾아왔다. 의
뢰서의 내용을 읽지 않더라도 고통스러운 감정으로 깊게 팬 주름

과 어딘가 안절부절못하는 흔들리는 눈빛이 할머니의 상태를 말해주고 있었다. 아침에 눈을 뜨고 숨 쉬는 것조차 고통스럽게 느껴진다고 말할 때 나는 그녀에게 어떤 위로도 건넬 수 없었다.

　우울증이 무서운 이유는 뭘까? 우울증이 심해 직장을 못 다니거나 가족들과 소원해지는 것? 정신과 약을 먹게 되는 것? 아니면 더 극단적으로 자살로 자신의 삶을 마무리 짓는 비극? 각자 경험에 따라 다르겠지만 일반적으로 우울증으로 인한 이런저런 결과를 먼저 떠올릴 것 같다. 그러나 나는 우울증이 가져오는 결과뿐만 아니라 우울 감정 자체가 가진 본질적 특성도 비극적임을 이야기하고 싶다.
　멈춰 있는 사람과 움직이는 사람의 시간이 다르게 흐른다는 아인슈타인이 발견한 일반적인 물리 법칙(일반 상대성 원리)은 우주로 나가지 않더라도, 대학 실험실에서 계측하지 않더라도, 우울증으로 고통을 겪는 사람들 마음속에도 벌어진다. 현실이 아닌 우울 감정에 빠진 사람의 세계에서는 시간이 변하기 시작한다. 행복감은 찰나에 지나가는 반면 우울한 감정에 빠지면 시간은 점점 느려지고 공간 또한 그들이 두려워하는 세계로 점점 왜곡된다. 어느 순간, 마치 바다의 깊은 심연에 빠져들듯 그들의 시공간은 멈추고 왜곡조차 일어나지 않는다. 숨막히는 공간과 시간에 갇히는 과정, 우울 감정이란 이런 것이다. 더 이상의 탈출구가 없다, 이 시간이 영원히 지속될 것 같아 견딜 수가 없다고 나에게 호소하던 많은 이의 외침을 잊기 어렵다.

감정의 깊은 심연에 빠져 시공간이 멈춰버린 할머니에게 아들이 옆에 있다고 해서, 남편이 걱정하고 있다고 해서 위로가 되지는 못했을 것이다. 어느 순간 할머니와 가족들은 서로 다른 세계에 분리되어 서로의 말이 들리지 않게 된다. 그리고 이러한 단절로 바깥 세계로 향하지 못한 그녀의 지각은 자신의 신체에 대한 과도한 집착을 부른다. 이런 현상은 노인 우울증에서 더 두드러진다. 이유를 알 수 없는 다발성 통증, 피부의 이상 감각, 불면, 소화 불량, 심장의 두근거림과 같은 신체 증상이 노인을 압도하고 어떤 의학적 처치로도 크게 호전되지 않는다. 고통이 사라지지 않은 상태에서 시간이 멈추는 것이다. 과도한 신체 증상의 호소는 가족들로부터 그녀를 더 소외시키고, 이렇게 고립된 그녀에게 더는 희망이 없다.

그런데 어느 순간부터 할머니는 기억을 잃기 시작했다. 처음에 사소한 일을 잊는 건 우울해서 그런 것으로 생각했다. 하지만 어느 순간 할머니의 표정도 변하기 시작했다. 초점 없이 멍하니 앉아 있는 경우가 늘어났다. 끊임없이 현재 삶에 대한 회한과 신체 고통을 이야기하던 모습은 줄어든 것처럼 보였지만 이유 없는 침묵이 늘어났다. 아들 이름을 기억하지 못해 얼버무리며 넘기려 하나 당황하는 눈빛은 숨길 수 없었다. 어느 날 아들로부터 할머니의 옆을 지켜준 아버지가 돌아가셨다는 이야기를 들었다. 아들은 어머니를 홀로 둘 수 없어 자기 집으로 모셨다. 아마 그때부터였을 것이다. 할머니는 다시 자신의 집으로 데려다 달라며 아들에게 말했다.

"네 아버지가 기다리고 있다."

그즈음부터 할머니는 진료실에 들어올 때면 종종 나한테 요구르트를 꺼내 줬다. 요구르트도 아들이 건네줬을 것이고 사실 본인 가방 안에 왜 이런 게 들어있는지 모를 수도 있다. 그러나 우울했을 땐 본인의 고통 외에 어느 것도 이야기하지 않던 할머니가 나에게 처음으로 보여준 관심이었다. 그리고 할머니는 지금 이 세상에 없는 남편을 챙기러 집에 가야 한다며 서두르고 있었다. 남편은 아무런 도움이 안 된다며 숨막히는 적막감에 집을 뛰쳐나간 적이 한두 번이 아니라고 과거에 이야기했던 걸 할머니는 기억이나 할까?

치매는 할머니의 우울 감정에 어떤 영향을 미쳤을까. 중력이 시공간을 일그러지게 하여 시간을 느리게 만든 것처럼 강력한 우울 감정은 마치 블랙홀처럼 고통의 시간을 영원하게 만든다. 그런데 여기서 치매 환자의 우울은 기본 전제가 달라진다. 치매가 진행됐다는 건 시간의 상대성을 관찰하는 관찰자의 눈을 순간 검은 띠로 가린 것과 같다. 관찰자가 자신을 잃어버리는 상황이다. 프로이트는 우울증 환자가 진실을 더 날카롭게 직시한다고 했는데 우울증에서 치매가 진행되면 현실을 직시해야 할 시야를 잃어버린다.

치매 증상이 진행되면 자신의 감정을 인식하고 이를 적절한 언어로 표현하는 능력을 잃어간다. 이로 인해 잠시 고통이 무뎌진 것처럼 보일 수 있지만, 환자에게는 새로운 두려움이 밀려든다. 두 눈을 가리게 됨으로써 오로지 자신만 이 세계에 남아있을 것 같은 외로움이 엄습한다.

할머니는 우울증 환자에서 치매 환자가 됐다. 의학적 관점에서는 병이 진행됐다. 앞으로 나는 할머니, 아들과 함께 더욱더 어려운 싸움을 해나가야 한다. 하지만 할머니가 보여준 모습에서 난 또 다른 질문을 던진다. 할머니에게는 어떤 시간이 더 고통스러웠을까. 우울증을 겪고 있을 때? 아니면 치매가 진행되고 난 이후? 솔직히 나도 그 질문에는 답하기 어렵다. 할머니가 우울 감정을 조금 덜 느끼는 것처럼 보인다고 해서 치매로 인해 자신을 잃어가는 고통조차 느끼지 못한다고 할 수 없다. 할머니가 나에게 요구르트를 건넨 것을 좋아해야 할지 슬퍼해야 할지 아직 내 마음을 알 수 없다.

― 가 짜

― 우 울 증

"요새 고집이 너무 세요. 뭐라 해도 말을 귓등으로도 듣지 않아 화가 나요."

가족들은 처음에 할아버지가 나이 들어 그런 것이려니 생각했는데 점점 문제가 심각해졌다. 어느 날부터 할아버지는 종일 말도 없고 불러도 대답하지 않았다. 무엇을 하려는 동기나 의욕도 없었다. 한 자리에 가만히 있으며 움직이려고도 하지 않고 주변에 관심도 없었다. 아침부터 비스듬히 기대 누워 TV를 보고 있지만 정작 가족들이 무슨 내용을 보고 있는지 물어보면 대답하지 못했다. 식사를 권해도, 씻기를 권해도 할아버지는 다음으로 미루기 일쑤였다. 그래도 예전에는 손자, 손녀들이 애교를 부리고 이끌면 못 이기는 척하며 따라왔는데, 이제는 손주들이 귀찮은 듯 눈길 한 번 주지 않았다.

가족들이 더욱 이상하다고 여긴 것은 수십 년 왕래했던 친구가 갑자기 세상을 떠났다는 소식을 들은 할아버지의 반응이었다. 할아버지는 충격적인 소식을 듣고도 마치 전혀 모르는 사람인 양 두 눈만 끔뻑였다. 할아버지의 얼굴에는 어떤 슬픔도 애도도 보이지 않았다. 할아버지는 "그래." 하는 단순한 반응만 보일 뿐, 친구의 장례식장이 어디인지, 무슨 이유로 언제 죽었는지 묻지 않았다. 이런 행동을 하는 이유를 알지 못하니 가족들은 할아버지를 항상 다그칠 뿐이었고 혹시 우울증에 빠진 것은 아닌지 걱정이 되어 병원을 찾았다. 그리고 할아버지는 치매라는 의외의 진단을 받았다.

할아버지의 모습은 나쁜 치매 증상 중 하나인 무감동증(apathy)이었다. 사실 무감동증이라는 단어부터 애매하고 어렵다. 이 단어의 어원을 살펴보면 '열정(pathos)'이 '없는(a)' 상태를 의미한다. 과거에는 무뎌진 감정 정도를 뜻했지만 요즘은 동기의 문제로 받아들여지기 시작했다. 2009년 유럽, 미국, 호주 정신의학자들의 정의에 따르면 무감동증은 동기의 저하와 더불어 목표 지향적 행동, 인지, 감정의 세 영역 가운데 최소한 두 영역 이상에서 시작과 반응의 결핍이 있는 상태를 말한다.

　나쁜 치매 증상으로서의 무감동증은 치매 전 단계나 초기 단계부터 잘 나타난다. 알츠하이머 치매와 전두측두엽 치매, 혈관성 치매에서 잘 나타나며, 알츠하이머 치매에서는 우울증보다 높은 빈도로 나타난다고 알려질 만큼 흔한 증상이다. 무감동증이 있는 노인은 언뜻 보면 게을러 보인다. 가족들은 노인이 고집을 부리거나 화를 내고 있다고 오해하기도 한다. 하지만 이는 뇌의 동기와 의욕을 담당하는 부위인 동기회로에 문제가 생긴 것이다.

　행동의 영역에서 무감동증이 생기면 어떤 동작이나 일을 시작조차 할 수 없다. 마치 220볼트로 작동하는 TV에 그보다 약한 전력만 흘러 전원이 켜지지 않는 것과 유사하다. 수 시간을 표정 변화 없이 한자리에 앉아있다. 어떤 경우에는 식사조차 할 생각이 없어 보인다. 그들의 시간만 멈춘 듯이 말이다.

　인지 영역의 무감동증은 어떤 행동의 목적을 인지하거나 다른 행동으로 전환하지 못하고 한 가지 생각에만 휩싸여 있다. 심심해서 TV를 켰는데 종일 멍하니 화면만 응시한다. 무슨 내용을 보고 있는지 알지 못하고 그렇다고 무료함을 달래기 위해 밖으로 나가서 산책하지도 않는다. 두 눈은 TV의 시끄러운 화면에 고정되어 있지만 어느 순간 무슨 이유로 저 네모난 박스를 보고 있는지 알지 못한다.

감정 영역에서의 무감동증은 감정이 무뎌져 그 상황에 적절한 감정적 반응을 보이지 않는 것을 의미한다. 아내가 죽었지만 이를 알리는 자식에게 고개만 끄덕이고 방으로 들어가 누워 TV를 켠다. 문제는 노인의 이런 모습을 우울증으로 착각하는 경우가 많다는 것이다. 의욕도 없고 활동도 하지 않으니 일단 우울증으로 의심해보는 건 당연하다. 주위에 대한 관심이 떨어지고 욕구가 사라진다는 점에서 우울증과 무감동증은 비슷해 보이는 부분이 있다. 그렇다 할지라도 분명히 다른 증상이다.

무감동증은 우울증과 달리 슬프거나 괴로운 감정이 없다. 우울증은 표정과 말, 행동이 만드는 분위기로 인해 주위 사람들의 마음을 무겁게 만드는 전염성이 있는 반면 무감동증은 그렇지 않다. 무감동증에서는 우울증의 신체 관련 증상, 즉 불면증이나 식욕 변화와 같은 어려움이 나타나지 않는다. 또 우울증은 반복되는 극단적이고 비관적인 사고가 특징이라 주위 사람들에게 끊임없이 자신의 고통을 호소하나, 무감동증은 고통의 호소가 없다. 그렇기에 무감동증은 가족이 충분히 관심을 기울이지 않으면 그냥 지나치기 쉽다.

언젠가 유튜브에서 한 영상을 보았다. 무감동증으로 인해 한 치매 노인이 식사를 거부하는 장면이었다. 이유를 물어도 대답도 없고 눈도 마주치지 않는다. 보호자의 입장에서는 답답한 수준을 넘어 화가 날 상황이다. 이에 전문가는 천천히 이 노인에게 말을 걸기 시작한다.

전문가는 치매 발병 전 이 노인이 재즈 음악을 즐겼고 금요일 마다 재즈를 들으며 댄스파티를 했던 사람이라는 사실을 알고 다른 돌봄 제공자에게 카세트를 가져올 것을 요청한다. 왜 식사를 하지 않는지 다그치는 대신 노인이 좋아하는 음악으로 관심을 돌리는 대안을 선택한 것이다. 이후에 치매 노인은 전문가와 살짝 눈을 마주치기도 하고 고개를 끄덕이는 등 소극적이나마 대화에 반응을 보인다. 영상의 마지막을 보면 우리의 기대와 달리 노인은 여전히 식사하지 않는다. 돌봄 제공자가 매정하게 식판도 가져가 버린다. 하지만 누구도 실패했다고 생각하지는 않을 것이다. 이미 우리는 치매 노인의 동기회로가 돌아가는 소리를 들었기 때문이다.

일단 이들을 움직이게 하려면 무엇을 해야 할까? '문간에 발 들여놓기(foot-in-the-door technique)'라는 심리학 기술이 있다. 작은 부탁을 들어준 뒤에 더 큰 부탁을 쉽게 들어주는 경향을 말한다. 문간에 발이라도 들여놔야 대화라도 시작할 수 있다. 작은 긍정적 행동이 모여 동기회로를 돌릴 연료가 된다. 대신 그 연료들은 치매 노인이 관심을 가질 재료여야 한다. 즉 그들 삶의 방식을 이해함으로써 찾을 수 있는 것들이다.

우울 증상은 적절한 약물 치료와 함께 과거의 깊은 상처와 현재의 심리적 고통을 살펴보고, 보듬는 노력이 필요하다. 그러나 무감동증은 심리적인 증상이 아니다. 이는 치매로 인해 뇌의 동기회로가 망가져 사고와 감정이 멈춘 상태다. 약물만으로 동기회로를 돌리는 것은 한계가 있다. 이를 위해서는 노인의 무의식적 심리나 감정을 달래는 접근이 아닌, 평범하지만 고유한 그분들의 삶의 방식을 이해하는 게 중요하다. 무엇이 힘든 삶을 이끌었는지, 그분들이 무엇을 하며 작은 위안을 얻었는지, 어떤 것들이 스스로를 자랑스럽게 여기게 했는지 말이다. 평범하고 단순하게 반복됐을 삶 속에 치매 노인들을 움직일 수 있는 소중한 열쇠가 숨어 있을지 모른다.

— 날 씨 가

— 따 뜻 해 지 면

— 나 가 겠 습 니 다

"날씨가 따뜻해지면 나가겠습니다."

입원 후 오랫동안 상담 한번 신청하지 않던 할아버지가 대뜸 개인 면담을 요청해서 처음 꺼낸 말이 나를 당황케 했다. 아직 추운 겨울인데 무슨 말을 하는 건가. 그렇게 병원에 오래 있겠다고 하는 건 나한테 전하고 싶은 다른 메시지가 있는 건가. 할아버지를 바라보며 순간 여러 생각이 머릿속을 스쳐 갔다. 처음 병동에 왔을 때 본인이 입원을 원하는 상황도 아니었고 누군가가 자신의 삶에 끼어드는 것을 누구보다 싫어하는 성격이었다. 입원 초 할아버지는 빨리 병원에서 나가고 싶다는 말을 자주 했다. 할아버지에게 무슨 심경 변화가 있었던 걸까. 사실 할아버지가 처음 병원에 왔을 때 인상 깊었던 건 할아버지보다 같이 온 딸이었다.

"우리 아버지는 가장 나를 미워할 거예요."

딸은 당연하다는 듯 아버지가 자신을 미워할 것이라고 결론 내렸다. 무심하게 던진 그 말 뒤에 왠지 모를 슬픔이 느껴졌다. 아버지가 원치 않는 입원을 결정해야 했기에 원망을 피할 수 없었던 딸의 마음은 충분히 이해됐다. 딸은 병원에 올 때마다 아버지가 자신을 가장 미워할 것이라는 이야기를 반복했다. 보호자인 딸이 되풀이하는 말이 의사로서 내게 마음에 남았다. 계속 잔인한 보호자 역할을 하게 만드는 아버지에 대한 원망과 연민이 뒤섞인 말이라고 생각했다. 그런데 시간이 지나면서 점점 딸이 나에게 던진 질문처럼 느껴졌다.

"정말 아버지가 나를 미워하고 있나요?"

아이는 어머니 품 안에서 사랑받는 존재임을 느끼고, 아버지의 든든한 어깨에 앉아 세상으로 나아갈 용기를 배운다. 아이에게 있어 아버지는 세상을 보여주는 창인 셈이다. 든든한 아버지의 창 안에서는 좌절과 실패를 마주해도 두렵지 않다. 그래서 우리는 나이 든 아버지에게 깊은 연민을 느끼나 보다. 나이 든 아버지가 나보다 더 작고 초라해 보이는 순간 우리도 더는 기댈 곳이 사라지기 때문일지 모른다.

특히 딸에게 아버지는 특별한 존재다. 딸에게 아버지는 철들기 전까지 완벽한 이상형으로 비친다. 책『딸에게 아빠가 필요한 100가지 이유』를 보면 딸이 아버지를 통해 원하는, 어쩌면 아버지로서 딸 마음에 남겨주고 싶은 이상형을 그려볼 수 있다.

딸에게는 어떤 경우에도 실망을 안겨주지 않을 이상형이 적어도 한 명은 있다고 믿게 해 줄 그런 아빠가 필요하다.
딸에게는 자신이 다른 사람에게는 우주의 중심이 아닐 수는 있어도 아빠에게는 우주의 중심이라는 사실을 알려주는 그런 아빠가 필요하다.
딸에게는 자기편이 아무도 없을 때 눈을 감으면 그 모습이 떠오르는 그런 아빠가 필요하다.

-그레고리 E. 랭·재닛 랭포드 모란,
『딸에게 아빠가 필요한 100가지 이유』, 나무생각, 2004

딸은 아버지를 통해 자신 내면의 아니무스(여성 내면에 있는 남성성)를 품고 조화를 이뤄간다. 물론 현실의 아버지는 초라하고 평범한 사람일지도 모른다. 그래도 딸은 가장 이상적인 아버지의 모습을 품고 살아간다.

그러나 아버지에게 치매가 찾아온 순간부터, 아버지는 딸의 삶을 옥죄는 사람이 됐다. 든든한 울타리가 아니라 이제 딸의 삶에 짐이 되었다. 아버지는 스스로 기본적인 생활도 잘 챙기지 못했다. 씻지도 않은 헝클어진 머리, 언제 갈아입었는지 모를 누래진 옷, 제때 식사를 챙겨 먹는지 모를 정도로 몸도 많이 말랐다. 아버지는 친척들을 찾아가 돈을 빌려 달라거나 이상한 부탁을 했다. 간혹 술에 취해 그들 앞에서 횡설수설하기도 했다. 친척들도 이를 말릴 방법이 없으니 딸에게 연락했다. 아버지 좀 어떻게 해보라고, 누가 돌봐야 하지 않겠냐고. 하지만 딸이라고 무슨 뾰족한 방법이 있겠는가. 딸은 아버지에게 친척 집에 찾아가지 말라 사정해 봤다. 그러자 "쓸데없이 내 일에 관여하지 말라."라는 말만 돌아왔다. 딸은 아버지의 이유 없는 고집이 지긋지긋했을지 모른다.

"나 혼자 할 테니까 가만둬라."

이런 막무가내 고집을 오랜 기간 경험한 딸은 어느 순간 마음에서 아버지와의 끈을 놓아 버렸을지 모른다.

할아버지와 진료실에 마주 앉았다. 날씨가 따뜻해지면 병원에서 나가겠다는 할아버지의 말이 무슨 의미인지 확인하고 싶었다.

"요새 병실에서 지내는 건 어떠세요?"

"특별히 힘든 건 없습니다. 저번에 다리 아팠던 건 내과 선생님이 주신 약 먹고 나아졌고, 부기도 많이 빠졌습니다."

"다행입니다. 따님분하고는 연락 자주 하세요?"

"딸하고 전화로 이야기는 하는데 시간이 지나면 무슨 말을 했는지 모르겠어요."

잠시 말을 멈추고 할아버지를 응시했다. 밤바다에 조용히 밀물이 밀려오듯 어느 순간 치매는 할아버지의 마음을 잠식하고 있었다. 기본적인 위생관리는 여전히 어려웠지만, 홀에 나와 장기를 두거나 비슷한 동년배와 잡담을 하는 등 겉으로 보이는 모습은 크게 달라진 것 같지 않았다.

"따님이 아버지 걱정을 많이 하던데…."

"그래도 딸한테 많은 것을 못 해줘서 미안하지요. 지금도 고맙고."

뭐가 미안하고 고마운 걸까. 최근에 한 전화 통화조차 기억 못한다고 하지 않았나.

"따님한테 뭐가 그리 미안하세요?"

하지만 역시 할아버지는 "그냥 잘 못 해줘서 미안하지요."라는 애매한 대답만 남겼다. 치매가 할아버지의 머릿속을 휘저었기에 더 구체적인 답변을 기대하는 건 어려우리라 생각하던 때 할아버지가 다시 말을 이었다.

"내 옆에서 혼자 모래 놀이하는 큰딸이 아직 생각나요. 그때도 참 예뻤지. 내가 애들한테 해준 게 별로 없어서 그렇지 애들 보고 열심히 살았어요."

할아버지는 지난 시절 자기 옆에서 아무 근심 없이 놀고 있던 딸의 모습을 가장 먼저 떠올렸다. 딸이 기억하는 아버지와 아버지가 기억하는 딸 사이에는 너무나도 긴 시간의 공백이 있었다. 이 공백이 서로를 점점 멀어지게 만들었다. 딸에게 아버지는 아집에 가득 찬 허약한 노인이고, 아버지 눈에 딸은 아직 꼬마 같은 아이다.

"그래도 내가 남들 도움 없이 내 자존심 하나만큼은 지키면서 살았어요. 딸이 결혼할 때도 사위한테 내가 돈이 없어 도움은 줄 수 없겠지만, 그래도 자네한테 손을 벌릴 일은 없을 거라고 했지요."

딸을 향한 아버지의 마음이 고스란히 전달되었다. 어느 날 딸이 결혼할 사람을 데려왔다. 그가 할 수 있는 건 "같이 행복하게 살아라. 서로를 아껴줘라."라는 흔한 조언이 아니었다. 딸의 행복한 출발을 위해 뭐라도 보태 주기는커녕 '손 벌릴 일은 없을 것'이라는 약속밖에 할 수 없었다. 할아버지에게는 딸 부부가 만들어갈 인생에 짐이 되지 않는 것이 중요했다.

그러나 할아버지는 점점 누군가에게 짐이 되어가고 있다는 걸 어렴풋이 아는 듯했다. 딸과 전화를 했지만 무슨 말을 했는지 기억하지 못하는 자신을 알고 있었다. 병동에선 아무 일 없는 듯 종일 장기를 두고 있지만, 이 또한 자기 생활을 단순화하여 무너지지 않으려는 할아버지의 노력이었다. 딸이 보내준 속옷이 없어져도 찾지 않고 바지도 갈아입지 않아 누렇다. 조금이라도 자신의 부족함이 드러날까 봐 걱정하듯 그는 항상 "잘 지낸다."라는 인사를 건넨다. 통풍에 다리가 붓고 통증이 심한 날조차도 말이다.

할아버지와 딸 사이에는 치매로 인해 변하는 것과 변하지 않는 것이 있다. 변하는 것은 '자기 맘대로 되지 않는 현실'이고, 변하지 않는 것은 '마음'이다. 사랑의 형태에는 여러 가지가 있다. 할아버지가 가진 딸에 대한 사랑은 지금까지 쭉 '짐이 되지 않는 것'이었다. 아직 아버지의 마음에는 꼬마 여자아이가 살고 있다. 못나고 병든 아버지지만 그때처럼 지켜주고 싶은 마음이 남았을 것이다. 친척들을 찾아가 이상한 부탁을 하는 건 치매 증상이다. 그러나 딸이 아닌 친척을 찾아다닌 건 딸에게 부담을 주고 싶지 않은 말 없는 애정이지 않을까. 쓸데없이 관여하지 말라고 딸을 밀어냈던 것도 결국 짐이 되고 싶지 않은 마음의 다른 표현이다. 마치 몸이 아픈데도 자식 돈 쓴다며 병원에 안 가고 고집부리는 부모 같다. 자식은 이해 못 할 고집에 짜증이 나겠지만 그 밑바탕에 깔린 사랑과 애정을 모르는 건 아니다.

"정말 아버지가 나를 미워하고 있나요?"

이제 답을 해줄 수 있을 것 같다. 아버지의 딸에 대한 사랑은 다른 사람과 다르다. 비록 당신을 위한, 당신의 마음을 편안하게 해 줄 선택은 하지 못할지라도 짐이 되지 않겠다는 약속은 지키고 있다. 그게 바로 당신의 아버지가 당신을 사랑하는 방식이다.

가장 슬픈 현실에도 가장 인간다운 모습이 있다. 남들이 말하는 그런 아버지는 아닐지라도 딸에게 '아버지'로 남고 싶다. 그런 기억을 딸에게 남겨주기 위해 아무것도 없는 그가 할 수 있는 유일한 선택지는 날씨가 따뜻해지면 나가는 것이다. 추운 날 아비가 여기저기 돌아다니는 것을 걱정한 딸의 부탁이었을 수도 있겠다. 또는 자신이 원치 않는 것을 딸을 위해 선택하면서 스스로 납득할 이유를 찾은 것일지도 모른다. 그러나 그것이 어떤 이유든 아버지의 마음을 알겠다.

— 아 내 는

— 괜 찮 은

— 거 죠 ?

"내 아내는 괜찮은 거죠? 이제 안 아픈 거죠?"

아내가 어떻게 다쳤는지 자세히 기억하지는 못했지만, 할아버지는 술에서 깨자 아내가 다쳤다는 사실만은 분명 알고 있었다. 나는 그 애처로운 표정에 차마 "당신 때문에 다쳤다. 그러니까 술을 마시면 안 된다."라고 질책하고 싶지 않았다. 나는 할아버지에게 아내도 치료를 잘 받고 있고, 점점 괜찮아질 테니 걱정하지 말라는 위로를 건넸다. 내가 아내의 주치의로 아내를 치료해왔다는 이야기를 자식들에게 들어서인지, 할아버지는 잘 부탁한다며 내 손을 덥석 잡았다. 그리고 우리는 다음 날도, 그다음 날도 또 그다음 날도 같은 대화를 했다.

"내 아내는 괜찮은 거죠?"

할아버지는 내가 했던 말을 기억하지 못했다. 그리고 회진 때마다 내 표정을 살피며 아내의 안녕을 확인하는 같은 질문을 던졌다. 나 또한 같은 대답을 반복했다.

동반 치매. 할아버지와 할머니는 동반 치매였다. 치매가 감염병도 아닌데 배우자가 치매를 진단받으면 어느 순간 다른 배우자도 기억이 떨어지는 일이 왕왕 생긴다. 자녀들 입장에서는 기가 찰 노릇이다. 물론 요즘 치매에 대한 관심이 높아 미리 검진을 받는 사람도 많기에, 우연히 부부가 동시에 진단받는 경우가 늘었을 수도 있다. 하지만 자식들이 데려온 한 노부부를 지켜보면서 동반 치매를 환자 두 명으로 각각 접근하는 건 실수라는 생각이 들었다.

처음 시작은 할머니였다. 몇 년 전 우울 증상과 기억력 문제로 자녀들과 대학병원에 방문한 할머니는 검사 후 초기 치매를 진단받았다. 꼼꼼했던 이전과 달리 할머니는 집이 지저분해도 청소를 하지 않았고, 어떨 때는 가스 불을 켜놓고 외출하여 집에 불을 낼 뻔했다. 그러나 정말 자녀들이 걱정하는 문제는 따로 있었다. 부부 사이의 문제였다.

자녀들도 처음엔 부부간의 사소한 다툼으로 생각했다. 그러나 자녀들이 어머니의 하소연을 들어 보니 상황이 보통 심각한 게 아니었다.

"네 아버지가 다른 여자를 만나고 있다."

어머니 입에선 놀랄 만한 이야기가 나왔다. 자녀들이 아버지는 절대 그런 사람이 아니라며 다독였지만 달라지는 건 없었다. 그러면서 아버지는 술을 마시는 횟수가 늘어났다. 자녀들은 얼마나 속상하면 술로 마음을 달랠까 하는 생각에 이를 말릴 수도 없었다. 그러는 사이 아버지의 술 문제도 심각한 상태가 됐다. 술에 취해 집에서 누워 있는 시간이 늘어났다. 술을 사러 가는 경우 이외에는 집 밖을 나가는 일이 없었다. 어머니는 술 사러 가는 아버지의 뒤통수에 대고 누구를 만나러 가냐며 화를 냈다.

처음에는 나 또한 할머니를 망상이 동반된 전형적인 알츠하이머병 환자, 할아버지를 알코올 중독 환자로 이해했다. 할머니의 의부증이 할아버지를 힘들게 했을 거고 돌봄에 대한 부담이 잠재된 알코올 문제를 악화했으리라 생각했다. 그리고 알코올 문제를 겪는 대부분의 환자들처럼 할아버지는 병원에 가는 것을 꺼렸다. 할아버지는 본인의 문제를 받아들이기 어려워했으며 치료를 권유하는 자식들에게 불같이 화를 냈다. 자식들이 아무리 말려도 할아버지가 몰래 술을 마시는 것까지 막을 수는 없었다. 그러다 결국 사고가 터졌다. 술 취한 상태에서 할아버지가 할머니를 밀쳐 할머니가 크게 다친 것이다. 결국 자녀들은 할아버지를 데리고 병원에 왔다.

그런데 입원 후 내가 본 할아버지의 모습은 전형적인 알코올 중독 환자의 반응이 아니었다. 자신이 왜 여기 있는지에 대한 분노나 술에 대한 욕구보다 아내 걱정이 우선이었다. 표정에는 엄마와 떨어진 다섯 살 아이와 같은 두려움이 가득했다. 그리고 무엇보다 할아버지의 기억은 하루가 지나면 다시 리셋되는 것 같았다. 영화 「이터널 선샤인」에 나온 조엘과 클레멘타인이 아무리 기억을 지워도 두 사람의 사랑이 남아 있던 것처럼, 할아버지의 기억은 다음 날 아침이 되면 사라졌지만 아내에 대한 걱정과 두려움의 감정은 매일 다시 살아났다. 할아버지는 할머니와 마찬가지로 치매를 앓고 있었다.

집에 있는 할머니도 매일 남편이 보고 싶다며 남편이 있는 곳으로 데려다 달라고 아기처럼 졸랐다. 할머니의 의식 속에 할아버지는 다른 여자를 만나는, 죽이고 싶을 만큼 원망스러운 사람이어야 했다. 할아버지 마음속에 할머니는 술로 잊지 않고서는 어떻게 할 수 없는, 자신을 끊임없이 괴롭히는 사람이어야 했다. 그런데 둘 다 그렇지 않았다.

할아버지의 치매는 내 예상보다 더 오래전부터 가족들이 눈치채지 못할 정도로 서서히 진행된 것이었다. 치매 증상으로 인한 무료함과 불안을 달래기 위해 치매에 걸린 남자 노인들에게는 술 문제가 자주 동반된다. 아마 할아버지는 자신이 어떻게 할 수 없는 무너져 가는 현실을 술에 기댄 건지 모른다. 할머니에게 나타난

의부증 또한 단순히 치매로 인한 증상만은 아닐지도 모른다는 생각이 들었다. 아무 말 없이 술을 사러 나가는 할아버지의 뒷모습을 허탈하게 보며, 할아버지에게 아무런 도움이 되지 못한다는 자괴감이 만들어낸 할머니의 또 다른 현실이 아닐까.

동반 치매의 원인을 하나로 말하기는 어렵다. 미국 유타주립대의 캐시 카운티 연구에 따르면 한쪽 배우자가 치매에 걸리면 다른 배우자가 치매를 앓을 확률이 6배 올라갔다. 특히 배우자가 아내인 경우 3.7배임에 반해 배우자가 남편일 경우 11.9배로 더 위험이 높았다. 우선 치매 배우자를 돌보면서 받는 육체적, 심리적 돌봄 스트레스를 상대 배우자의 치매 발병 원인으로 생각할 텐데 그렇게 단순하지만 않은 것 같다. 워싱턴대학의 피터 비탈리아노 박사 연구팀은 치매 배우자가 사망하기 2년 전부터 인지 저하가 나타난 환자는 배우자 사망 1년 후에도 여전히 인지 기능이 떨어지는 것을 확인했다. 이는 돌봄에 대한 책임감과 육체적, 심리적 스트레스가 사라졌음에도 인지 저하가 진행된다는 것을 의미하며, 동반 치매에 내재한 신경병리학 질병 과정에 대해 더 깊은 고민을 해야 한다고 언급했다.
부부 중 한 명에게 치매가 생기는 상황도 비극적이다. 하지만 돌봐주는 다른 배우자, 특히 그게 아내라면 어려움을 헤쳐나가는 부부가 많다. 그러나 부부동반 치매는 전혀 다른 상황이다. 일 더

하기 일은 이가 되는 상황이 아니다. 자녀들이 병원에 데려오면 그나마 다행이지만 자녀도 돌보지 않는다면 더는 답이 없다. 현재 부부동반 치매 노인은 통계조차 잘 잡히지 않는다. 그러나 분명 진료실에 방문하는 치매 환자 부부는 늘고 있고, 이에 대한 사회적 관심이 절실하다. 노부부에게 느꼈던 그 애틋함과 애잔함을 또 다른 누군가가 마주하지 않았으면 한다.

— 망 가 지 는

— 것 은

— 뒤 늦 게 알 게 된 다

"엄마는 고스톱 치는 것을 좋아했어요."

할머니는 화투라면 사족을 못 썼다. 할머니는 빨간 뒷면, 하
얀 바탕에 알록달록 그린 앙증맞은 그림이 너무 귀엽다고 했다. 어
느 회사에서 만든 화투가 손에 착착 감기는 맛이 있다며 반 타짜
같은 모습을 보이기도 했다. 경로당에서 돈을 따 올 때면 그렇게
의기양양할 수 없었다. 그럴 때면 한 손에 아이스크림이 담긴 검은
봉지를 흔들며 외손주들을 찾았다. 혼자 있을 때면 할머니는 심심
풀이로 화투 점을 치며 시간을 보냈다. 그중에서도 똥광 패를 가장

좋아했다. 돈벼락을 맞았으면 좋겠다는 이유였다. 화투 점에 똥광 패가 나오면 "이게 들어와야 하는데 이게." 하며 할머니는 패를 들어 경쾌하게 바닥에 내리쳤다. 그러던 어느 날이었다. 비가 올 듯 몸이 찌뿌둥하다며 방에 혼자 들어간 할머니는 여느 때처럼 담요 위 화투를 만지고 있었다.

"엄마 뭐해?"

딸이 옆자리에 앉았는데 그날따라 이상했다. 할머니는 화투를 요 위에 펼쳐 놓고 뚫어지게 보고만 있었다.

"왜 어디가 아파?"

"……."

"엄마!"

한동안 대답이 없던 할머니는 순간 정신을 차린 듯 딸을 보며 읊조렸다.

"날씨 때문에 그런가. 좀 누워야겠다."

피곤해 보이는 할머니의 모습에 딸은 할머니가 쉬도록 자리를 비켜주는 게 좋을 것 같았다. 금방 또 털고 일어나겠지. 찰나의 순간이지만 엄마의 눈빛에서 딸은 처음으로 낯섦을 느꼈다. 한참 후 방에서 나온 할머니의 모습은 딸이 알던 그대로의 모습이었다. 그리고 평범한 일상에 묻혀 엄마의 낯선 눈빛은 딸의 마음에서 곧 사라졌다. 딸의 기억 속에 남아 있는 '그날'이다.

그때는 몰랐다. 딸은 엄마에게 무슨 일이 벌어지고 있는지 전혀 눈치채지 못했다. 시간이 흘러 딸은 돈이 없어졌다며 자신에게 소리치는 할머니의 모습을 보고 나서야 뭔가 크게 잘못되고 있음을 알았다. 그리고 모녀가 병원을 찾아왔을 땐 이미 치매가 진행되어 다시 이전으로 되돌리기 어려운 상태였다.

사실 이 상황은 나를 찾아온 모녀만의 특별한 사연이 아니다. 부모를 모시고 병원을 방문한 대부분의 자녀는 자신이 알던 부모의 모습이 아닌 낯섦에 멈칫했던 기억을 이야기한다. 그리고 자신이 놓쳤던 그 순간에 대한 후회와 죄책감을 내비친다. "같은 말을 되풀이하는 모습을 보고 나이 들어 귀가 안 좋아 그러려니 생각했다." "갑자기 간을 맞추지 못하는 어머니에게 이제부터 반찬은 사 드시라 오히려 핀잔을 줬다." 그 순간을 기억하고 있다는 건 분명 무슨 일이 벌어지고 있다는 것을 어렴풋이 느끼고 있었다는 것이다. 그러나 그 순간 자식 중 열에 아홉은 별문제가 아니려니 믿으며 잊어버린다. 그리고 병증이 악화돼 더 두고 볼 수 없을 때야 비로소 병원을 찾아와 당혹감을 표현한다.

"이렇게 치매가 갑자기 진행될지는 생각도 못 했어요."

물건이 망가지는 것은 바로 알 수 있다. 조용히 잘 작동하던 컴퓨터가 버벅거리고 이상한 소리를 내기 시작하면, 우리는 뭔가 문제가 생겼구나, 오래 쓰지 못하겠구나 하고 어림짐작한다. 차도 타다가 평소에 느끼지 못한 작은 떨림이 생기면 곧바로 알아채고

정비소를 찾는다. 특히 내가 아끼던 물건이라면 작은 홈집도 바로 눈치챈다. 그러나 이상하게 사람 사이에서는 그렇지 않다. 특히 오랜 시간을 같이하거나 감정적으로 깊게 얽인 사람일수록 그렇다. 오히려 오랜만에 만난 친구나 이웃이 그런 미세한 변화를 더 잘 느끼기도 한다. 이런 점에서 이를 무관심으로만 이해하기에는 충분치 않다.

자식은 부모의 낯섦을 외면했던 것에 대한 후회와 죄책감에 괴로워한다. 그러나 내가 본 그들은 둔감한 사람들이 아니었다. 누구보다 자신의 부모를 잘 알고 이해했다. 그리고 누구보다 오래 옆을 지켜온 사람들이다. 부모와 같이 울고 웃고 싸우기도 하며 서로의 감정적 깊이를 공유했던 사람들이다. 그럼 그들이 무지했던 것일까? 인터넷이나 방송, 요새는 보험 광고에서조차 도배된 치매라는 병에 대해 모르진 않았을 것이다. 정부에서도 치매 국가 책임제라는 기치를 내걸고 치매 예방법을 전파하고 있다.

그럼 남들처럼 부모의 치매 예방을 미리미리 하지 않아서였을까? 전문가들은 치매를 예방하기 위한 운동, 식이 조절 등을 귀가 닳도록 교육한다. 치매 예방을 위한 그러한 노력이 중요하다는 건 누구도 부인할 수 없다. 하지만 우리는 항상 교육의 다른 관점을 들여다봐야 한다. 치매라는 병이 발생한 이유가 오로지 운동을 안 해서, 식사 조절을 못 해서 만은 아니다. 그냥 병이 발생한 것이다. 병의 발생에 나는 '우연'이 차지하는 비중을 무시하면 안 된다고 생각한다. 우리가 무엇을 하지 못해서 병이 생겼다는 막연한 죄책감과 후회에 빠질 필요는 없다.

결국 자식과 부모이기에, 망가지는 것은 뒤늦게 알게 된다. 자식은 높은 산처럼 든든하게 자신을 감싸 안고 있는 부모가 나약하고 초라한 모습으로 변하는 것을 받아들이기 어렵다. 언제나처럼 부모가 옆에서 내 편이 되어 주고, 흔들리는 나를 붙잡아주며, 힘들어 지칠 때 잠시 쉴 수 있는 그늘이 되어주길 원한다. 어린 시절 나는 목욕탕에서 보는 아버지의 등이 그렇게 넓게 느껴질 수 없었다. 비누칠을 하면 수십 번을 문지르며 힘들다고 투정을 부리기도 했다. 그러다 성인이 된 어느 날 목욕 의자에 앉아있는 아버지의 휘어지고 야윈 등을 봤다. 내가 한없이 기댈 수 있을 것 같았던 그 넓은 등과 어깨가 이제는 아니었다. 그때 내가 느꼈던 슬픔은 나 혼자만의 것은 아닐 것이다. 자식은 그 낯섦을 마음에서 밀어내고 싶은 강한 욕구가 있다. 인정할 수도 없고 받아들이기도 어렵다. 시간이 필요하다. 그 욕구가 자식의 눈을 부모의 낯선 모습으로부터 가렸을지 모른다.

반대로 부모는 자식에게 조금이라도 짐이 되기 싫다. 내 자식이 더 웃고 평범한 일상을 보내게 하고 싶다. 그렇기에 부모는 우리에게 이야기하지 않는다. 자식들을 걱정하게 만들고 싶지 않다. 작은 어려움 정도는 마음에 묻고 싶다. 자식들이 웃고 있는 모습을 조금이라도 더 보고 싶다. 그러다 병원에 오는 순간 그런 부모 때문에 자식들은 불효자가 되어 있다.

"이렇게까지 진행됐는데 왜 알지 못했냐. 매년 건강검진 한번 안 했냐? 이런 검사 한번 안 받아봤냐?"

질문하면 자식들은 두 눈만 끔뻑일 뿐 대답하기가 어렵다. 어느 순간 정말 자신이 무관심했다는 것을 인정하고 후회와 자책으로 자신을 채찍질하기 시작한다.

딸은 전혀 몰랐다. 딸이 엄마의 혈압약을 대신 받기 위해 동네 의원을 찾았을 때였다. 오랜 기간 할머니를 봐왔던 의사 선생님이 딸에게 엄마의 안부를 물었다.

"오랜만에 오셨네요. 어머니한테 혈압약은 빠뜨리지 말고 꾸준히 먹어야 한다고 알려주세요."

진료 기록지를 살펴보던 의사 선생님이 딸을 보며 다시 질문을 던졌다.

"그런데 어머니 검사는 한번 받아 봤어요?"

"네? 무슨 검사요?"

"마지막에 오셨을 때 어머니가 고스톱이 치매에 도움이 되냐고 물어보더라고요. 걱정이 많아 보이기에 기억력 검사 한번 받아 보시라고 권해 드렸는데."

딸은 생각했다.

'엄마는 무서웠구나.'

왜 두렵지 않았겠는가. 그런데 엄마는 딸에게 한마디도 하지 않았다. 딸은 순간 엄마에게 화가 치밀어 올랐다. 그리고 미안하고 또 미안했다.

부모의 무의식은 자신의 야윈 모습을 자식에게 보이고 싶지 않았을 것이다. 심연에서 느낄 당신의 두려움의 깊이를 알고 있기에 잠시 눈을 가린 것일지 모른다. 부모도 두렵고 무서웠을 것이다. 그리고 그 두려움 한가운데서도 자신이 가장 사랑하는 것을 지키려 했다. 그래서 당신에게 이야기하지 못했다.

망가지는 것은 뒤늦게 알게 된다. 우리가 자식이기에 이 말이 더 애잔하게 다가오는 건지 모른다. 당신이 할 수 있었던 것은 아무것도 없었다. 당신이 그 순간을 놓친 것은 당신 잘못이 아니다. 단지 당신은 자식이고 당신이 슬퍼하지 않기를 바라는 부모가 있었을 뿐이다.

。

사 라 지 는
순 간 에 도
사 랑 할 수 있 다

— 파국

— 반응

퍽.

　순간 시야가 흐려지고 머리가 멍해졌다. 고개가 천장을 향해 들렸는데 옆에 있는 간호사가 보면 웃겠다는 생각에 통증보다 민망함이 밀려왔다. 아침부터 이유 없이 화를 내는 치매 할아버지를 진료하던 중이었다. 할아버지가 별안간 머리를 들이민 것이 하필이면 내 턱에 정통으로 맞은 것이었다. 정신을 차리고 할아버지를 쳐다보니 당황한 눈빛으로 두 눈만 끔뻑이고 있다. 안타깝게도 할아버지의 머릿속에는 나에게 돌진한 이유가 사라졌다. 나도 모르겠고, 할아버지도 그저 우물거릴 뿐이다.

"아휴, 할아버지 내가 뭘 잘못했소?"

공격성은 치매 노인이 병원에 오거나 전문 시설에 입소하는 주된 이유 중 하나다. 사실 공격성은 특별한 증상이라기보다 인간이 갖는 중요한 본성이다. 현대 사회에서 중요한 가치이자 자존감의 한 축을 차지하는 자기주장도 유년 시절 공격성을 어떻게 경험하고 조절해서 자기에게 맞는 형태로 다듬어 왔는지에 따라 형성된다. 그래서 상처받을지언정 어린 시절 충분히 분노하고 이를 내뱉는 경험이 꼭 나쁜 것만은 아니라고 이야기한다. 분노해야 할 상황에 분노를 느끼지 못하는 것이 더 큰 마음의 병을 만든다. 그런데 치매 노인의 공격성은 일반적인 분노와 차이가 있다.

치매 노인에게서 보이는 공격성은 파국 반응이 특징이다. 파국(catastrophe)의 어원은 그리스어 'katastrephein'이다. 'kata'는 아래, 'strephein'은 뒤집다라는 의미가 있다. 이는 땅의 위아래가 뒤집히는, 과거에 신의 재앙이라 불리던 지진을 연상시킨다. 파국은 예기치 못한 일, 정반대로 뒤집히는 것을 의미하는 것이다. 이를 근거로 치매 노인의 공격성을 이해해 보자면 다음 두 가지 특징이 있다. 첫째, 분노를 표출할 때 땅의 위아래가 뒤집힐 듯 강렬하다는 것. 둘째, 예측되지 않는 상황에서 뜬금없이 분출된다는 것이다.

사람이 가진 공격성이 얼마나 위험한지를 판단할 때 예측 가능 여부가 중요하다. 아무리 공격적인 환자라도 어떤 상황에서 자주 화를 내는지 알고 있다면 대응할 수 있다. 그러나 치매 환자의 경우는 본인조차도 화가 난 이유를 알지 못하는 경우도 많다. 예를 들어 아침에 속이 쓰려 기분이 안 좋은 치매 노인을 생각해보자. 방문을 열고 나가니 눈앞에 며느리가 앉아 있다. 치매 노인의 머릿속에 속이 쓰려 기분이 좋지 않다는 논리적 연결고리가 사라지면 눈앞에 있는 며느리와 좋지 않은 기분이 연결된다. 화가 난 이유가 속쓰림이 아닌 며느리로 귀결된다. 결국, 며느리를 향해 화가 쏟아지는 뜬금없는 상황이 나온다. 이런 모습을 치매 노인의 파국 반응이라 한다.

치매 노인의 파국 반응을 직접 마주하면 그 순간에는 당황할 수밖에 없다. 갑자기 이유 없이 소리를 지르거나 주먹을 휘두르면 어떻게 대응해야 할지 막막하다. 힘으로 제압할 것인가? 아니면 하지 말라고 옆에서 다그치고 있을 것인가? 물론 화가 점점 올라오는 타이밍에 노인의 주의를 다른 곳으로 환기하려는 노력은 필요하다. 노인의 손을 잡고 그 자리에서 벗어나거나 돌봐주는 사람끼리 손을 바꿔 대처하는 것도 괜찮다. 무엇 때문에 화가 났는지 온화하게 물어보며 다독여 주는 분위기를 만들려고 노력해야 한다. 하지만 이런 대처도 짜증 수준의 초반에만 가능하다. 일단 분노가 밖으로 표출되기 시작하면 돌보는 사람 입장에서는 대안이 별로 없다.

　이런 상황을 반복해서 겪는 가족들이나 요양 시설에서는 약물 치료를 먼저 떠올릴 수밖에 없다. 분명 단기간의 약물 치료가 도움이 되는 상황이 있지만, 약물 치료로 끓어오르는 화를 진정시켰다고 해서 상황이 끝났다고 생각하면 안 된다. 그 원인을 좀 더 깊이 생각해 봐야 한다. 치매 환자를 이해하고자 할 때 의학적 관점보다는 영화 「벤자민 버튼의 시간은 거꾸로 간다」에서처럼, 다시 아기가 되어 가는 과정으로 바라보는 게 도움이 될 때가 있다. 공격성을 보이는 치매 노인을 울고 있는 한 살도 안 된 아기라고 가정해 보는 것이다.

　한 살도 안 된 아기가 울고 있다면 엄마는 먼저 무슨 생각을 할까? 요즘은 아기 울음을 해석해주는 애플리케이션도 나오던데 엄마들은 대부분 다음 상황을 떠올릴 것이다.

1. 배고픈 건가, 똥오줌을 쌌나?
2. 심심해서 놀아달라는 건가?
3. 자고 싶어 칭얼거리는 건가?
4. 뭔가 무섭고 두려운 건가?
5. 자신을 내버려 둔 것에 대해 화를 내는 건가?

　이를 기반으로 일반적으로 언급하는 치매 노인 공격성의 원인을 살펴보면 신기하게도 하나씩 연결된다.

1. 생리적 욕구, 신체적 불편감
2. 무료함
3. 수면 장애 등 다른 나쁜 치매 증상으로 인한 공격성 악화
4. 두려움, 불안에 대한 자기방어(이는 망상이나 환각과 같은 증상의 반응일 수도 있고 낯선 환경이나 사람에 대한 두려움일 수도 있음)
5. 자존심을 건드렸을 경우

   여러 원인 중 생리적 욕구는 우리가 주의만 기울이면 치매 환자들의 공격성 완화에 확실한 도움이 된다. 한 치매 노인은 오전 11시만 되면 망상 증상이 심해지고 공격성이 악화하는 기이한 행동 패턴을 보였다. 간호사가 이를 유심히 지켜본 후 환자의 배고픔을 짐작하고 미리 간식을 챙겨주면서 놀랍게도 증상이 완화됐다. 만약 오로지 나쁜 치매 증상의 악화로만 생각하고 약물만 증량시켰더라면 안타까운 상황이 될 뻔했다. 공격성의 원인을 고민한다는 것은 이런 관심을 기반으로 한다.
   그리고 최근 코로나19의 여파로 어르신들의 외부활동이 줄어들면서 무료함으로 인한 문제가 늘어나고 있다. 분명 나쁜 치매 증상은 약물이 일차 치료가 아니다. 주간 보호센터나 치매 쉼터와 같은 전문 기관의 연계를 통해 사회 활동을 유지하고 신체적 활동

을 격려하며 약물 치료를 동반했을 때 도움이 되는 것인데 안타까운 상황이다. 코로나 블루로 많은 사람이 심리적 어려움을 겪고 있지만, 특히 치매 노인의 사회적 단절이 생기기 않도록 머리를 맞대야 한다. 전화 한 통이나 방문 한 번이 어떤 약물 치료보다 절실한 시기이다. 그 이외에도 나머지 원인 또한 마음속에 새겨 둔다면 그들이 정말 우리에게 하고 싶었던 말의 퍼즐을 맞출 수 있다.

나중에 간호사에게 들은 이야기로는 할아버지가 아침에 혈당이 높아 인슐린 주사와 수액을 맞는데 혈관이 잘 안 보여 여러 차례 주삿바늘에 찔렸다고 했다. 그때는 별 반응이 없었지만, 시간이 지나도 남아있던 불쾌감이 나를 보면서 치솟았나 보다. 나도 사람인지라 어르신들의 화풀이 대상이 되는 그 순간에는 화가 난다. 하지만 어르신의 행동을 이해하고 그 퍼즐을 맞춰가다 보면 분노는 어느새 가라앉는다. 할아버지에게 맞은 턱은 여전히 얼얼했지만, 할아버지에게 맞은 억울함은 이미 사라지고 없었다. 그때 할아버지 서랍에 몰래 숨겨진 커피믹스 여러 개를 찾아내자 할아버지의 표정이 일그러졌다. 나도 모르게 다시 긴장했지만, 그래도 다시 혈당이 올라 주삿바늘에 괴롭힘을 당하는 것보다 낫다.

"할아버지, 당뇨 낫고 나중에 돌려드릴게. 그때까지만 참아요."

할아버지는 고개를 홱 돌리며 "꼭 줘야 해." 한마디를 남겼다.

평소와 달리 바로 건네준 게 의외다. 아마 나를 한 대 쳤던 게 마음에 걸렸나 보다. 나 또한 마음이 조금은 가벼워진다.

"고마워요. 할아버지."

── 친구야,
── 내 이야기 좀
── 들어 봐

이 세상에 존재하지 않는 것들을 보거나 그들이 내 귀에 속삭이는 소리를 들은 적 있는가? 잠에서 깨기 전이나 잠들기 전, 심한 스트레스로 일시적으로 나타나는 환각은 보통 사람도 흔히 겪는다. 물론 이런 경우는 일시적이고, 큰 문제 없이 넘어가는 경우가 대부분이다. 그러나 현실과 혼동을 일으키는 생생한 환각이 반복되고 어느 순간 그 환각에 자신만의 이야기가 입혀지면, 현실은 더욱더 빠르게 뒤틀리기 시작한다. 나와 똑같은 시간, 장소에 있음에도 전혀 다른 세상을 사는 누군가를 보면, 섬찟하다. 한 할아버지와의 만남은 나에게 그런 섬찟한 느낌으로 기억된다.

70대 할아버지가 병원에 입원했다. 처음 할아버지를 봤을 때, 잘 씻지 않아 엉키고 흩날리는 흰머리와 갈아입은 지 오래된 것 같은 옷, 왜소한 체격에 구부정한 자세로 서 있는 모습을 보고 중증 치매 환자의 인상을 강하게 받았다. 그러나 대화를 나누다 보니 예상했던 것보다 더 차분히 본인 생각을 이야기했다.

"나는 괜찮은데 가족들이 문제에요. 자꾸 간섭하고, 나를 믿지 않아요. 혹시 선생님도 그렇게 생각하는 것은 아니죠? 표정을 보니까 그런 것 같아서. 그게 아니라면 다행이고. 아무튼 선생님이 알지 모르겠지만 내가 과거에 이런 일을 한 사람이에요."

어린 나에게도 존댓말을 쓰고 흥분하지 않고 자기 생각을 표현하던 할아버지는 대뜸 과거 자신이 어떤 일을 했는지 설명하기 시작했다. 할아버지는 과거 공기관에서 근무하며 사회적으로 성공한 사람이었다. 가족들에 따르면, 과거 할아버지는 그런 사회적 위치에 오른 자신을 자랑스러워하며, 지위를 놓치지 않기 위해 부단히 노력했다고 한다.

그러던 할아버지에게 치매가 찾아오면서 모든 것이 변하기 시작했다. 가족들은 할아버지가 기억을 못 하고 실수하고도 자신의 잘못이 아니라며 화내는 것은 견딜 수 있었다. 그러다 할아버지가 밖으로 배회하며 집에 돌아오지 못 하는 날이 늘어났고, 어느 날은 여기저기 긁힌 상처를 입고 경찰관과 같이 초라한 모습으로 집에 들어와 가족의 억장을 무너뜨렸다. 어디서 굴렀는지 할아버지 옷은 흙 범벅이었고, 머리카락엔 낙엽과 나뭇가지가 엉켜 있었다. 과거 권위와 사회적 지위를 가진 사람이었고, 그 지위를 위해 누구도 범접 못 할 벽을 세운 사람이었다. 도대체 왜 나갔냐고 다그치는 가족들의 질문에, 할아버지는 "친구 만나러 갔다 왔어."라는 말만 조용히 남겼다.

병동에 올라간 할아버지는 가족들이 없는 곳에서 다시 면담을 요청했다. 처음에는 가족들이 들으면 안 될 비밀 이야기를 하려나 생각했다. 보통 이런 경우 가족들이 재산을 빼돌리려고 자신을 데려왔다, 굶겨 죽이려 했다, 음식물에 독을 탔다며 주로 망상과 뒤섞여 가족들을 원망하는 경우가 흔하다. 그런데 정작 할아버지의 반응은 내 예상과 달랐다. 병동 문을 열고 들어서는데, 화를 억누르고 방어적이던 평소 할아버지는 온데간데없었다. 조금 더 속마음을 드러내는 듯한, 어떻게 보면 곤란해하면서도 미안한 표정이 역력했다.

"내가 아무리 설명해도 도무지 내 말을 믿어야 말이지. 그래도 자네라면 내 말을 믿어줬을 텐데. 내가 어디 이런 데 올 사람인가? 다른 사람 시선도 그렇고, 내가 여기 오느라 자네들이랑 약속 못 지키게 되어서 미안하네."

순간 당황했다. 할아버지의 표정과 말투가 돌변해서이기도 했지만, 나와 무슨 약속을 했다는 것인지 상황이 정리가 안 됐다.

그러다 할아버지의 눈빛을 보고 알았다. 할아버지와 얼굴을 마주 보고 있었지만, 할아버지의 시선은 내 뒤의 누군가를 향해 있었다. 할아버지는 친구의 환시를 보고 있는 게 틀림없었다. 한참을 혼자 대화하는 할아버지의 모습을 보면서 등골이 서늘했다.

나중에 확인하게 됐지만 할아버지는 루이소체 치매 환자였다. 증상 초기에 뚜렷한 환시가 잘 나타나는 치매다. 일반적인 알츠하이머병보다 환각 증상이 자주, 선명하게 나타나고, 환각을 가라앉히기 위해 사용하는 항정신병 약물에 대해 몸이 굳고 떨리는 부작용이 쉽게 나타난다. 의학적으로 보면 초기부터 심각한 증상이 나타나는데 약물도 쓰기 어려우니 환자와 가족들 입장에서는 더욱 고통스러운 병이다.

일반적으로 노인들에게 나타나는 환각은 치매 이외에도 다양한 원인이 있다. 수술을 받고 심신이 지쳐있는 상태나 뇌졸중으로 뇌가 손상된 경우, 또는 알코올 중독의 금단 증상 등으로 뇌가 극도로 예민해지면, 섬망(의식 변화 더불어 시간, 장소, 사람에 대한 정확한 인식을 못 하고 혼란스러워하는 현상)이 나타나고, 이때 환각을 경험하는 사람이 많다. 내가 진료한 한 섬망 환자는 갑자기 병실 문이 열리더니 입과 머리카락이 거꾸로 달린 사람이 네 발로 기어 오는 환각을 겪었다. 괴물이 네 발로 침대 아래에서 돌아다니는데 시야에서 놓치면 죽을지도 모른다는 생각에 눈도 깜빡이지 못하고 밤새워 지켜보고 있어야 했다. 섬망 중에서도 환각은 이미지가 무섭고 생생하고 강렬하다. 우리가 평상시에 경험하지 못한 형상이나 소리 형태의 감각적 이미지로 겪는 경우가 많다. 그러나 이런 환각은 단기간에 그치며 경험자의 현실 인식이 회복되면 사라진다. 마치 아주 무서운 악몽을 꾸고 잠에서 깨는 것과 유사하다.

그러나 치매의 환각은 조금 다르다. 일반적인 퇴행성 치매의 환각은 대상자에게 강렬한 이미지로 인식되면서 동시에 과거의 현실을 기반으로 구성되는 경우가 흔하다. 마치 현실의 조각난 부분을 과거 기억에서 비롯한 생생한 환각으로 메우듯, 치매 노인은 환각을 자연스럽게 받아들인다. 그래서 대체로 치매 노인은 환각에 압도되어 두려움에 떨거나 무서워하기보다 평상시와 다르지 않은 반응을 보인다.

치매로 고통받았던 나의 고모는 40년 전 자기 집에 세를 살던 새색시가 자신을 부르는 환청을 자주 들었다. 새색시가 본인 이름을 부르며 밀린 월세를 주겠다는 환청의 내용도 지극히 현실적이었지만, 40년이 지난 일이었음에도 환각은 너무나 자연스럽게 현실에 녹아들었다. 치매의 환각에는 이처럼 그 사람의 삶이 반영된 경우가 있다. 할아버지의 환시에는 어떤 삶이 녹아 있었을까.

나중에 가족들을 통해 들은 이야기로 할아버지의 환각에 나온 사람은 젊었을 때부터 만나온 세 명의 친구 중 한 명이었다. 고집 세고 경계심이 강하며 빈틈을 보이지 않으려 했던 할아버지는 신기하게 세 친구와는 오랜 기간 우정을 유지했다. 늘 경직되어 있던 할아버지의 표정도 친구들을 만나고 온 날에는 어린아이로 돌아간 듯 신나고 편안해 보였다고 한다. 가족들 이야기 중 인상 깊었던 것은 할아버지가 치매를 진단받고 난 이후였다. 친구들은 할아버지가 약속을 기억하지 못해도 책망하지 않았고, 대화 중 뜬금없는 이야기를 해도 웃어주며 할아버지가 무안해 하지 않도록 배려했다. 가족들에게는 할아버지의 치매 증상이 빠르게 진행되는 것을 걱정하면서도, 당사자인 할아버지에게는 전혀 내색하지 않았다. 할아버지의 치매 증상이 악화돼 더는 만나지 못해도, 친구들은 할아버지에게 자주 전화하며 안부를 챙겼다. 그때만큼은 할아버지는 돌봄이 필요한 치매 환자가 아닌 막역한 친구 그 자체가 되었다.

알랭 드 보통은 『철학의 위안』에서 그리스 철학자 에피쿠로스의 말을 빌려 다음과 같이 이야기한다.

우리 인간은 자신이 존재하고 있음을 지켜봐 줄 누군가가 없다면, 존재하지 않는 것이나 마찬가지이다. 우리가 내뱉는 말은 다른 누군가가 이해할 수 있을 때까지는 아무런 의미를 갖지 못한다. 그리고 친구들에게 둘러싸여 지낸다는 것은 끊임없이 우리의 정체성을 확인받는 것이다.

- 알랭 드 보통, 『철학의 위안』, 청미래, 2012

할아버지의 환각은 자신을 잃는 상황에 와서야 역설적으로 그의 삶에서 무엇이 소중한지 보여줬다. 할아버지의 마음에는 아직 친구들이 머물고 있었고, 할아버지의 환각은 영사기가 빈 화면에 장면을 비추듯 그들의 모습을 눈앞에 비춰주었다.

치매는 환각을 통해 우리 존재에 관해 말해 주었다. 우리는 모두 관계 안에 있는 사람이라는 것, 계속 누군가의 옆에 있고 싶고, 없으면 그리워하는 사람이라는 것을 말이다. 이제 내게는 할아버지의 환각이 애틋함으로 다가온다.

— 사 라 지 는
— 순 간 에 도
— 사 랑 할 수 있 다

노벨 문학상을 받은 작가 앨리스 먼로의 단편 소설 「곰이 산을 넘어오다」는 치매에 걸린 아내와 그 옆에서 아내를 바라보는 남편을 통해 우리에게 기억과 사랑에 대한 담론을 던진다.

대학교수였던 그랜트와 피오나는 50년을 함께 산 부부였다. 피오나의 기억력이 떨어지고, 점점 그녀답지 않은 의외의 행동을 하면서 부부의 비극은 시작됐다. 결국 알츠하이머병이 심각해지고 있음을 스스로 인식한 피오나는 남편에게 자신을 요양원에 데려다 달라 부탁한다.

그랜트는 메도레이크라는 요양원에 아내를 입소시키고 그곳 규칙에 따라 한 달간 피오나와 떨어져 지낸다. 첫 방문을 위해 메도레이크에 간 그랜트는 옛날의 진지한 설렘을 다시 느끼며 아내를 찾지만, 피오나는 치매가 진행되어 남편을 알아보지 못한다. 게다가 남편을 잊은 그녀는 운명의 장난처럼 요양원에 같이 입소한 오브리라는 남성과 사랑에 빠져 있다. 그랜트는 아내가 장난을 치는지도 모른다는 생각 이외에 이 상황을 받아들일 수가 없다. 그가 할 수 있는 건 둘을 쫓아다니며 기웃거리다 닫힌 방문 뒤의 그들을 상상하는 것뿐이었다.

그러다 요양원에 잠시 머물렀던 오브리가 아내와 함께 집으로 돌아가며 피오나는 상실감에 시름시름 앓는다. 결국 그랜트는 피오나를 위해 오브리의 아내를 찾아가 그를 다시 요양원에 입소시켜 주길 부탁한다. 그리고 다시 아내를 만나러 요양원에 돌아온 날, 놀랍게도 피오나는 그랜트를 기억했다.

"당신이 와서 기뻐요." 그의 귓불을 잡으며 그녀가 말했다.
"그냥 가버린 줄 알았어요. 나 따윈 신경 쓰지 않고, 버려두고 간 줄 알았죠. 버리고, 나를 잊어버리고." 그녀가 말했다.
그랜트는 그녀의 하얀 머리카락, 분홍빛 속살, 사랑스러운 두상에 얼굴을 기댔다. 그런 적은 없어. 단 일 분도. 그가 대답했다.
— 앨리스 먼로, 「곰이 산을 넘어오다」

『미움, 우정, 구애, 사랑, 결혼』, 웅진지식하우스, 2020

사실 그랜트는 대학교수 시절 외도로 아내 피오나에게 잊지 못할 상처를 남겼다. 하지만 인생은 치매라는 설정을 통해 피오나와 그랜트의 입장을 뒤바꿔 놓는다. 피오나의 기억에서 그랜트가 사라지자 그녀는 바로 다른 남자와 사랑에 빠진다. 그리고 그랜트가 자신으로 인한 아내의 과거 상처와 회한을 이해하게 되자, 언제 그랬냐는 듯 피오나는 다시 그랜트를 알아본다. 치매가 피오나의 기억을 어디로 데려가는지에 따라 그랜트는 잊지 못할 상처를 준 사람에서 처음 보는 남이 되기도 하고, 다시 그녀 인생에서 유일하게 사랑했던 사람이 된다. 두 사람이 재회했다는 소설의 결말은 해피엔딩 같지만 슬프다. 앞으로 그녀의 기억에 따라 그들의 사랑이 변해갈 것을 알기 때문이다.

『죽음의 수용소에서』를 쓴 정신 의학자 빅터 프랭클은 가장 극단적인 환경에서 인간 본성에 대해 깊이 들여다볼 수 있다고 했다. 그 말대로라면 치매는 인간의 사랑에 대해 많은 이야기를 해줄지 모른다. 기억이 사랑의 큰 부분을 차지하고 있다는 것은 부인할 수 없다. 그러나 기억하지 못하면 소설에서처럼 수십 년간 이어온 사랑조차 사라진다는 사실은 우리에게 너무나 비극적이다.

그런데 단지 그뿐일까? 치매 환자가 된다는 것은 이제 더는 사랑에 대해서는 논할 필요조차 없는, 그런 존재가 된다는 것일까. 문득 한 치매 할머니의 이야기가 떠올랐다. 할머니는 치료 프로그램에 참여하는 분이었는데, 병동 내 프로그램실에 들어오면 구석에 자리 잡고 앉아 눈도 깜빡이지 않고 한 곳을 응시했다. 그녀의 시선은 매번 키가 훤칠하게 큰 할아버지를 향했다. 할아버지를 바라보는 할머니의 눈빛은 사랑에 빠진 사춘기 소녀처럼 반짝였는데, 그렇다고 다가가 말을 거는 것도 아니고 친한 척을 하지도 않았다고 한다. 대신 할아버지에게 다른 할머니가 다가가거나 말이라도 걸면 순간 앙칼진 눈빛으로 변하며 중얼거렸다.

"저것이 내 남편을 저렇게 홀릴 줄 알았어. 여우같은 것."

그럴 때마다 치료진은 할머니가 혹시라도 무슨 일을 벌일까 봐 조심스럽게 관찰했지만 아무 일도 일어나지 않았다. 그러다 할아버지가 혼자 남게 되면 할머니는 다시 편안한 눈빛으로 돌아갔다. 그런데 정작 할아버지는 할머니의 남편이 아니었다. 단지 오가며 인사를 나눌 정도의 관계일 뿐 할머니와 어떤 연관도 없었다. 할머니의 어떤 생각의 흐름이 할아버지를 남편으로 오인하게 만들었는지 알 수 없었다.

가족이나 치료진 입장에서는 착오 망상에 빠져 뜬금없이 상대방에게 흥분하는 치매 할머니를 먼저 걱정할 수밖에 없었다. 하지만 정작 내 시선을 끌었던 것은 할머니가 할아버지를 남편으로 오해하고 있느냐 아니냐가 아니었다. 그것은 할아버지를 보는 것만으로도 행복해하고, 할아버지 곁에 있다는 이유만으로 다른 사람을 질투하는 할머니의 생생한 감정이었다. 치매와 망상이 비록 모르는 할아버지를 남편으로 바꿨을지언정, 누군가를 '사랑하고 있다'는 할머니의 마음은 그대로 살아 있었다.

인간에게 필요한 것은 삶의 의미가 아니라 '의미 있다는 느낌'이라는 글을 읽은 적이 있다. 사람은 본능적으로 알고 있는 건지도 모른다. '아직 사랑할 수 있다'는 것은 '아직 살아있다'는 느낌과 동일하다.

인간다움을 잃어가는 비극적인 치매 안에서도 인간은 사랑을 추구한다. 그리고 언젠가 그 작은 인간다움조차 사라지게 되면 더는 사랑할 수 없게 될지 모른다. 물 밖을 나온 물고기가 생을 마감하기 전까지 뻐끔거리듯, 인간다움이 사그라들기 전까지 멈추기 어려운 것, 그게 사랑을 추구하는 인간의 욕망일지 모른다. 그 마음의 틀 안에 어떤 내용물이 채워질지언정, 위에서 아래로 흐르려는 그 욕동은 막을 수 없다. 그것은 사랑이라는 단어에서 연상되는 아름답고 평온한 모습이 아니라 얼마 남지 않은 인간다움에 대해 거칠게 내뱉는 마지막 한숨 같은 가슴 아픈 행위이다.

치매가 끌고 가는 기억에 따라 '사랑'은 변할 수 있어도 '사랑할 수 있다'는 본능은 마지막까지 남아있다. 그리고 그 인간다운 행위 옆에서 남은 우리가 할 수 있는 것은 있는 그대로를 받아들이고 지켜봐 주는 것일 따름이다.

── 굿바이 ,

── 로빈

「죽은 시인의 사회」「굿 윌 헌팅」「패치 아담스」「굿모닝 베트남」
「사랑의 기적」….

숱한 영화로 우리를 울리고 마음 따뜻한 미소를 짓게 해준
로빈 윌리엄스. 그러나 그의 마지막은 잘 알려지지 않았다. 단지
2014년 자살로 삶을 마감했다는 정도만 널리 알려졌다.

나는 그가 알코올 중독과 마약 중독으로 인해 충동적으로 자
살했다, 돈 문제로 자살했다는 기사를 볼 때마다 의아했다. 비록
영화 속에서라 할지라도 미소와 유머로 삶의 무게를 어떻게 딛고
살아야 하는지 보여준 그에게 전혀 어울리지 않는 마지막이라 생

각했다.

그러다 2016년 아내 수잔 슈나이더 윌리엄스의 회고를 보고서 그가 단순히 중독이나 우울증으로 삶의 끈을 놓은 것이 아니라는 것과 치매로 인해 산산조각이 난 자기 삶을 지키려 부단히 노력했다는 사실을 처음으로 알게 됐다.

그는 사람들에게 생소한 루이소체 치매로 고통받았다. 루이소체 치매는 전체 치매 환자의 10~25%를 차지하는데, 노인 퇴행성 질환 중 알츠하이머병 다음으로 빈도가 높다. 루이소체 치매는 환시, 파킨슨 증상, 하루에도 수차례 반복되는 혼미 증상을 특징으로 한다. 그러나 이런 증상은 알츠하이머병이나 파킨슨 치매에서도 종종 나타나는 증상이기에 감별이 어렵다. 게다가 루이소체 치매는 일반적인 치매 검사로는 확실히 알 수 없고, 결국 사후 뇌 부검을 통해서만 확진이 가능하다는 점에서 로빈이 처음부터 자신의 병을 알기는 어려웠을 것이다.

루이소체 치매라는 병의 증상 자체도 고통스러웠겠지만, 로빈의 마음을 무너지게 만든 것은 그것이 무엇인지조차 알지 못하는 두려움이었던 것 같다.

로빈은 점점 마음을 잃어갔고 그도 그것을 느끼고 있었다. 자신이 분해되는 느낌이 얼마나 고통스러웠을까. 어떤 힘으로도 돌이키기 어려운 두려운 변화가 로빈에게 나타나고 있음에도 무기력하게 얼어붙어 그 어둠 속에 혼자 서 있어야 하는 고통을 부부는 마주하고 있었다. 로빈은 "내 뇌를 재부팅 하고 싶어."라는 말을 반복했다. 임상 평가, 정신과 평가, 혈액 검사, 소변 검사, 코르티솔 농도 측정, 심장 기능 평가를 진행했지만 스트레스 호르몬인 코르티솔 농도가 높다는 것 이외 모든 검사 소견이 정상이었다.

-Williams SS, "The terrorist inside my husband's brain", Neurology(2016)

2013년 로빈 윌리엄스가 처음 겪은 증상은 누구나 경험할 수 있는 불안에서 시작됐다. 감정적으로 예민한 상태가 되면 우리 몸의 자율신경계가 항진되어 가슴이 두근거리고, 입에 침이 마르거나 식은땀을 흘리는 등의 신체 증상이 나타난다. 단순히 불안만으로 루이소체 치매를 예측할 수 있는 전문가는 없다. 그가 처음에 경험한 왼쪽 손의 미세한 떨림도 불안해서 나타나는 일시적인 현상 정도로 간과했을지 모른다.

그러나 결과적으로 그에게 반복적으로 나타난 과도한 불안과 공포는 루이소체 치매 초기 증상이었다. 이는 불안, 공포와 같은 감정에 관여하는 뇌의 편도체에 루이소체라는 독성물질이 쌓여 생기는 증상인데 더 진행되면 불안정한 감정 기복, 의심과 같은 증상이 나타나는 것으로 알려져 있다. 같은 해 10월경 로빈은 변비, 소변 문제, 가슴이 화끈거리는 증상, 불면, 냄새를 잘 맡지 못하는 증상, 왼쪽 손의 떨림, 장 불편을 호소하며 의사에게 도움을 요청했다. 명확한 원인을 알 수 없었던 그는 심리 상담과 약물 치료를 시작했지만, 그해 겨울에는 의심과 망상 증상까지 나타났다. 그의 뇌에는 점점 루이소체가 쌓여 갔고 이에 따라 증상의 양상도 다양해졌다. 이듬해인 2014년 4월경 로빈은 고통스러운 상황에서도 영화 「박물관이 살아있다 3」 촬영을 강행했다. 이 시기에 그의 발작적인 불안은 더 심각해졌고, 촬영에 어려움을 자주 겪었다. 불과 3년 전만 해도 대사 실수 한번 없이 연극을 소화할 만큼 뛰어난 기억력을 보였던 로빈은 이 영화에서 대사 한 줄도 쉽게 기억해 내지 못했다. 그의 유작이 된 「박물관이 살아있다 3」 촬영 기간에 의사는 항정신병 약물로 공황 증상을 조절하기로 했는데 예상과 달리 로빈은 약물의 효과를 보지 못했고 그의 불안은 더욱더 악화되었다.

영화 촬영 중 불안이 엄습할 때면 로빈은 하루에도 수차례 아내에게 전화를 걸었다. 그는 연기에 대한 자신을 잃었고, 영화 촬영장에서 다른 사람들과 일상적인 대화조차 피했다. 그는 약한 모습을 남들에게 보이고 싶지 않았고, 일이 끝나면 홀로 남아 자신이 실수한 것은 없는지 매일 상황을 복기했다. 희망이 산산이 부서져 혼란과 공포에 휩싸였던 부부는 2014년 5월 28일, 남편이 겪고 있는 현상이 단순 우울이나 공황 증상이 아닌 파킨슨병일지 모른다는 이야기를 의사로부터 듣게 됐다. 부부는 뭔가 답을 찾았다는 사실 하나만으로 안도의 한숨을 쉬었다.

배우라는 직업이 무색하게 로빈의 표정은 파킨슨 증상으로 인해 굳었고 발성도 약해졌다. 왼손은 종일 떨렸고 종종걸음이라고 불리는 특징적인 파킨슨 걸음도 악화됐다. 치료를 거듭했지만 로빈은 점점 지쳐갔고 심한 좌절감을 느꼈다. 그때부터 그는 하루에도 수차례 혼미 상태에 빠졌다 회복되기를 반복했다. 이 또한 루이소체 치매의 특징적인 증상 중 하나였다. 루이소체 치매 환자는 밤에는 여기가 어딘지도 모르고 사람도 못 알아보다가 다음 날 아침이 되면 언제 그랬냐는 듯 정상적인 모습을 보여 가족들을 혼란스럽게 만든다.

다행히 중간에 파킨슨약을 변경하고 증상이 완화되었는데, 허무하게도 로빈은 스스로 생을 마감했다. 사실 자살의 위험은 가장 고통스러운 시기가 아니라 그 고통이 잠시 가라앉았을 때 순식간에 밀어닥친다. 우울증 환자도 무기력이 가장 극심할 때가 아니라 환자가 살짝 기력을 차렸을 때 더 위험하다. 환청, 망상을 주 증상으로 겪는 조현병 환자도 한창 증상을 겪을 때가 아니라 정신병 증상이 가라앉은 이후 한두 달 사이를 조심해야 한다. 이는 치매 환자도 마찬가지다. 붕괴되는 경험을 매일 겪고 있으나 아직 자신을 잃지 않은 치매 초기 단계에는 특히 자살의 위험이 높다. 그러나 어떤 이유든 간에 그의 죽음은 너무나 갑작스러웠고 그를 사랑하는 모든 사람을 당황케 했다. 마지막까지 그의 옆을 지켜준 아내 조차 말이다.

파킨슨약을 변경하고 그는 기분도 좀 더 편해지고 다시 희망을 꿈꾸기도 했다. 8월 둘째 주 그의 증상은 상대적으로 안정을 되찾고 있었고 부부는 오랜만에 완벽한 토요일을 보낼 수 있었다. 일요일 밤 수잔은 로빈이 점점 좋아지고 있다고 느꼈고 매일 그래 왔듯 잠들기 전 남편에게 속삭였다. "Good night, my love" 그리고 로빈도 아내 수잔에게 대답했다. "Good night, my love" 그리고 그것이 마지막 인사였다. 8월 11일 월요일 그는 삶을 마무리했다.

－Williams SS, "The terrorist inside my husband's brain", Neurology(2016)

수잔이 언론에 언급한 바에 따르면 로빈은 자살 시도 1주일 전 신경인지 검사, 즉 치매 검사를 받았으며 자신이 노인 퇴행성 치매 초기 단계라는 것을 알고 있었다고 한다. 노력으로 어떻게 할 수 없는 상황, 자신을 잃게 될지 모른다는 고통, 그것을 누가 이해해 줄 수 있겠는가. 그리고 3개월 후 로빈의 뇌를 부검했을 때 비로소 루이소체 치매의 병리 소견을 발견했고 수잔은 남편이 그동안 겪은 고통의 의미를 하나씩 되짚어 볼 수 있게 됐다. 그리고 수잔은 이런 고통을 앞으로 겪게 될지도 모를 사람들을 위해 로빈의 마지막 1년을 이야기하기 시작했다.

로빈 윌리엄스의 마지막은 그가 주연한 영화 「사랑의 기적」
을 떠올리게 한다. 실화를 바탕으로 한 이 영화에서 의사 세이어
역할을 맡은 로빈은 30년 동안 죽은 듯이 잠만 자던 기면성 뇌염
환자 레너드(로버트 드니로 역)에게 엘도파(파킨슨약)를 써서 깨어나게
한다. 요양병원에 누워있던 사람들이 기적적으로 일어나 원했던
것은 보통사람들이 원하는 돈이나 사랑, 명예와 지위 같은 것이 아
니었다.

"뭘 원하죠?"

"단순한 겁니다. 산책하는 거 말이에요. 내가 원할 때, 다른 정
상인들처럼."

로빈 또한 마지막 순간까지 갈망하고, 지키고 싶었던 것은 단
순한 일상의 소중함이 아니었을까 생각해 본다. 그리고 나는 그가
병에 압도되어 무기력하게 무너진 것이 아님을 알았다. 그리고 그
스스로 답을 찾기 위해 고군분투했으며, 삶의 마지막까지 자신이
할 수 있는 모든 것을 쏟아냈다는 것을 기억하려 한다.

"굿바이, 로빈."

—— 엄 마 의

—— 분 리 불 안

"어머니, 이쪽으로 들어오세요. 여기 앉으시고, 선생님하고 인사하세요."

예순이 넘어 보이는 아들이 여든 후반의 노모를 모시고 진료실에 들어왔다. 아들은 어린아이를 가르치듯 노모에게 하나하나 행동을 일러주었다.

"어머니께서 다른 병원에서 치매 진단을 받으셨어요. 이건 소견서고 지금 드시는 약도 여기 챙겨왔습니다."

노모는 아들이 설명하는 동안 아무 말 없이 앉아 있었다. 나도 아들에게 질문하다가 노모가 너무 대화에서 배제된 것 같으면 고개를 돌려 노모와 눈을 마주쳤다. 그래도 노모는 수줍은 미소만 지을 뿐 어떤 대답도 하지 않았다. 겉으로는 초조함이나 두려움, 분노를 읽을 수 없었다. 전형적인 착한 치매 환자의 모습이었다. 그런 어머니의 모습을 물끄러미 바라보던 머리 희끗한 아들이 걱정한 것은 따로 있었다.

"이럴 때는 괜찮은데, 정말 문제가 나타나는 건 제가 어머니 옆에 없을 때입니다. 어머니는 제가 안 보이면 불안해서 견딜 수 없나 봐요."

아들은 아내와 사별한 이후로 어머니와 같이 살았다. 치매가 진행되기 전 어머니는 혼자가 된 아들을 그렇게 걱정했다고 한다. 노모는 홀아비가 힘 빠진 것만큼 초라해 보이는 것은 없다며 아들의 세 끼 식사를 그렇게 챙겼다. 아들이 집에 들어오기 전까지 먼저 자는 일이 없었고, 일 때문에 밤늦게 들어와 식사하는 아들 옆에 앉아 이것저것 반찬을 숟가락 위에 올려놓곤 했다. 지인들에게도 자기가 없으면 누가 아들을 돌보겠냐며, 나중에 자기가 죽고 없으면 아들에게 반찬이라도 보내달라는 당부를 남겼다.

노모의 그런 모습은 치매가 진행돼도 달라지지 않았다. 노모는 아들을 그림자처럼 따라다녔다. 아들이 없으면 불안해하고 대문 앞에서 서성이며 기다렸다. 일을 해야 하는 아들 입장에서는 노모를 일터에 모시고 갈 수도 없고 난감한 상황이었다. 그나마 다행인 건 어머니가 집 밖을 돌아다니지는 않았다는 것인데, 결국 문제가 터졌다. 어느 날 매번 대문 앞에서 자식을 기다리던 노모가 사라졌다. 아들은 허겁지겁 경찰에 신고했고 다행히 가까운 거리에서 길을 헤매던 어머니를 발견했다.

그날 아들은 경찰서에서 요양원에 보내드리거나 해야지 어머니를 이렇게 방치해두면 방임이라는 이야기를 듣고 억장이 무너졌다. 그러나 상황은 달라지지 않았다. 여러 차례 실종 신고 후 결국 아들은 어머니를 요양원에 모시기로 결심했다. 아들의 눈에는 아들을 걱정하는 어머니와 안절부절못하며 부모를 기다리는 아이의 모습이 동시에 보였다. 어머니로서도, 아이로서도 노모는 아들 곁에서 떨어지려 하지 않았다. 아들은 어머니의 불안을 알면서도 노모를 요양원에 홀로 보내는 힘든 결정을 내려야 했다.

치매의 불안은 주로 분리불안의 형태가 많다. 분리불안이란 자신에게 심리적 안정감을 줬던 사람이나 부모처럼 애착의 대상이 되었던 사람과 떨어질 때 생기는 불안이다. 어린이집에 처음 가는 아이들을 보면 분리불안이 어떤 경험인지 쉽게 이해할 수 있다. 단순히 스트레스를 받는 정도가 아니다. 낯선 환경에 홀로 남게 된 아이에게는 항상 자신을 품어줄 거라 믿었던 절대적인 존재가 사라진 것이다. 아이에게는 생존과 직결된 문제며, 죽음과도 같은 공포다. 물론 시간이 흘러 사라진 줄 알았던 엄마와 재회를 반복하며 엄마는 사라진 것이 아니라는 확신을 갖고 분리불안을 견디는 힘을 키워간다. 그러나 치매 노인의 경우는 안타깝게도 자신이 전적으로 기댔던 사람이 어딘가 사라진 게 아니라는 사실을 학습하고 기억하기 어렵다. 매일 저녁이 되면 아들이 일을 끝내고 돌아온다는 단순하고 평범한 사실이 노모의 마음에 남아 있지 않기에 항상 대문 밖을 서성인다.

한편, 치매 노인에게 나타나는 분리불안의 원형을 과거 부모와 자식간 관계에서 찾기도 한다. 자식에게 저녁을 차려줘야 한다는 평범한 일상의 걱정, 부모로서 충분히 뒷받침해주지 못했다는 죄책감, 서로에게 상처 줬던 기억이 그 뿌리가 되기도 한다. 하지만 일반인과 달리 치매 노인에게는 과거 경험에 대한 기억(불안의 내용)은 사라지고 그 경험에 기인한 감정(불안)만 남는다. 자식이 없기에 불안한 것뿐만 아니라, 자식이 옆에 있기에 불안한 것이기도 하다. 땅거미가 지는데 집에 돌아오지 않은 아들에 대한 걱정과 늙은 자신을 먹여 살리느라 재혼을 못 한다는 죄책감은 치매로 인해 어느 순간 노모의 마음속에서 사라졌을 것이다. 그러나 그로 인한 불안은 사라지지 않고 대문 밖에서 아들을 기다리는 동안 눈덩이처럼 커졌을 것이다.

"요양원에 보내드려야겠죠?"

아들에게 조언해 준 경찰의 말이 어떤 면에서는 맞다. 치매 노인의 배회는 정말 위험한 상황이 되기도 한다. 그렇다고 종일 집에서 혼자 무료한 시간을 보내는 것은 치매 노인의 불안감을 더욱 빠르게 악화시킨다. 아들 또한 일해야 하는 경제 상황과 혼자 남겨둔 어머니에 대한 불안감에 지쳐 우울증을 호소하고 있었다. 그러나 아무것도 모르고 수줍은 듯 조용히 아들 손을 잡고 있는 노모에게 요양원만이 지금 할 수 있는 최선인가에 대해서는 스스로 답을 내리기 어려웠다. 노모는 아직 아들의 손길이 필요했다.

치매 노인의 분리불안을 낮추고 아들의 돌봄 부담을 덜어줄 접점은 없을까? 치매 노인의 불안감을 다루기 위해서는 우선 그들이 보내는 신호, 즉 반복적인 행동과 말, 그리고 그 감정에 귀를 기울일 필요가 있다. 그들의 표정과 행동이 보이는 신호와 요구를 적절하게 읽어내고 민감하게 반응하는 것, 부드러운 표정과 따뜻한 스킨십으로 안심시키는 것이 우선이다. 그리고 주간 보호센터와 같은 지역사회 전문기관을 활용하여 치매 노인에게 예측 가능한 생활의 틀을 만들어줌으로써, 무료함이 불안감을 더 악화시키지 않도록 도와야 한다.

다행히 아들은 어머니의 마음을 잘 읽었다. 그리고 매일 아들만 기다리며 집에서만 지내는 노모의 무료한 생활 패턴을 바꾸기 위해 노인장기요양을 신청하여 주간 보호센터에 다니기 위한 준비를 했다. 주간 보호센터로 연계되기 전까지는 노인 센터를 이용하기로 했다. 상담 선생님은 아들 사진을 챙기고 하루 세 번 아들에게 전화를 걸어 목소리를 들려주며 노모의 불안감을 가라앉히기로 했다. 그리고 초반에 악화한 분리불안에 대비하여 소량의 항불안제를 복용토록 하고 추가로 비상약을 챙겨 놓기로 했다. 다행스럽게 아들은 퇴근 시간과 쉼터 종료 시간을 맞출 수 있었고, 쉼터에 들러 어머니를 모시고 갔다. 나는 노모에게 집이라는 공간이 아들과 같이 돌아가는 쉼터가 되길 기원했다.

불안은 고통스럽지만, 우리에게 메시지를 준다. 혼자 남겨진다는 실존적 불안은 치매 노인뿐만 아니라 그것을 지켜보는 가족에게도 극심한 고통을 불러일으킨다. 그러나 치매 노모의 분리불안에는 치매로 사라졌다고 믿었던, 자식을 향한 어머니의 근원적 불안과 어머니로서의 삶이 담겨 있다. 그것이 비록 자식을 고통스럽게 만들고, 병세 악화로 비칠지언정, 치매 노인의 분리불안은 그런 그리움과 애잔함을 자식들 마음에 남긴다.

── 망상과

── 현실 사이의

── 감정

할머니 한 분이 아들의 손을 잡고 병원을 방문했다. 할머니는 혼자 걸을 수 있음에도 아들 옆에 딱 붙어서 걸었다. 마치 아들의 부축을 받고 싶어 하는 듯 보였다. 다행히 검사상 할머니는 아직 치매 초기 단계였고, 나쁜 치매 증상도 없었기에 치매약을 꾸준히 먹으며 관리만 잘하면 되는 상태였다. 그러나 안타깝게도 치매약을 먹어도 뭔가 크게 달라지지 않는다는 생각에 할머니와 아들은 두세 번 정도 진료를 받다가 더는 방문하지 않았다.

수개월 후 할머니는 누군가 집에서 돈을 훔쳐 가고 있다, 언

젠가부터 자기 물건에 자꾸 손을 댄다며 안절부절못하는 등 증상
이 급격히 악화해 아들과 병원을 다시 찾았다. 자식들이 매일 안
부 전화를 하지만 할머니 혼자 지내다 보니 할머니의 변화를 미리
감지하기는 어려웠다고 한다. 다시 치매약을 복용하기 시작했지
만 나쁜 치매 증상은 나아질 기색을 보이지 않았다. 망상, 초조 증
상에 듣는 항정신병 약물을 처방했으나 부작용 때문에 소량밖에
사용할 수 없었고, 치료가 더욱 어려운 상황이 됐다.

그런데 치료를 시작한 지 3개월 무렵, 아들은 할머니의 도둑
망상이 점점 좋아지는 것 같다고 이야기했다. 워낙 부작용에 예민
해 약물 용량도 충분히 못 쓰고 있었기에, 약물만으로 나타난 변화
라고 보기는 어려웠다. 호전의 다른 원인을 찾기 위해 아들과 이런
저런 대화를 나누던 중 어머니의 도둑 망상에 어떻게 대처했는지
묻게 되었다.

"누가 자꾸 집에 몰래 들어온다고 하니까 나도 황당했어요.
처음에는 물건을 어디에다 두고 어머니가 잊어버린 걸지도 모른
다며 같이 찾아다녔죠. 물건을 찾아줘도 또 없어졌다며 안절부절
못하니까 아무리 설명해도 소용이 없었어요. 이제는 밤에 누가 불
쑥 들어올까 무섭다고 해서 결국 집에 도어락을 달아드렸어요. 그
것도 몇 번이나 비밀번호를 바꿨어요. 집이 가까우니까 어머니한
테서 전화가 오면 바로 찾아가 비밀번호를 바꿔드리곤 했죠. 없어

진 물건은 다시 구해드리겠다고 하고요. 제 생각에는 도어락을 달면서 좀 편안해지신 것 같아요."

아들은 도어락을 달면서 어머니의 불안이 가라앉았다고 믿었지만, 나는 다른 생각이 들었다. 할머니의 망상에 대처하는 아들의 모습에서 할머니가 나아진 이유를 조금은 알 수 있었다. 아들은 처음부터 망상의 옳고 그름으로 어머니와 싸우지 않고, 어머니의 불안을 어떻게 해결할지에 초점을 맞춰 고민했다. 아들의 이야기처럼 도어락을 달았다고 치매 노인의 도둑 망상이 해결되었다면 그것은 망상이 아니었을지 모른다. 도어락보다 '수십 번을 오가며 비밀번호를 바꾸고 또 어머니에게 설명하기를 반복한 아들'이 노모의 불안을 달래는 데 더 도움이 됐을 것이다.

만약 아들이 노모의 불안을 신경 쓰지 않고 없어진 노모의 물건을 대신 찾아주거나, 물건을 다시 사다 놓기만 했다면 어땠을까. 의도치 않게 이를 노모가 '당신이 기억하지 못해 물건이 없어진 겁니다.'라는 메시지로 받아들인다면 문제는 더욱 심각해졌을 것이다. 무시당하고 있다는 느낌과 도움 받고 있다는 느낌은 한 끗차이다. 불안에 초점을 맞춘다는 것은 단순히 문제를 해결해 주는 것이 아니다. 상대가 이런 상황으로 인해 불안할 수 있음을 인정하고 이해하고 있다는 느낌이 우선 전달되어야 한다. 할머니는 도어락을 달고, 수십 번 집을 오가며 비밀번호를 바꾸는 아들의 모습에서 그런 마음을 느꼈을 것이다.

망상은 논리적으로 이해 가능한 사고의 문제라기보다 감정의 문제에 가깝다. 며느리가 돈을 훔쳐 갔다고 주장하는 치매 노인에게 그 돈을 찾아준다면 도둑 망상에는 어떤 변화가 나타날까? 할머니가 아무리 돈을 찾았다 하더라도 며느리가 돈을 훔쳤다는 믿음은 쉽게 사라지지 않는다. 이는 도둑 망상 자체가 현실 부정을 기반으로 나타났기 때문이다. 믿음을 무너뜨리지 않기 위해 할머니의 머릿속에서는 또 다른 생각이 자란다.

'돈을 가져간 건 며느리가 확실하다. 하지만 지금 돈이 발견된 건 아들놈에게 보여주기 위한 쇼일 뿐이다. 아들이 안 보면 또 내 돈을 훔쳐 갈 것이다.'

여기서 며느리가 "제가 안 가져갔어요. 돈은 어머니가 받았잖아요. 전 받은 줄도 몰랐다고요."라고 부딪치면 또 다른 망상이 자라난다.

'저렇게 화를 내는 것을 보니 다른 꿍꿍이가 있구먼. 저 돈을 훔쳐 자기네 집에 몰래 가져다 췄을 수도 있지. 아니면 다른 남자를 만나고 있을 수도 있어. 그때 전화하면서 내 눈치를 봤었지. 틀림없어. 다른 남자를 만나고 있는 거야!'

망상은 정신병리학적으로 '잘못된 신념'이라 정의 내린다. 우리는 평상시에 신념이라는 단어를 어디에 쓸까? 가장 대표적인 것이 종교, 정치와 같은 영역이다. 종교적 사고, 정치적 사고라는 말은 뭔가 어색하다. 종교적 신념, 정치적 신념이라 했을 때 그 의미가 충분히 전달된다. 사고와 신념을 구분하는 것은 망상을 이해하는 것뿐만 아니라 망상을 어떻게 다뤄야 할지에 대한 방향을 제시한다.

예를 들어 불교 신자가 기독교 신자에게 석가모니의 좋은 말씀을 설명한다면, 아무리 독실한 기독교인이라도 그 내용 자체가 이상하다고 할 사람은 없다. "참 좋은 이야기다. 살아가는 데 도움이 될 것 같다."는 호의적인 반응을 보일 것이다. 이는 '사고'의 레벨에서 둘 사이 대화가 이뤄졌기 때문이다. 그렇다면 불교 신자가 기독교 신자에게 "석가모니의 말씀이 이렇게 좋으니 불교를 믿으십시오." 하면 어떤 반응을 보일까? 누군가는 이상한 눈으로 바라볼 것이고 어떤 사람은 불편한 감정을 드러내며 단호히 거절할 것이다. 왜 이런 반응을 보일까? 이는 '신념'의 레벨에서 대화가 이뤄졌기 때문이다. 신념이란 내가 어떤 사람들과 살아왔고 어떤 경험을 해 왔는지에 따라 오랜 기간 동안 숙성되어 만들어진 믿음이다. 신념은 자신에게 옳고 그름을 따지는 기준이 되나 이는 사실에 근거한다기보다 느낌이나 정서, 감정 쪽에 더 가깝다.

망상은 잘못된 신념이다. 그런데 여기서 많은 사람이 하는 실수가 있다. 망상을 신념의 수준이 아닌 사고의 수준에서 다루려 하는 것이다. 망상을 설득하려 하거나 교정하려 한다. 특히 가족들이 그런 대응을 하는 경우가 많다. 충분히 설명해주면 바뀔지 모른다는 막연한 기대 때문이다. 그러나 이는 망상을 더욱 자극할 뿐이다. 망상에 휩싸였을 때 직접 부딪치면 안 된다. 우리조차 망상의 파도에 휩쓸리면 안 된다. 일단 망상에 집중하지 못하도록 주의를 돌린 후 무엇이 망상을 자극했는지 찾아야 한다. 그러다 보면 어느 순간 우리는 그들의 복잡한 감정을 마주하게 된다.

진료실에서 망상에 대해 환자와 면담할 때도 "당신의 생각은 이런 점에서 이해가 어렵네요."라는 말은 피한다. 혹시 그런 무언의 메시지를 전달하지는 않는지 표정까지 신경 쓴다. 논리적으로 접근하기보다 "그렇게 생각할 수 있겠네요. 그런 생각을 하고 있다면 저 같아도 불안할 것 같네요."처럼 감정을 읽어주려고 시도할 때 그들도 내 이야기에 귀를 기울였다.

소통을 위해서는 공유할 수 있는 것을 찾아야 한다. 그것이 눈에 보이는 취미 활동이나 개인적인 관심사가 될 수도 있지만, 감정도 그 역할을 할 수 있다. 우리가 직장 상사의 뒷말을 할 때 부하 직원들끼리 강한 유대감을 느끼는 것도 같은 감정을 공유한 소통이기 때문이다. 망상에 휩싸인 치매 환자는 상대방이 자신을 이상하게 볼지 모른다는 두려움과 평범했던 현실을 잃어버린 상실감에 휩싸여 있다. 이 복잡한 감정을 이해하기 위한 우리의 노력 자체가 아직 그들 옆에 우리가 남아 있음을 일깨워 주는 신호가 될 수 있다. 망상과 현실 사이에는 아직 감정이라는 다리가 놓여 있다. 우리가 그 사실을 잊지 않았으면 한다.

— 꽃

— 같 은

— 치 매

당신은 어떤 사람입니까? 이 질문을 받은 대부분의 사람은 연령, 직업, 학력, 가족, 재산 정도 등으로 자신을 설명한다. 좀 딱딱한 표현으로 인구학적 변인으로 알려진 위의 기준들은 모두 수치로 표현 가능하며 상중하로 사람들을 줄 세우기 쉽다는 공통점이 있다. 위의 방식은 나라는 사람보다 내가 속한 계층을 상대방이 빨리 파악할 수 있도록 한다.

한편 이 세상에 하나밖에 없는 나에 대해 알리고 싶다면 더 딱딱한 표현으로 사이코그래픽스 방식이 있다. 이는 나라는 사람은 어떤 성격이고, 주로 시간을 어떻게 보내는지, 어떤 흥미를 가졌는지 어떤 가치관을 중요하게 여기는지, 내 삶의 방식은 어떤 모습인지 등의 내용으로 이뤄진다. 이런 모습은 우열을 가리거나 줄을 세울 수 없다. 그 사람만의 가치를 드러내고 다양성을 만든다. 이는 자신을 표현할 때뿐만 아니라 그 반대의 경우, 즉 다른 사람을 이해할 때도 마찬가지이다.

내가 치매 환자 진료에서 조심하는 게 하나 있다. 처음 방문한 환자와 가족 앞에서 '치매'라는 표현은 되도록 사용하지 않는 것이다. 대신 '기억이 깜빡깜빡하는 것' 같은 문장식 표현을 자주 쓴다. 치매라는 단어가 주는 두려움이 강력하기 때문이다. 무심코 치매라는 단어를 쓰면 몇몇 어르신들은 양미간을 찌푸리며 쏘아보거나 당황하여 눈동자가 흔들린다. 그래도 습관이 무섭다고 '치매'라는 말이 툭 튀어나올 때가 있다.

할머니가 왔을 때도 마찬가지였다. 나는 기억력 문제로 최근 대학병원에서 검사받고 왔다는 보호자의 말에 무심코 질문을 던졌다.

"할머니는 어떤 치매를 진단받으셨나요?"

보호자 옆에 할머니가 앉아 있다는 것을 순간 망각했다. 치매는 알츠하이머 치매, 혈관성 치매, 루이소체 치매, 전두측두엽 치매, 알코올성 치매 등 진단에 따라 치료 경과와 예후에 차이가 나기에 물어봤던 것인데, 거기에 칼 같은 대답이 돌아왔다.

"꽃 같은 치매."

"네?"

나는 순간 당황해서 할머니를 바라보며 다시 물었다. 글로 적긴 그렇지만 처음에는 할머니가 '꽃'과 비슷한 발음의 욕을 하신 줄 알았다. '내가 치매라고 한 말에 노하셨구나.'라는 생각이 들었다. 그런데 표정을 살피니 화가 나 보이진 않았다. 할머니는 다시 한번 대답했다.

"꽃 같은 치매라고."

이제야 옆에 있던 보호자도 상황을 이해했는지 빙긋 미소를 지었고 나도 할머니가 화낸 게 아니라는 사실에 안도했다. 어떤 상황에서도 긍정적이고 유쾌하게 살아온 할머니다운 대답이었다는 건 그 후 보호자와 이야기하면서 이해할 수 있었다.

사람은 누구나 최소한 한 편의 글을 쓸 수 있는 작가라는 말을 들은 적 있다. 그 자신조차 평범하다고 느낄 개인의 삶을 깊이 들여다보면 모두 독특하고 의미 있다는 뜻이다. 마치 중학교 때 교복 입은 학생들의 운동장 조회를 지켜보는 것 같다. 멀리서 보면 비슷해 보이는 모습이 가까이에서 보면 머리 모양부터 교복 입은 방식까지 정말 다양하다. 그렇기에 몇 개의 진단명으로만 그분들을 바라보던 나에게도 변화가 필요했다. 먼저 치매 노인이 살아왔던 이전 삶의 방식을 헤아리는 마음을 품고 싶었다. 그게 바로 그분들의 품위를 지키는 데 더 적절한 방식 같았다.

치매 안심 마을로 알려진 네덜란드의 호그벡 마을은 일반적으로 우리가 상상하는 요양원과 달리 환자들이 마을 구성원으로 살아가고 있다. 치료진은 가운을 입지 않고 동네 마트 점원이나 지나가는 주민 역할 등을 하고, 환자들은 각자의 방식대로 치매 이전의 노멀 라이프를 살아간다. 처음 이 마을에 대한 이야기를 들었을 때는 몇몇 사람을 위한 최상급 요양 시설 정도로만 생각했다. 그런데 정작 나에게 흥미로운 점은 처음 입소한 치매 환자를 어떤 주거시설에 배정할지에 대한 그들의 방식이었다. 그들은 과거 직업, 삶에 대한 관점, 취미, 성향이라는 4가지 기준으로 치매 환자들의 생활양식을 7가지로 나눠 비슷한 환경에서 살아온 사람들끼리 어울리도록 했다.

호그벡 마을에서 치매 노인들의 7가지 생활양식은 다음과 같다. 활동적인 성향을 가진 이들을 위한 도시적 스타일, 손으로 작업하는 것을 즐기는 수공업자 스타일, 집에 머물기 좋아하는 가정적 스타일, 전통 네덜란드 스타일, 음악이나 미술 등의 활동을 즐기는 문화적 스타일, 종교 생활을 중시하는 기독교적 스타일, 인도네시아 이민자를 위한 다문화 스타일로 나뉜다. 그동안 알츠하이머 치매냐, 혈관성 치매냐, 나쁜 치매냐, 착한 치매냐에만 매달렸던 나에게 생활방식에 따라 치매 노인들을 이해하는 건 새롭고 신선한 관점이었다. 이렇게 비슷한 관심사를 가진 사람들끼리 같은 공간에서 서로 위로하는 일만큼 큰 위안을 주는 게 있을까.

"치매도 꽃 같다."라고 말할 만큼 고통을 품어내는 할머니만의 삶의 방식, 그리고 항상 누군가를 유쾌하게 만들었던 너그러움과 삶의 여유, 내가 만약 그것을 알지 못했더라면 그리고 단순히 치매 진단을 받고 온 주름진 노인으로만 알았다면 얼마나 후회했을까 생각해본다.

。

달로 떠나는
여행

4

— 지 금

— 나 들 으 라 고

— 하 는 이 야 기 야 ?

퇴근하고 집에 오니 딸아이와 아내가 씩씩대며 이야기하고 있었
다. 초등학생인 딸아이가 태권도장에서 같은 시간에 태권도를 배
우는 한 남자 아이 때문에 화가 났다. 앞뒤로 간격을 두고 줄넘기
를 하는 중 뒤에 있던 딸아이의 줄과 앞에 있던 남자 아이의 줄이
얽히는 일이 몇 번 반복됐다고 한다. 서로 짜증 나는 상황이었는
데, 쉬는 시간 그 남자 애는 여러 친구를 모아 놓고 들으라는 듯 큰
목소리로 뒷말을 했다고 한다.

"100개 해야 하는데 뒤에 있는 애 때문에 못 했어."

서로 줄이 얽혔을 뿐인데 거듭 그런 말을 들은 딸아이는 화가

많이 났다. 그리고 돌아와서 엄마한테 이야기하고 있다는 건 아마 그 자리에서는 아무 이야기도 못 했다는 뜻일 것이다. 서로 실수했을 뿐인데 자신에게 책임을 넘기고 비난하는 상황이 못마땅했을 듯하다. 성격상 남들 앞에서 말하는 게 조심스러운 딸아이의 마음이 어땠을지 짐작이 됐다.

"너한테만 그러는 거야?"

"아니, 다른 오빠한테도 그러고 막 자기가 잘못해놓고 남 탓해. 그런데 저번에도 그렇고 나한테 더 그래."

물론 서로 조심하자고 하며 가볍게 넘어갔으면 좋았겠지만 이건 어른들 마음이다. 아이들 사이에서는 불꽃 튀는 상황이었을 것이다. 누군가에게 내가 어떤 존재로 보이느냐의 문제, 만만한 사람으로 보이고 싶지는 않은 욕구. 사실 아이만 그런 생각을 하는 건 아니다. 분노를 참지 못하고 병원을 찾는 환자들에게 물어보면 열에 아홉은 비슷한 대답을 한다. 자신을 만만하게 봤기에 또는 무시했기에 그런 행동을 하는 거라며 분통을 터뜨린다.

살면서 무수히 부딪칠 상황이다. 어린 딸한테 "화를 냈을 때 너에게 득이 될지 실이 될지 생각해보라." 하는 평범한 조언은 도움이 안 될 것이다. 태권도장에 연락해서 그 오빠와 마주치지 않게 시간을 조정해 주는 게 나을까 고민도 해봤다. 또는 태권도장 관장님에게 연락해 고충을 상의한 후 아이 스스로 어떻게 대처하는지 지켜보는 것도 한 가지 방법이다. 부모 마음에 이리저리 고민하던 찰나였다.

"그럴 땐 뭐라고 해야 하는 줄 알아?"

"내가 한주먹 휘두르면 나무도 쪼개. 어휴."

"그런 게 아니라 그럴 땐 이렇게 이야기하는 거야."

아내가 아이에게 무슨 말을 할까 궁금해졌다.

"지금 나 들으라고 하는 이야기야?"

"아하!"

아내가 아이에게 가르쳐 준 말은 평범하지만 감정이 상했다는 걸 확실히 전달하는 메시지였다. 반면 나는 어른들 생각으로 문제를 해결하는 것만 생각했다. 나도 모르게 아이에게 문제를 회피하는 방식을 가르쳐 주고 있었는지도 모르겠다. 단지 갈등이 생기지 않았으면 하는 바람에 정작 아이 마음에서 중요한 것을 못 짚었다. 내 마음을 어떻게 지켜야 하는지 말이다.

우리는 살면서 다른 사람 말에 귀 기울이고, 공감하며, 속마음을 헤아려 주는 게 중요하다고 배운다. 그러나 정작 우리 마음을 지키는 방법에 대해서는 서투르다. 남의 마음만 헤아리다가 내 마음이 지쳐가는 것도 모른다. 더욱 무서운 건 남들이 상처를 주고 있는데 내 마음을 지키지 못하고 오히려 교묘한 그들의 말에 휘둘리기도 한다. 그리고 자신을 그런 말을 들을 수밖에 없는 한심한 사람으로 합리화한다. 상처받은 곳에 자기 스스로 소금을 뿌리는

격이다.

아프면 아프다고 말하고, 화나면 화난다고 말할 수 있어야 한다. 쉽게 할 수 있을 것 같지만 어렵다. 어쩌면 내 아이가 마주한 문제는 그런 것일지 모른다. 딸아이에게 연습시켜 본다. 작은 목소리로 잘 들리지 않는 것 같아 다시 말해 준다. 싸움 거는 게 아니라 내 감정이 상했다는 것을 입 밖으로 자연스럽게 끄집어내는 연습이다.

"목소리는 지금보다 더 단호하게 내는 거야."

딸이 이해했다는 듯 짐짓 톤을 높여 또박또박 따라 한다.

"너 지금 나 들으라고 하는 이야기야?"

"오빠한테 너라고 하면 그건 바로 싸우자는 것처럼 들리니까 너 빼고 말해 봐."

"너 빼고 나 들으라고 하는 이야기야?"

"너 빼고가 아니라…. 오빠를 붙이는 게 좀 더 자연스럽겠다."

"오빠, 지금 나 들으라고 하는 이야기야?"

여러 번 반복하다 보니 딸도 훨씬 능숙해졌다. 처음에는 그때 기억이 섞여 그랬는지 얼굴이 시뻘게져 금방이라도 달려들듯 하더니, 연습의 효과인지 처음보다 차분히 전달했다.

문득 내가 돌보는 치매 환자들이 떠올랐다. 어떤 사람이 치매에 더 잘 걸리는가? 여기에 관한 연구 결과를 보면 쉽게 스트레스

를 받고 감정 기복이 큰 예민한 성격, 냉소적인 성격이 치매 위험
이 높다고 한다. 작은 스트레스에도 마음이 휘둘려 종일 그 생각에
빠져 갈피를 못 잡는 사람, 처음부터 마음의 문을 닫고 미리 부정
적인 결론을 내려 버리는 사람이다. 여기에는 공통점이 있다. 남들
로부터 쉽게 상처받는 사람들이라는 점이다. 어쩌면 그들은 누구
보다 자신의 마음을 지키는 연습이 필요한 사람들이다.

그래서 나는 치매 예방법에 관한 질문을 받으면 꼭 빼먹지 않
고 마음에 대한 이야기를 한다. 일주일 최소 세 번 이상 약간 헐떡
일 정도로 유산소 운동과 균형 잡힌 식사를 하는 것, 술과 담배를
끊는 것, 오메가3를 함유한 생선, 항산화물이 풍부한 녹황색 채소,
비타민 등의 영양을 챙길 것, 여기에 사회생활도 중요하다. 그리고
무엇보다 한순간 불안정한 마음에 휩싸여 자신의 감정을 홍수처
럼 쏟아내고 괴로워하고 있지는 않은지, 자신의 감정을 어떤 사실
이나 생각을 비꼬는 데 주로 쓰다 보니 정작 자신의 솔직한 감정
을 억누르고 있지는 않은지 살펴볼 것을 강조하고, 자신의 마음을
지키는 방법에 대해 조언한다.

그리고 치매가 진행되고 나서도 감정을 다루는 문제는 여전
히 중요하다. 치매로 인해 기억은 사라져도, 감정은 오랫동안 남는
다. 치매 노인들은 누군가로부터 크게 마음의 상처를 받으면 이를
다룰 능력이 없기에, 그때의 감정을 끝없이 반복해서 떠올린다. 그
리고 이런 종류의 감정은 상당히 오랜 기간 마음에 남아 결국 망

상이나 이유 없는 분노 같은 나쁜 치매 증상의 재료가 된다.

어쩌면 마음을 단련해야 하는 그 순간에 최소한의 반격도 삼가야 했을 분들, 결국 그들은 적절한 방법으로 마음을 해소하지 못하고 마음의 문제가 뇌의 문제로 이어진 분들일지 모른다. 그렇기에 마음이 다치기 이전에 우리는 더 많이 연습해야 하는지도 모르겠다.

"지금 나 들으라고 하는 이야기야?"

—— 거 짓 말 에 도

—— 타 짜 가

—— 있 다 면

거짓말에도 타짜가 있다면 어떤 사람일까. 쥐꼬리만 한 사실을 마치 전체인 양 부풀릴 수 있는 화려한 언변을 가진 사람? 상대방의 반응을 몇 수 앞에서 읽는 심리전의 귀재? 아니면 정치인? 콜럼버스의 달걀과 같은 답변이겠지만, 자기 자신조차 속일 수 있는 사람이야말로 으뜸일 것이다.

그러나 이는 특별한 능력이 아니다. 진화생물학자 로버트 트리버스 박사에 따르면 자기기만이라고 일컫는 이런 뇌의 방식은 누군가를 속이고 이를 간파하기 위해 적응해온 뇌 진화의 산물이다. 예를 들어 거짓말도 잘하려면 이로 인한 두려움과 부담을 떨쳐야 한다. 이때 우리 뇌는 자기기만, 즉 스스로 거짓말을 합리화하여 실제 믿어버리는 적응 상태를 만들어 감정에 휘둘리지 않고 목적을 달성할 확률을 높인다. 그러나 뇌의 이런 방식이 그 사람의 삶을 송두리째 파괴하는 경우가 있다. 바로 알코올성 치매 환자들의 경우다.

한 가족의 가장이었던 그에게 한 가지 낙이 있다면 작은 선술집에 들러 꼬치 몇 개와 따뜻한 정종 몇 잔을 데워 마시는 것이었다. 퇴근 시간 어스름한 골목에 있는 선술집에 들르면 자신을 아는 사람이 없다는 것이 더 편했다. 가족들도 그 정도 혼자만의 시간은 이해해주는 것 같았다. 막내를 대학에 입학시키고 나니 이제야 자신이 할 일을 마무리했다는 안도감과 더불어 부모로서 여기까지 뒷바라지해 준 스스로가 대견했다. 그러던 그의 삶이 송두리째 무너진 건 비 오는 날 늦게 들어오는 아버지를 위해 우산을 들고 마중 나왔던 딸을 차 사고로 잃은 이후였다.

'그날 내가 그 선술집만 가지 않았더라면.' 비극적 상황에서의 가정(if)은 더욱 깊은 상처를 남긴다. 그냥 그렇게 되었을 뿐 누구의 잘못도 아닌 일에 자신을 가장 큰 원인으로 귀결시킨다. 자식을 구해내지 못한 부모로서 자신에게 휘두르는 채찍질이다. 그날 이후 그가 할 수 있는 것은 자신의 기억을 술로 마비시키는 일이었을지 모른다. 그러나 어떤 이유로 시작됐던 간에 알코올 중독은 그 사람의 고통만 삭제시키지 않는다. 어느 순간 고통을 잊기 위해 술을 마시는 게 아니라 술을 마시는 행위 자체가 목적이 된다. 고통이 극심해지면 우리 뇌는 참 잔인하다. 지금까지 건강한 방식으로 감정을 다뤄왔던 마음의 도식들은 희미해지고 술이 모든 감정을 좌지우지한다. 10년의 세월 동안 그는 그렇게 술에 무너졌다.

가족들에 따르면 처음에는 알코올 블랙아웃(알코올성 건망증) 현상부터 나타났다. 알코올 블랙아웃은 술을 마시고 필름이 끊기는 현상이다. 마치 칼로 도려낸 듯 깨끗이 그 전날의 기억이 사라진다. 이는 흡수된 알코올이 혈액을 통해 우리 기억을 관장하는 뇌의 해마라는 부위에 올라가 기억에 관여하는 글루타메이트를 만드는 신경세포끼리의 신호를 방해하기 때문이다.

이 단계에서 몇몇 사람들은 문제를 인식하고 회복을 위해 노력한다. 주위 사람들의 걱정에 부응하여 또는 음주 운전 같은 위험한 행동을 했음에도 이를 기억하지 못하는 자신을 보고 놀라 술을 끊기로 결심한 사람도 있다. 알코올 블랙아웃 치료에 도움이 되는 티아민(비타민 B1), 엽산을 복용하고 술을 끊기 위해 항갈망제 치료와 상담을 받는다. 그러나 안타깝게도 중독된 뇌는 그에게 언제든지 술만 끊으면 원래대로 돌아갈 수 있다는 착각을 각인시켰다. 기억의 상실이 마치 불안과 고통을 잊는 것으로 착각하게 했다.

이 시기를 놓치게 되면 뇌의 자기기만은 더욱 강력해진다. 이제는 감정을 마비시키는 것을 넘어 중독 회로를 확실하게 만족시켜 줄 만큼의 술이 목적이 된다. 끝없이 들어오는 정보를 걸러서 평가하는 기능이 마비되면 우리 뇌는 자신의 욕구에 유리한 정보만 선택하여 합성하고 기억한다. 즉 간파하는 능력은 마비되고 욕구에 따른 자기기만이 더욱 강화된다. 술에 취했을 때의 모습을 진정한 자기로 생각하고 가족과 친구의 관계가 술과 자기의 관계로 대체된다.

기억과 관련해서는 더욱 심각한 현상이 벌어진다. 알코올성 치매의 대표적인 증상 중 작화증(confabulation)이라는 현상이 있다. 허언증 환자처럼 알코올로 인해 사라진 기억의 빈자리를 근거 없는 이야기로 채워 넣고 이를 사실이라 믿는다. 분명 술로 인해 기억을 하지 못할 뿐 현실 판단 능력이 떨어지는 것도 아닌데, 없는 이야기를 마치 방금 경험한 것처럼 생생하게 이어간다. 내가 만난 한 환자는 진료실에 방문하기 전날 밤 무엇을 했는지 또렷이 기억했다. 잠들기 전까지 누구와 통화를 하고 무슨 TV 프로그램을 보고 어떤 야식을 시켜 먹었는지 상세히 설명했는데, 가족들은 다른 이야기를 했다. 그 환자는 인사불성이 되어 밤새 응급실에서 수액을 맞고 온 상황이었다.

다음 단계로 넘어가면 앞쪽 뇌(전두엽)가 망가진다. 그들은 야윈 얼굴에 술에 취해 무슨 말인지도 모를 고함을 친다. 그리고 깨고 나면 그 상황을 전혀 기억하지 못할 뿐만 아니라 잘 걷지도 못한다. 알코올성 치매 환자는 일반 치매 환자들보다 상대적으로 젊은 나이임에도 대소변을 가리지 못할 만큼 술로 인해 급격히 기능이 떨어지기도 한다. 처음에 가족들은 술만 아니면 착한 사람이라는 말로 그들을 대변하지만, 어느 순간부터 변명해주는 역할을 내려놓는다. 그리고 어두운 마음 한편에 그 사람이 내 삶에서 영원히 사라졌으면 하는 바람을 수십 번 되뇐다. 그들은 술에서 깨도 만취해서 했던 행동을 미안해하기보다 사그라지지 않는 이유 없는 분노를 가장 가까운 가족에게 쏟아낼 뿐이다.

더욱 안타까운 건 어느 순간 가족들도 술로 인해 자신과 가족을 포기한 그에게 분노하게 된다는 것이다. "우리도 당신의 자식이고, 당신에게 사랑받고 싶다." 하지만 아무리 외쳐도 술에 지배당한 그에게는 들리지 않는다. 이제 술을 마시지 않으면 손이 떨려오고 이유 없는 초조감에 밤을 지새운다. 갑자기 죽을 듯이 식은땀을 흘려대며 취하지 않았는데도 뭔가가 보인다고 하거나 헛소리를 한다.

이 모든 과정을 돌이켜보면 알코올성 치매 환자는 카프카의 『변신』에 나온 그레고르를 떠올리게 한다. 어느 날 아침 그레고르는 불안한 꿈에서 깨어난 후 한 마리의 흉측한 갑충으로 변해있는 자신의 모습을 발견한다. 벌레로 변한 충격적인 상황에서도 인간성을 잃지 않은 그레고르는 자신보다 부모와 여동생을 걱정한다.

그러나 그레고르는 이미 사람의 목소리를 잃어버렸기에 가족들에게는 단지 벌레가 내는 무의미한 소리로 들릴 뿐이다. 좋아하던 그림에 매달려 있는 것조차 더러운 벌레의 지저분한 움직임이 된다. 그레고르가 사과에 맞아 죽는 순간까지도 가족들은 벌레 안에 남아 있는 그의 목소리를 듣지 못한다.

나는 그의 고통을 이해하는 과정을 통해 변화의 동기를 마련할 수 있으리라 기대했다. 그래도 알코올성 치매는 의학적으로 치매의 15%를 차지하는, 치료 가능한 치매 중 하나이기 때문이다. 그러나 이미 중독된 그의 뇌는 강력한 자기기만 상태에 빠져 그를 놔주지 않았다. 그의 인생에 대한 기억, 감정, 주위 사람들은 모두 술과 연결됐을 때만 의미를 가졌다. 처음에 그가 품었던 고통스러운 죄책감은 어느새 자신에게조차 용서를 구할 수 없는 수치감으로 남았다. 알코올 중독이 가져오는 수치감은 그동안 자신이 피해를 줬던 사람에게 고백하고 용서를 구함으로써 변화를 꾀할 수 있다. 그러나 지금 그 옆에는 용서를 구할 딸도 가족도 보이지 않는다.

6개월간의 입원 치료 과정을 통해 처음에 걷지도 못할 만큼 망가진 몸 상태는 어느 정도 회복되었다. 그러나 상당히 진행된 치매 증상은 다시 회복하기 어려운 상태가 됐다. 이는 암이 전이되기 전과 후의 치료 예후가 확연히 차이 나는 것과 유사하다. 치료진에게도 비극적 상황에서의 가정은 마음을 먹먹하게 한다. 누구도 인식하지 못하는 사이에 진행되는 일반적인 치매와 달리 알코올성 치매는 분명 개입할 수 있는 시점이 있다. 그가 자신을 용서하지 못하고 술에 빠지기 시작할 무렵, 알코올 블랙아웃 현상이 나타나기 시작했을 때, 이 두 번의 시기를 놓치지 않았더라면 하는 비극적 가정이 마음속에 맴돈다. 뇌의 자기기만이 강력하게 작동되고 나면 그레고르의 벌레 소리처럼 우리는 그의 목소리를 들을 수 없게 된다.

이제 그는 술을 마시지 않는다. 진료실에 가족과 함께 들어와 빙긋이 미소만 짓고 대답하지 않는다. 가족들이 대신 그가 어떻게 지내는지 알려준다. 확인차 가족들에게 물어본다.

"요새 술은 안 드시죠?"

"네 요새는 술을 마시지 않아요."

그러나 가족들의 다음 말이 아프게 다가온다.

"이제는 술을 마시는 것조차 잊어버린 것 같아요."

— ○ ○ 시

— ○ ○ 동

— ○ ○ 아 파 트

친척의 장례식이 끝나고 사십구재에 참석했을 때의 일이다. 비통한 가족들의 무거운 침묵을 깨고 목탁 소리와 함께 망자의 혼을 좋은 곳에 보내기 위한 스님의 낭랑한 독경이 이어졌다. 비통한 심경으로 듣다가 다음 말에 눈이 번쩍 떠졌다.

"○○시 ○○동 ○○아파트 ○○동 ○○호에 살았던 영가는…."

한문으로 이뤄진 범어에 뜬금없이 집 주소가 너무 자세히 나온 것이다. 처음에는 스님이 잘못 읽으셨나 하는 생각에 나도 모르게 스님을 바라봤다. 스님은 개의치 않고 또 범어를 읽어 내려갔다. 이후 다른 내용의 불경이 이어지는 가운데 '○○시 ○○동 ○○아파트 ○○동 ○○호'라는 주소가 계속 붙더니, 이윽고 스님들 모두 입을 모아 영가의 집 주소를 외치기 시작했다. 꿈도 세 번 이상 반복되면 중요한 의미가 있다 하는데, 반복해서 주소를 읊는 의도가 궁금하다가 내가 만약 영가라면 떠나기 전 마지막으로 하고 싶은 게 뭘까 하는 생각에 이르렀다. 내가 살던 곳, 가족들과 함께 생활하던 곳, 추억이 담긴 곳, 집에 들르고 싶지 않을까.

연어, 새, 벌과 같은 수많은 동물이 태양, 별, 바람, 지구의 자기장을 이용하여 어느 순간 자신이 태어난 곳, 집을 찾아 떠난다. 우리는 이를 귀소 본능이라 한다. 베른트 하인리히의『귀소 본능』에는 큰뒷부리도요새에 대한 이야기가 나온다. 이 새는 알래스카에서 번식을 마치고 남쪽 뉴질랜드나 호주로 돌아가는데 꼬박 8일간 1만km를 쉬지 않고 날아간다. 놀라운 점은 이 나그네새가 비행 동기를 제공하는 뇌를 제외한 모든 신체 부분을 소진한다는 것이다. 체지방은 물론 장기와 근육을 수축시켜 얻은 단백질까지 말이다. 자신의 생명에 해가 될 것임에도 이런 행동을 하는 이유는 무엇인가? 집으로 가고자 하는 욕구는 식욕, 성욕, 수면욕처럼, 우리가 생각하는 것보다 더 본능이나 생명 현상에 가까운 것 같다.

동물에게 귀소 본능이 있다면 사람에게는 노스탤지어가 있다. 향수라는 단어가 품고 있는 이미지는 평온했던 시절의 그리운 사람들과 고향에 대한 정서적 기억일 것이다. 대표적으로 정지용의 시「향수」에 그려지는 이미지 말이다.
그런데 노스탤지어가 최근 시인, 소설가뿐만 아니라 학자들 사이에서 깊이 연구되는 생명 현상이라는 건 흥미로운 사실이다.

과거 노스탤지어는 정신질환의 한 종류였다. 17세기 스위스 의학도인 요하네스 하퍼는 여러 나라에 파견된 스위스 용병 중 심한 우울증, 극심한 피로, 소화불량, 발열 등의 공통적인 증상을 보이는 환자군을 발견했다. 이들은 거의 죽음 단계에 이를 만큼 증상이 나빠졌다. 호퍼는 이런 증후군을 노스탤지어라고 이름 지었고, 이후 미국 독립전쟁과 같은 다른 나라에서도 이와 비슷한 증상이 있는 환자군이 발견되면서 19세기 말까지도 노스탤지어는 죽음에 이를 수 있는 병으로 인식되었다.

그러나 20세기 이후 노스탤지어는 질병의 의미보다 향수, 그리웠던 시절의 사람, 시간, 공간의 과거 기억이라는 의미로 해석되고 있다. 죽음에 이르는 질환이 아니라 삶의 고통을 견딜 수 있게 해주는 심리적 회복 탄성력, 우리 뇌의 생명현상으로서 받아들여지기 시작했다. 과거 죽음의 병으로 인식되었던 것은 노스탤지어 때문이 아니라 오히려 노스탤지어가 그 기능을 제대로 발휘하지 않아 생긴 현상으로 해석된다. 이런 관점에서 치매 노인에게도 노스탤지어는 중요한 역할을 할 수 있다.

실제 이를 기반으로 한 치매의 비약물적 치료 중 회상 치료가 있다. 치매 노인의 감정적 기억을 불러내고 이를 다른 사람과 공유함으로써 기억과 타인과의 상호작용을 동시에 촉진하는 것을 목표로 하는 치료법이다. 기억을 불러내는 촉매 역할로 기억 카드를 이용하는데 구식 전화기나 진달래와 같은 일반적인 카드도 있지만, 오래된 델몬트 오렌지 주스 병 같은 좀 더 개인적으로 추억을 불러일으키는 사진을 활용하기도 한다.

그리고 이런 작업이 단순히 기억을 회상하는 정도가 아닌 노스탤지어를 끌어내는 수준까지 진행된다면 치료 효과는 더욱 뚜렷해진다고 한다. 웨스트 잉글랜드 브리스톨대학의 제인 메이릭 의하면 노스탤지어를 유발하는 회상 치료와 일반 회상 치료를 비교했을 때 개인의 노스탤지어가 자극될수록 연대감, 자존감, 삶의 의미, 긍정성이 더욱 회복되는 것으로 확인됐다.

노스탤지어는 아무 때나 경험할 수 있는 현상이 아니라 슬픔, 외로움, 무의미로 인해 심리적 고통이 컸을 때 유발된다고 알려져 있다. 그리고 후각, 청각, 시각 등 감각이 동반된 형태의 감정적 기억을 더듬어 올라가면서 더욱 활성화되고 그 과정 동안 부정적 감정이 완화된다고 한다. 실제 최근 진행된 노스탤지어의 뇌 과학적 접근은 이런 해석을 뒷받침하고 있다. 2016년 도쿄도립대학의 요시아키 키쿠치 연구팀의 뇌 영상 연구 결과에 따르면 노스탤지어를 경험하는 동안 뇌에서 기억과 관련된 해마 영역과 보상 기전과 관련된 영역이 동시에 활성화되었다.

여기서 중요한 의미는 도파민과 연관된 뇌 보상 영역의 활성화다. 우리는 짜릿한 행동을 하면 쾌감을 느낀다. 도파민은 쾌감을 계속 추구하는 데 작용하는 신경전달물질이다. 마치 우리가 극한 상황을 마주했을 때 아드레날린이 분비되는 것과 비슷한 즉각적 반응이다. 연구팀은 이 결과를 바탕으로 노스탤지어를 고통스러운 상황을 견뎌 내기 위한 뇌의 생리학적 방어 기제, 그리고 살아가기 위한 강한 동기로 이해했다. 몸의 면역력이 감염을 막아주듯, 노스탤지어는 견딜 수 없는 정서적 고통에 대한 심리적 면역을 강화해준다는 해석이다. 추가로 도파민은 정서적 영역 이외 기억의 강화와 학습 능력에도 직접 영향을 미치는 것으로 알려진 신경전달물질이다. 경도인지장애나 초기 치매 단계라면 기억력 자체에도 긍정적 변화를 가져올 수 있다.

자신에게 남아있는 아늑한 기억과 감정의 잔상을 따라가는 건 마치 연어가 생명의 힘을 다해 거친 물살을 헤치며 강을 따라 올라가는 과정과 비슷하다. 자신이 잉태되었던 최초의 장소에 도착하면 죽음을 맞이할 것임에도 그것을 찾아가는 과정은 치유의 과정이요, 삶의 목적을 달성하는 과정이다. 단순 추억이 아니다. 이는 본능(성욕, 식욕, 수면욕 등)처럼 강한 생명 본능이다.

병원이나 요양원이 아니라 집에서 생의 마지막을 보내고 싶다는 환자들의 바람을 듣는다. 나 또한 그렇게 내 삶의 마지막을 기다리고 싶다. 그런데도 때가 되면 진료실에서 자녀들과 함께 그분들을 전문 시설로 보내야 할지 고민한다. 그리고 등급 판정 회의에서도 보호자의 요청으로 어르신들의 시설 입소 여부를 결정 내린다. 누구보다 노스텔지어가 필요한 분들에게 귀소 본능에 역행하는 제안을 하게 되는 것이다. 이때의 미안함은 아마 가족들도 같을 것이다. 그래서 나쁜 치매를 착한 치매로 돌릴 수 있으면 좋겠고 그들 마음 안에 있는 노스텔지어의 치유 과정을 더 깊이 이해하고 싶은지 모른다.

── 고 독 사 의

── 체 취

"내가 요새 스트레스가 심해요. 글쎄 내가 세준 집 할아버지가 고
독사로 죽은 거야. 그 상태로 얼마나 있었는지 모르겠는데 냄새가
빠지질 않아. 특수 청소도 맡겼는데 그래도 시간이 오래 걸려서 두
달은 아무것도 못 해요."

　　외래 진료 중에 한 중년 아주머니가 수심 어린 얼굴로 나에게
하소연했다. 그 이야기를 들으면서 내 마음은 먹먹했다. 물론 집주
인의 마음을 이해 못 하는 것은 아니다. 그러나 삶의 마지막에 남
겨진 나의 체취로 인해 누군가 불쾌해한다면 내 삶 전부가 부인당
한 것처럼 느껴졌을 것이다.

학생 때 국과수에서 진행하는 부검에 참관한 일이 있었다. 해부학 실습 때도 시신을 접했으니, 죽은 사람의 몸을 보는 건 처음이 아니었다. 그런데 국과수 부검실에서 맡았던 시취는 그동안 해부학실에서 맡아온 포르말린 소독약 냄새와 확연히 달랐다. 단순한 부패의 냄새라고 하기 어려운 무거운 냄새가 부검실 입구부터 흘러나왔다. 순간 나도 모르게 발걸음을 멈춘 것은 냄새의 지독함보다 죽은 자의 무게에 질식할 것 같은 두려움 때문이었다. 만약 실습 동기들과 같이 있지 않았다면 더 오랜 시간 부검실 문 앞에서 망설였을지 모른다.

국과수 부검실에는 철제 침대 세 개가 일정한 간격으로 놓여 있었고 침대에서 멀찌감치 떨어진 곳에 흰색 선이 그어져 있었다. 학생들은 그 선 밖에서 부검 장면을 지켜보게 되었다. 부검이 진행될수록 냄새는 더욱 강렬해졌다. 울렁거림이 시간이 갈수록 심해졌다. 한 부검의가 학생들을 향해 큰 목소리로 세 구의 시신이 어떻게 들어왔는지 간략히 설명했다.

"이 시신은 산에서 등산객이 우연히 발견했고 일부 백골화 상태로 여기 왔습니다. 사고일지 자살일지 살펴봐야겠지만…."

그러나 내 귀에는 그 설명이 잘 들어오지 않았다. 마지막에 누운 시신 때문이었다. 검고 야윈 다리 한쪽은 철제 침대에 붙어 있었고, 다른 한쪽은 반쯤 굽혀 있었다. 멀리서 볼 때 형체가 그나마 온전한 것은 다리뿐인 듯했다. 부검실을 가득 채운 냄새는 거기서 흘러나온 것 같았다. 부검의는 마지막 시신 옆에 서서 말을 이었다.

"이 시신은 고독사로 왔습니다. 상태를 보면 오랜 시간 방치됐던 것 같네요."

나는 그때 처음으로 고독사의 체취를 마주했다. 그리고 체취를 통해 그 사람의 고통과 죽음의 무게를 직접 느낄 수 있다는 것을 처음 알았다. 몸에서 나는 냄새 정도로만 이해하고 있었던 체취는 생각보다 많은 것을 담고 있었다.

후각은 가장 복잡한 감각이다. 인공지능 분야에서도 시각, 청각, 촉각은 구현해 냈으나 후각은 아직 구현하지 못했다고 한다. 이전에는 단순히 코에 있는 후각 수용체가 냄새 분자와 결합하여 냄새를 뇌에서 인식하는 단순한 과정이라 생각했지만, 최근 연구 결과에 따르면 후각 수용체는 코에만 있는 게 아니다. 400종 이상의 후각 수용체가 우리 몸 여기저기 흩어져 다양한 역할을 맡고 있다는 것이다. 정자조차 후각 수용체를 지니고 난자를 찾아간다. 체취는 단순한 감각 이상의 무언가가 있다.

특정한 냄새가 강렬한 기억과 연결되는 현상을 흔히 프루스트 효과라고 한다. 이는 프랑스 작가 프루스트가 쓴 『잃어버린 시간을 찾아서』의 주인공 마르셀이 홍차에 적신 마들렌 냄새로 어린 시절을 회상하는 데에서 유래했다. 사람의 오감 중 후각을 제외한

다른 감각(시각, 청각, 촉각, 미각)들은 순차적으로 시상이라는 안쪽 뇌 부위를 거쳐 감각 정보가 조절되고 통합된 다음 대뇌에 도달한다. 그러나 후각만큼은 이런 중간 과정이 없다. 바로 뇌에 전달된다. 이로 인해 후각은 강렬한 감정, 기억과 연결되어 우리 뇌에 각인된다. 부검실에서 본 고독사의 모습이 강렬한 체취와 함께 내 기억에 남아 있는 것은 이런 프루스트 효과 때문일 것이다.

원래 체취는 의사소통을 위해 발달했다. 동물들은 오랫동안 강하게 남길 수 있는 냄새로 서열과 자기 영역을 표시하고 가족과 적을 구분했다. 그들의 체취는 동료에게는 안전, 적에게는 경고의 메시지였다. 동물의 체취는 인간의 언어처럼 섬세하지는 않지만, 명확하고 직관적이다. 이는 생존과 관련된 신호이기 때문이다. 인간에게는 언어라는 또 다른 소통 방식이 있지만, 체취는 여전히 원시 감각의 수준에서 사람 사이 관계에 관여하고 있다.

예를 들어 아기에게 엄마의 체취는 냄새로만 경험되는 게 아니다. 눈도 못 뜬 아기에게 엄마의 젖 냄새와 체취는 감각과 소통의 복합적인 경험으로 심리적 안정감의 재료가 된다. 안정감의 근원인 엄마의 체취는 성인이 되어서도 사라지지 않고 기억에 각인된다. 반대로 엄마에게도 마찬가지 현상이 일어난다. 엄마는 아기로부터 정확히 묘사할 수 없지만 기분 좋은 냄새를 맡으며 사랑을 키워간다. 여기서 아기에게 나는 체취는 모성애의 근원이 된다.

체취가 소통의 수단이라는 관점에서 무명씨가 남긴 고독사의 체취는 남은 사람들에게 어떤 메시지를 남긴 것일까? 고독사의 체취는 왜 그렇게 지독하게 느껴졌을까? 그건 단순히 역한 시체 냄새라 그런 것만은 아니었다. 거기에는 오랜 기간 동안 누적된 고독과 외로움이 담겨 있었다. 누구도 쉽게 다가가기 어려울 정도의 무거움이었다. 존재하고 살아 있음을 보여줬던 사람의 체취가 역설적으로 죽음의 공포를 풍기기 시작했다. 삶의 마지막을 홀로 맞이하며 느꼈을 두려움과 이후 방치되어 의도치 않게 누군가에게 부담이 되어버린 상황, 죽어서도 최소한의 인간다움조차 잃어버린 비극적 상황이다.

그 체취의 지독함은 고독과 외로움의 결말을 보여주었고, 고독사를 단순한 통계가 아닌 생생한 현실로 경험하게 해줬다. 그리고 그 지독함 아래에는 자신과 같은 사람이 더 생기지 않길 바라는 그의 간절한 사념이 섞여 있었을지 모른다. 마치 개미와 벌이 자신은 비록 죽음을 맞이할지언정, 체취인 페로몬을 방출하여 또 다른 개체가 위험을 피해 갈 수 있도록 경고하는 것처럼 말이다. 무명씨는 비록 비극적인 끝을 맞이했지만, 그의 메시지는 체취와 함께 강렬히 각인됐다. 고독을 진지하게 고민하지 않는다면 그와 같은 마지막을 피할 수 있으리라 그 누구도 장담할 수 없다.

그것이 내가 그의 체취를 지금까지 기억하는 이유일 것이다.

—— 알 츠 하 이 머

—— 화 가 의

—— 마 지 막 표 정

"이 그림들 안에서 우리는 두려움과 슬픔으로 점철된 자기 자신의
변화를 설명하려는 윌리엄의 노력을 볼 수 있습니다."

　　윌리엄 어터몰렌의 아내이자 화가 겸 미술 교사였던 패트리
샤는 남편 자화상의 의미에 대해 사람들에게 이렇게 말했다. 화가
윌리엄 어터몰렌(미국, 1933-2007)은 61세에 알츠하이머병을 진단받
은 후 5년간 자신의 작품에서 무슨 일이 일어나는지 남기기 위해
자화상을 그리기 시작했다. 그리고 그의 작품은 런던 퀸스퀘어
국립병원의 마틴 로서 박사팀에 의해 의학적 평가와 같이 기록됐
다. 2000년 병마의 고통으로 그리기를 포기하기 전까지 그는 수많

은 자화상 작품으로 자신이 보고 있는 세계를 오롯이 그림에 녹여 냈다.

치매 발병 전 그는 주로 신화, 전쟁, 아내를 주제로 그림을 그렸다. 그의 그림은 고흐의 그림처럼 색채가 인상적이었고 그림을 가득 채우는 다양한 구성과 얇고 디테일한 선을 기반으로 한 사실적인 인물 표현이 특징이었다.

그러나 치매 발병 후 선의 표현이 거칠고 굵어졌으며 자주 활용했던 색의 대비, 채색도 달라졌다. 그는 시간이 흐를수록 색감을 어떻게 표현할지에 대한 혼란을 겪었고 결국 오일 페인팅을 포기하고 오직 펜으로만 그림을 그리기 시작했다. 윌리엄 어터몰렌의 치매 검사와 뇌 영상 검사 결과에 따르면 그의 치매 증상은 64세 이후 급격히 악화하는데, 64세 때 그의 초상화를 찾아보면 확연히 그림이 달라졌다.

그의 그림은 점점 사실적 표현을 벗어나 추상화 형태를 띠기 시작했다. 얼굴에서 눈, 코, 입의 공간적 배치가 일그러지고, 이후 단순해지더니 결국은 사라졌다. 물론 치매로 인해 그림 그리는 기술이 떨어진 것도 고려해야겠지만, 그중에서도 개인적으로 가장 눈에 띄는 건 그의 자화상에서 표정이 사라졌다는 점이다.(윌리엄 어터몰렌의 그림은 CHRIS BOÏCOS FINE ART 홈페이지에서 확인할 수 있다. boicosfinearts.com/artists/utermohlen)

내가 바라보고 있는 사람의 표정이 사라지는 상상을 해 본 적 있는가. 물론 어터몰렌의 초상화처럼 눈, 코, 입 자체가 사라지는 경험은 아니겠지만 상대방의 표정을 읽지 못한다면 얼마나 당황스러울까.

사람은 두 가지 방식으로 소통한다. 말과 표정이다. 말은 우리 뇌의 여러 부위를 거쳐 전달되지만, 표정은 직관적이다. 그렇기에 감정을 담을 때 말보다 표정이 더 즉각적이면서도 섬세하다. 반대로 표정을 읽지 못한다는 것은 상대방의 감정을 이해하기 어려운 상태가 된다는 것이다. 말로 표현하기 어려운 미묘한 감정을 더는 읽지 못하기 때문이다. 특히 치매 노인은 언어 능력을 잃어가고 있기에 표정을 통한 감정 소통이 더욱 중요하다.

그런데 어터몰렌의 경우처럼 치매는 표정을 인식하는, 더 정확히 말하면 표정을 통해 감정을 인식하는 능력을 떨어뜨린다. 만약 치매 환자가 누군가의 미소에 담긴 감정을 읽지 못한다면 어떻게 될까. 우리가 지은 따뜻한 미소가 치매 노인에게 어릿광대의 과장되고 기괴한 웃음으로 여겨진다면 이는 기겁할 일이다. 게다가 말기 치매라면 상대방에게 싫다고 말할 수도 없다. 그래서 치매가 진행될수록 돌봄자나 가족들은 노인들이 어떤 감정과 표정에 잘 반응하는지 알고, 어떤 방식의 감정적 소통을 편안하게 여기는지 고민해야 한다.

폴 에크만 박사는 사람이 표현할 수 있는 수천 가지 표정을 분석하여 문화, 종족에 상관없이 가장 기본적이고 보편적으로 나타나는 6가지 감정을 뽑았다. 그는 슬픔과 고통, 분노, 놀람, 두려움, 혐오, 행복의 감정과 이를 나타내는 특징적인 표정을 분석했다. 우리 뇌는 이를 조합하여 복합적인 감정과 표정을 나타낸다고 했다.

그렇다면 치매 노인은 사람의 기본 감정 중 어떤 표정을 가장 잘 인식할까? 일본 군마대학 야마구치 박사의 연구 결과에 따르면 치매 환자들의 경우 6가지 감정 중 행복한 표정을 인식하는 능력이 다른 감정보다 더 잘 보존되었다. 이탈리아 골지 첸치 재단의 콜롬보 박사 연구팀은 조금 더 심한 말기 치매 환자만을 대상으로 했는데 여기서도 부정적인 감정 표정보다 긍정적인 감정 표정을 더 잘 인식했으며, 그중에서도 행복한 표정에 가장 많은 반응을 보였다.

연구에서 말한 진정 행복한 표정은 우리가 의식적으로 조절할 수 없는 눈둘레근에 의한 웃음이다. 눈둘레근은 우리 눈 주위를 둘레로 동그랗게 둘러싸고 있는 근육이다. 이 근육이 움직이면 눈가에 주름이 생기고 눈이 가늘어지는 듯 보인다. 입술 끝이 당겨지며 광대 부위도 올라가 양쪽 뺨이 높아지며 활짝 웃는 표정이 된다. 말기 치매 노인 환자들과의 소통을 배우는 인정 치료(Validation Therapy) 과정에서는 특히 두 손으로 치매 노인의 볼을 감싸거나, 머

리를 쓰다듬으며 그들에게 행복하고 따뜻한 표정과 미소를 보내
는 것을 강조한다.

스탠퍼드대학의 아담 케이 앤더슨 박사는 감정에 관여하는
변연계의 일부인 편도체에 이상이 생기면 슬픔, 공포, 혐오의 얼굴
에 대한 반응의 강도가 약해진다는 것을 확인했다. 반면 행복한 표
정 인식은 편도체 손상에 상대적으로 큰 변화를 보이지 않았다. 치
매는 초기부터 편도체 기능이 손상되는 경우가 흔한데, 결국 이로
인해 치매 노인이 행복한 표정은 잘 인식하는 반면 부정적 감정의
표정에 둔감해진다고 설명했다.

흔히 행복은 추상적 개념으로 다른 감정보다 늦게 발달했을
것이라 여기는 경우가 많다. 그러나 발달심리학적 관점에서 보면
행복한 표정은 태어날 때부터 우리에게 내재되어 있다. 아기들은
출생 후 3주 정도 지나면 마치 조사라도 하듯 의도적으로 엄마 얼
굴을 빤히 쳐다보다가 함박웃음을 터뜨리는데 이를 사회적 미소
라 한다. 이런 아기의 행복한 표정은 3주부터 시작해서 5~6주면
더욱 강렬해진다. 아기의 행복한 표정은 아기와 부모가 특별한 유
대 관계를 만들어 가는 데 큰 역할을 한다. 반대로 불안, 공포 등의
반응은 행복한 표정보다 늦은 출생 후 6~9개월부터 관찰된다. 슬
픔과 고통, 분노, 놀람, 두려움, 혐오는 해가 되는 것을 피하려는 경
험에서 발달한 감정이라면, 행복한 표정은 세상에 태어나 처음 만
나는 어머니와 애착을 위해 발달했다. 그러니 치매 노인에게 행복

한 표정을 읽는 능력이 더 오래 보존되는 건 우리 안에 내재한 애착의 결과물일지 모른다.

어떤 이유에서든 나는 이 결과가 참 다행이라고 생각한다. 마지막에 그들의 눈에 남는 건 분노와 혐오, 슬픔과 고통에 일그러진 표정이 아니라 주위 사람들의 행복한 미소이다. 가족들이 슬픔과 고통의 심연에 빠져 있을 땐 이를 알아채지 못하는 게 더 낫다. 우리가 옆에서 더 웃고 즐겁게 떠들며, 행복한 표정을 지어줄 때 이를 더 느낄 수 있으니 좋다. 아무리 말이 안 통하는 말기 치매 환자라도 우리가 눈을 맞추고 행복한 미소를 짓고 있다는 것을 알고 있다면 그것만으로도 다행이다. 비록 우리 마음속에 슬픔과 고통이 가득할지라도 그들을 위해 더 행복한 미소를 지어야 할 이유가 생겼기 때문이다.

분명 화가 윌리엄 어터몰렌의 자화상에는 그의 아내 패트리샤가 말한 것처럼 두려움과 슬픔이 담겨 있다. 하지만 그의 마지막 시선은 자신에게 따뜻한 미소를 짓고 있는 아내를 향하고 있었을 것이다. 비록 아내의 미소 안에는 안타까움과 슬픔, 고통이 감춰져 있었겠지만 그는 아내의 미소를 응시하고 있었을 것이다.

—— 치 매 의

—— 은 유 법

로널드 레이건 전 미국 대통령은 1994년 11월 알츠하이머병을 진단받았다. 사회적 지위와 명예를 지키기 위해 치매를 숨긴 다른 유명인들과 달리, 부부는 알츠하이머병에 대한 관심을 촉구하기 위해 자신의 병을 모든 사람에게 밝힌다.

친애하는 미국 국민 여러분! 나는 최근에 알츠하이머병에 걸린 수백만 미국인들 중 한 명이 되었다는 이야기를 들었습니다. 낸시와 나는 이 사실을 우리만의 사적인 비밀로 할 것인가 아니면 여러 사람에게 알릴 것인가를 결정해야 했습니다. …(중략)… 내

가 알츠하이머병에 걸렸다는 사실을 여러분들에게 알림으로써
이 병에 대한 보다 많은 관심이 유발되기를 진심으로 바랍니다.

-로널드 레이건 전 미국 대통령, 1994년 담화문

하지만 병이 점점 진행되자 레이건 대통령 또한 치매의 그림
자에서 벗어날 수 없었다. 친숙한 사람들의 이름을 잊고 기억도 뒤
죽박죽이 되었다. TV에 백악관이 나와도 그곳에서 살았다는 사실
조차 기억하지 못했다. 아내가 외출이라도 하면 그녀를 찾으며 온
집안을 헤매는 레이건을 보며 아내 낸시의 고통은 이루 말할 수
없었을 것이다. 언론을 통해 알려진 부분은 상당히 제한적이다. 레
이건의 병세가 시간이 지나 아내를 알아보지 못하는 수준까지 악
화했다고 하니 그 사이 부부가 경험했을 악몽이 어느 정도일지 짐
작이 간다. 그러나 그가 모든 사람의 기억에 남기고 싶은 건 미국
대통령으로서 자기 병을 당당히 밝히고 그 병에 맞서 싸워 온 자
신의 초연한 모습이었을 것이다. 그래서 낸시 데이비스 레이건 여
사는 남편의 치매를 '여정'이라는 은유로 표현하기 시작했다.

로니의 긴 여정은 마침내 그를 더는 닿을 수 없는 먼 곳으로 데
려갔습니다.

-낸시 데이비스 레이건, 줄기세포 연구 지원을 위한 모금 행사 연설

치매로 대소변도 못 가리고 아내조차 알아보지 못하는 노인
이 아닌, 고통스러운 과정을 꿋꿋이 견딘 남편의 삶을 '여정'이라
는 단어에 집약했다. '더는 닿을 수 없는 먼 곳'이라는 표현을 통해
치매로 인해 멀어진 남편과의 심리적 거리를 드러냄과 동시에 남
편의 인지, 행동, 감정 상태에 대한 세부적인 모습을 그 안에 숨길
수 있었다. 이를 통해 낸시는 남편의 존엄을 지키고 미국 국민들이
바랐던 남편에 대한 기억을 간직할 수 있도록 했다.

외국에서는 퇴행성 뇌 질환의 의학적 관점에서도 치매를 연
구하지만, 치매를 어떻게 설명하고 이해할 것인지에 대한 연구도
활발히 진행 중이다. 그중에서 치매의 비유법에 대해 연구하고 이
를 교육하고 있는 비베케 드레브젠 바흐의 은유를 소개하면 다음
과 같다.

비베케 드레브젠 바흐는 정상인과 치매 환자의 뇌 핵의학 검
사에 착안하여 치매를 설명하는 방법을 고안해 냈다. 그녀는 붉고
노란색으로 활동을 활발히 하는 일반 사람의 뇌에서 지구를 연상
하고, 푸른색으로 활동력이 떨어진 치매 환자의 뇌에서 달을 떠올
렸다. 그리고 치매가 진행되는 것을 지구에서 달로 향하는 여정이
라 불렀다. 그녀는 이를 아주 익숙한 삶에서부터 매우 낯선 삶으로
의 여행이고 극적으로 다른 삶이라 설명한다.

당신의 아버지가 지구에서 멀어질수록 뇌 안에 있는 내비게이션이 점차 작동하지 않을 거예요. 단어와 문장들, 행동이 바뀌기 시작할 겁니다. 그가 말하는 단어와 문장들이 변형될 거지만 당신의 아버지는 창의력을 발휘할 겁니다. … 그는 자신만의 암호를 쓰기 시작할 겁니다. 그 암호를 '달에서 쓰는 말'이라고 할게요. 당신이 달의 언어를 듣게 된다면 아무 뜻이 없는 것처럼 들릴 수 있지만 마음의 귀로 들어야 해요. 달의 언어를 이해하는 방법을 배워야 해요. 계속 아버지와 연결되어 있으려면 그 언어에 적응하는 법을 훈련받아야 하죠.

－비베케 드레브젠 바흐 TED 강연

'Reconsider dementia-metaphors as game changers', 소연 김 옮김

비베케 드레브젠 바흐 박사는 앞의 낸시 레이건 여사가 사용한 여정이라는 은유를 좀 더 구체적으로 '지구에서 달로 향하는 여정'으로 풀어냈다. 게다가 치매로 이상한 말을 하는 아버지의 모습을 '달에서 쓰는 말'이라는 은유와 '아버지가 창의력을 발휘한 것'이라는 해석으로 대체함으로써 아버지의 존엄을 지켜줌과 동시에 가족이 느끼는 좌절감의 무게를 덜어줬다. 더 나아가 가족들은 아버지가 쓰는 알 수 없는 말을 암호로 받아들여 이를 알고 싶다는 호기심과 함께 망가진 모습이 아닌 그 안에 숨은 감정과 마음을 읽기 시작했다.

물론 은유의 방식으로 치매를 이해하는 게 모든 상황에서 전적으로 옳은 건 아니다. 치료적 개입을 위해서는 단순하고 확실한 의사소통이 효율적일 때가 있다. 나쁜 치매 증상으로 피해망상이 심각하고 환각을 경험하고 있는 상태에서 달나라로 갔다느니 달에서 쓰는 말을 쓰고 있다고 하면 치매의 은유를 잘못 활용하는 것이다. "치매로 인해 당신 아버지 뇌의 언어 기능이 손상됐고 이로 인해 상황에 맞지 않거나 논리적이지 않은 말을 하는 것입니다."라고 직설적으로 소통해야 한다. 은유의 방식으로 이해하는 건 병의 전체적인 과정을 받아들일 때다. 또한 수전 손택이 그녀의 저서 『은유로서의 질병』에서 언급했듯, 질병을 은유의 방법으로 해석할 때 병을 병으로만 보는 게 아니라 사회적 편견과 프레임을 씌울 수도 있다는 점도 항상 유의해야 한다. 마치 에이즈라는 병을 면역결핍으로 인한 병 자체로 보는 게 아니라, 동성애자들에 대한 하늘의 천벌로 낙인찍었던 것처럼 말이다.

가장 좋은 것은 고통이 사라지는 것이다. 그러나 사는 일이 모두 그렇지 않은가. 고통을 내 힘으로 다룰 수 있다면 이미 그건 고통이 아닐지 모른다. 그렇기에 우리는 그 고통을 어떻게 마음에 담고 살지 고민한다. 은유는 그 과정에서 지친 우리의 마음을 위로해주기도 하고 새로운 시선으로 현재의 고통을 바라볼 수 있게 해준다.

정신과 수련의 시절 은사는 회진 중 불쑥 시를 열심히 읽으라는 조언을 했다. 수년 후 어느 선배는 환자의 마음을 비유의 방식으로 다시 설명할 수 있다면 좋은 의사가 될 수 있다고 했다. 당시에는 다소 뜬금없는 조언처럼 여겨졌는데, 지금 돌이켜보면 그분들은 은유의 힘을 나에게 가르치고 싶었던 것 같다. 한 가지 다행인 것은 은유는 전문 기술을 익힌 사람만 쓸 수 있는 게 아니다. 사람은 누구나 작가이고 자신만의 은유를 만들어 낼 수 있다. 치매의 은유법에 대해서도 많은 사람이 관심을 가졌으면 좋겠다. 그 시도가 치매를 앓는 환자와 가족들에게 작은 위안을 줄 수 있는 건 분명하기 때문이다.

── 쌈바의

── 여인

자신의 현실을 잃고 멈춰 있는 치매 노인들과 마주하다 보면 그런 생각을 할 때가 있다. '이분들은 지금 앞에 앉은 나를 보며 무슨 생각을 하고 있을까?' 나 스스로는 치매 환자를 돌보는 의사로서 기어코 진행되는 병에 맞서면서도 그 병의 고통에 무감해지지 않고 깨어 있어야 한다고 다짐한다. 반응 없는 그분들에게 말을 걸고, 멈춰진 마음을 움직이려 시도하지만 상황은 변하지 않는다. 그러다 보면 어느 순간 내가 환자들에게 중요한 사람이 되지 않으면 어떤 변화도 끌어낼 수 없을지 모른다는 초조함에 휩싸인다. 그런데 정작 그분들은 이 관계를 어떻게 생각하고 있을까? 오히려 과도한 나만의 생각이 둘 사이 관계에 너무 많은 무게를 지운 것은 아닌지 스스로 질문을 던지기도 한다.

할아버지는 늘 병상에 누워있었다. 그렇다고 잠을 자는 것도 아니고 반 정도 옆으로 돌아 벽을 보고 있었다. 회진 중 "주무세요?" 하고 인기척을 내면 눈을 감은 채로 "응, 별문제 없어." 하고 몸을 내 반대쪽으로 더 돌려 누웠다. 백발에 유난히 머리숱이 많은데 잘 씻지 않으니 누워있는 쪽 머리는 늘 눌려있고 반대쪽은 항상 떠 있었다. 그래서 일어나 앉을 때면 할아버지의 머리는 항상 기역자 모양이었다. 할아버지는 같은 병실을 쓰는 분들과도 대화가 없고, 오로지 식사 때만 병실을 나와 허겁지겁 먹은 다음 다시 자리에 누웠다. 활동도 시켜보려 하고, 프로그램에도 참여시키려 했지만, 흥미를 보이지 않고 거부하는 건 마찬가지였다. 주치의와 눈 마주치기조차 어려운 상태에서 활동을 늘리려는 다른 치료진들의 노력은 물거품이 되기 일쑤였다. 치매로 인해 실행 기능이 떨어지면 환자들의 활동 영역은 점점 줄어들고 단순해진다. 어쩌면 복잡한 상황을 피하려는 본능적인 선택일지도 모르지만 어느새 생활 반경은 작은 침대 하나 크기로 줄어들어 있다. 게다가 정서적으로 무감동증이 동반되면 그분들과 감정적으로 소통할 기회조차 잃는 경우가 흔하다.

수개월이 지나도 매번 똑같은 상황이 반복되었다. 나도 기계적으로 인사를 건넸다. 물론 할아버지가 여전히 몸을 돌려 누운 채 "괜찮아."라고 대답할 것까지 예상하면서 말이다. 허탈한 과정이었다. 내 알량한 자존심을 지키기 위한 것일지도 모르겠으나 여기서 더 무엇을 할 수 있나 싶은 자괴감까지 들었다.

그리고 퇴원이 얼마 남지 않은 어느 날이었다. 사소하고 하찮은 이야기일지라도 할아버지와 대화를 나누고 싶었다. 물론 다시 마주 앉아도 어떤 상황이 될지 뻔히 그려졌다. 정 안 되면 할아버지와 노래 한 곡이라도 함께 들을 요량으로 면담을 청했다. 할아버지는 꾸부정한 모습으로 천천히 걸어와 진료실 의자에 앉았다. 퇴원도 얼마 안 남았는데 뭐 하러 불렀는지 궁금한 눈치였다. 침대에 누워있을 때와 마찬가지로 할아버지의 몸은 나를 기준으로 45도 돌아간 상태였다.

"다른 건 아니고 이제 퇴원도 얼마 안 남았는데 그전에 이야기 좀 나누려고요…."

"…"

역시나 할아버지는 침묵으로 일관했다.

"마지막으로 같이 노래나 들으실래요? 좋아하는 노래 있으세요?"

"그런 거 없어."

"노래방에서 부르시는 노래 없으세요?"

"나 노래 잘 못해서 안 불러."

"그럼 좋아하는 가수 있으세요?"

"설운도."

순간 눈이 번쩍 떠졌다. 설운도? 노인 환자들은 스마트폰을
잘 활용하지 못하니 주로 가족들이 보내준 작은 라디오로 노래를
듣는다. 그러나 오랜 기간 할아버지가 병동에서 노래 듣는 걸 본
적이 없었다. 나는 얼른 스마트폰 음악 스트리밍 앱을 열었다.

"설운도가 부른 무슨 노래 좋아하세요?"

"그…."

할아버지 기억에서 노래 제목이 사라졌다. 검색 창에 설운도
를 검색하니 곡 개수만 712개가 나왔다. 난감했지만 다른 방법이
없었다. 순서대로 제목을 읊을 수밖에. 할아버지와 머리를 맞대고
노래를 찾아보기 시작했다.

"사랑이 이런 건가요?"

"아니."

"사랑의 트위스트?"

"아니."

"보랏빛 엽서?"

"아니."

"다함께 차차차?"

"아니."

"쌈바의 여인?"

"…"

플레이 버튼을 누르자, 바로 흥겨운 노래가 퍼져 나왔다. '내 마음을 사로잡는 그대. 쌈바 춤을 추고 있는 그대….' 그런데 노래가 나오자 할아버지가 말을 걸었다. 묻지도 않았는데 할아버지가 먼저 말을 건넨 것은 처음 있는 일이었다.

"이 노래가 설운도하고 이수진이 하고 같이 만든 거야."

노래를 듣는 도중 할아버지는 설운도와 이수진이 함께 「쌈바의 여인」 만들었다는 이야기를 세 차례 반복했다. 이수진이 누구인지 묻자, 할아버지는 설운도 아내라고 또박또박 대답해 주었다. 짧은 3분 24초가 지나고 할아버지에게 이 노래를 듣고 떠오르는 추억이 있는지 물었지만, 역시 할아버지의 대답은 단호했다.

"그런 거 없어."

우리는 노래를 한 차례 더 들었고, 싱겁게도 그걸 끝으로 헤어졌다. 겉으로 보이는 삶이 멈춰있다 해서 할아버지가 아무 생각 없이 있는 것은 아니다. 할아버지의 머릿속에는 시작과 끝을 알 수 없는 온갖 조각난 기억과 이유를 알지 못하는 두려움, 불안으로 폭풍이 휘몰아치고 있었는지도 모른다. 그러나 모든 것이 불확실한 상황에서조차 내가 한 가지 확신할 수 있었던 것은 함께 음악을 들었던 그 짧은 순간만큼은 분명 우리가 연결되어 있었다는 것이다.

치매는 완치가 없는 병이다. 완치가 없다는 건 속도의 차이만 있을 뿐 병은 반드시 진행된다는 말이다. 희망이 없는 병 앞에서 환자는 절망하기 쉽고, 의사는 익숙해지기 쉽다. 그러나 반응 없는 환자에게 수없이 말을 건네고, 환자가 기억하지 못하는 그의 삶을 끊임없이 상기시키는, 일견 아무 소용없어 보이는 그 노력은 헛되지 않다. 겉보기에 희망이 없어 보이는 일이지만, 사실 희망은 절망하지 않는 반복, 매일의 저항에 있다. 그리고 어느 순간 그것은 서로의 마음을 연결하는 기점이 될 것이다. 나는 할아버지가 다시 입원한다면 또다시 「쌈바의 여인」을 함께 들을 것이다.

— 길

— 위 에

— 남 겨 진 것

남루한 행색의 할머니 한 분이 보따리 두 개를 들고 거리를 헤
맵니다. "한 시간째 왔다 갔다 할머니 좀 이상해요." 신고를 받고
출동한 서부 아미파출소 경찰관들이 이것저것 여쭤보니 우리
딸이 애를 낳고 병원에 있다는 말씀뿐. 그런데 정작 자신의 이
름도, 딸의 이름도 기억하지 못하고 보따리만 하염없이 부둥켜
안으십니다. 슬리퍼 차림이 인근 주민일 것이라 판단, 할머니 사
진을 찍어 동네에 수소문한 끝에 할머니를 아는 이웃이 나타났
고, 딸이 입원한 병원을 전해 듣고 순찰차로 모셨습니다. 갓난쟁
이와 함께 침대에 누운 딸은 주섬주섬 보따리를 풀어 다 식어버

린 미역국, 나물 반찬, 흰 밥을 내어놓는 엄마를 보며 가슴이 미어집니다.

"어여 무라…."

치매를 앓는 엄마가 놓지 않았던 기억 하나. 병실은 눈물바다가 되었습니다.

-부산 경찰 페이스북

수년 전 부산 경찰 페이스북 사연이 신문 기사에 실렸다. 사연 속 할머니는 딸 이름도 자신의 이름도 기억하지 못하는 전형적인 치매 환자였다. 출산 후 지친 딸에게 미역국 한 그릇 먹이고 싶은 엄마 마음에 어찌 집에 가만히 있을 수 있겠는가. 할머니가 경찰의 도움으로 딸을 만나고, 다 식은 국이라도 그 마음을 전달할 수 있어서 다행이다. 그리고 치매로 아직 그 모정이 사라지지 않아 또 한 번 다행이다. 보따리를 들고 딸을 찾아가는, 길 위에 서성이는 할머니의 모습이 내 마음에서 떠나지 않는다.

어떤 가족은 길 잃은 아버지를 탕약원 앞에서 찾았다. 흑염소진액 냄새가 워낙 강렬해서 할아버지를 끌어들였을 수도 있지만, 자식들은 탕약원 앞에서 서성이는 모습을 보고 과거 아버지에 대한 한 가지 기억을 떠올렸다. 새끼들 허하지 않게 보약이라도 한 첩 해주고 싶어 했던 아버지다. 어쩌면 할아버지는 현재 눈앞에 보이는 길이 아닌, 과거의 감정이 스며든 마음의 길을 따라가고 있었던 건지도 모른다.

출산한 자식을 찾는 어미의 마음, 허약한 새끼들 보약이라도 한 첩 먹이고 싶은 아비의 마음이 모두 길 위에 녹아 있다. 그러고 보면 길은 단순히 목적지에 도달하기 위한 물리적 공간의 의미만 담고 있지 않다. 감정이 스며든 길은 본래의 목적과 다른 새로운 의미를 담기도 한다. 누군가는 그 길에 오매불망 기다리고 있을 자식들을 향해 퇴근을 서두르는 부모의 마음을 담기도 하고, 홀로 남은 외로움에 정처 없이 걷다 위로받았던 어느 날의 추억을 남기기도 한다. 추억이 아스러지고 희미해도, 감정이 스며든 길은 마음에 선명하게 남는다. 그리고 어느 날 문득 우리는 그 길 위에 서고 싶은 충동을 느낀다.

나 또한 어린 시절 초등학교 앞에 줄지어 있던 다섯 개의 문방구를 지나자마자 나오는 골목길이 기억 속에 생생히 남아있다. 그 골목길이 나한테 무슨 중요한 의미가 있는 건 아니다. 겨울이 되면 눈이 쌓여 미끄럽지 말라고 연탄재가 뿌려져 있던 것과 언젠가 집 앞에 쌓아 둔 연탄을 발로 한번 세게 차고 도망갔던 일, 이제는 얼굴도 떠오르지 않는 두 친구와 골목길을 비상 탈출로라 부르며 진지하게 작전을 짜던 일 등 단편적인 기억뿐이다.

어느새 내 마음에 감정을 불러일으키는 건 그 길과 관련된 어떤 장면이 아니라 그 길 자체가 됐다. 그 길이 어디로, 어떻게 이어져 집에 갈 수 있었는지조차 기억나지 않는다. 그러나 그 길에 대해 구체적으로 설명할 수 없는, 오랜 기간 퇴적된 감정이 남아 있다. 만약 나도 기억을 잃어버리고 어딘가 돌아다니게 된다면 왠지 그 골목길 앞에 서 있을 것만 같다. 조각난 잔상과 그 안에 스며있는 감정에 이끌려 나 또한 두 다리를 움직이고 있을지 모르겠다.

오늘도 많은 사람이 길 위에 발자국을 남기고 있다. 할머니가 서성였던 그 길에도 수많은 발자국이 쌓였을 것이다. 그래도 딸을 찾던 할머니가 만든 미역국 한 그릇의 온기는 그 길 위에 사라지지 않고 여전히 남아 있을 것만 같다.

— 마음에도
— 빨간약이
— 필요하다

2004년 방영된 노희경 작가의 드라마 「꽃보다 아름다워」에서 가장 인상 깊었던 장면은 치매에 걸린 고두심이 가슴에 빨간약을 바르는 장면이었다. "미옥아, 엄마 마음이 너무 아픈데 이걸 바르면 나을 것 같아서."

살면서 마음에 빨간약이 필요한 때가 온다. 상처받고 혼자 남겨지더라도, 계속 살아가야 하기 때문이다. 위안은 단지 "힘들겠다. 당신이 맞다." 같은 달래는 말이 아니다. 누군가에게는 위로의 말이 아닌 현실적인 조언이 도움이 되고, 또 어떤 경우에는 귀를 기울여주는 것만으로도 위로가 된다. 한 사람의 존재, 그 삶의 독자적인 부분을 찾아 읽어주는 것, 그것이 위안의 말이 될 것이다.

치매 환자는 어떤 말에 가장 위안을 받을까? 부끄럽게도 그동안 많은 어르신을 만나면서 물어보지 못했다. "요새 깜빡깜빡하는 건 어떠세요?" "잠은 잘 주무세요?" "어디 아픈 데는 없으세요?" 현재 몸 상태나 치매 증상과 관련된 질문에만 신경을 썼다. 의사로서 환자들에게 위로가 되는 말을 모른다는 자책이 남아서 어느 날은 작심하고 이 질문을 던지기 시작했다.

"어르신, 들으면 마음이 편안해지는 말이 있으세요?"

갑자기 낯선 질문을 던지니 환자도 가족들도 당황한 기색이 역력했다. 몇몇 치매 환자들은 열린 질문을 받으면 압도되거나 당황한다. 자신이 부적절한 대답을 할까 주저하기도 하고, 질문의 내용에 초점을 맞추지 못해 입을 닫기도 한다. 당황하는 몇몇 환자분들을 보니 내가 성급하게 질문을 던졌다는 후회가 들기도 했다.

그래도 어르신들에게 위안을 준 기억이나 말에 관해서 알 수 있었다. 어린 시절 냇가에서 동네 친구들과 같이 뛰놀던 기억, 큰아이 돌잔치 때 가족 모두 한복 입고 사진 찍은 기억, 소싯적 돈 좀 모았다는 자랑, 과거 직업 군인으로 자기 말이 곧 군령이었다며 큰 목소리로 구령을 외치는 할아버지도 있었다.

한 할머니는 좋아하는 성경 구절을 떠올리며 위안을 받는다고 했는데 무슨 구절인지 한참을 고민했다. 머리에는 있는데 말로 안 나온다며 가방에서 작은 성경책을 꺼내 한참을 뒤적이기도 했다. 어떤 할아버지는 내 질문에 확실한 답을 줬다.

"초콜릿 먹으라고 할 때가 제일 행복해. 난 단 거 먹으면 모든 스트레스가 싹 풀려."

또 다른 할머니는 기다렸다는 듯 갑자기 나를 혼내기도 했다.

"안 그래도 요새 선생이 예전하고 달라. 여기 오면 속상한 거 풀고 갔는데 이제 갔다 와도 안 풀려."

갑작스럽게 밝힌 할머니의 속마음에 적잖이 당황했다. 할머니는 내가 당황한 모습이 재미있었는지 서운하다는 이야기를 쏟아냈다. 이래서 서운하고 저래서 서운하고…. 할머니한테 한바탕 사과하고 나니 진땀이 났다. 그러더니 요새 남편도 마음에 안 든다며 할머니가 이야기꽃을 피웠다. 그러고 보니, 할머니는 병원에 처음 왔을 때도 그랬다. 남편 흉보는 이야기는 할머니가 가장 좋아하는 이야기였다.

"그래도 오늘은 좀 이야기한 것 같네."

한참을 이야기하던 할머니가 살짝 웃었다.

한 대학 연구팀이 유방암 환자 200명에게 어떤 위로가 가장 도움이 되는지 조사한 일이 있었다. 그 결과 "괜찮아요? 힘들어 보여요."처럼 현재 환자의 상태나 증상에 대해 반응하는 위로는 오히려 고통스러운 상태를 상기시키는 것 같다는 답이 돌아왔다. 도움이 되는 메시지는 "힘든 치료 과정을 잘 견뎌 내는 당신이 자랑스러워요."처럼 고통을 견뎌 내고 있는 자신을 인정해줄 때였다. 또 애매한 위로보다는 오히려 "○○증상이 나타나면 ○○하세요."처럼 현실적인 정보를 알려주는 게 낫다고 한다. 생각했던 것보다 우리는 상대방을 위로할 준비가 되어 있지 않을 수도 있다. 그게 내 부모나 배우자라 할지라도 말이다.

치매 노인들이 말로 위안을 받는 시기는 이미 지났을지 모른다. 현실은 점점 사라지고 과거만 남기에, 현실을 위로하기 위한 말들은 이제 중요하지 않을 수도 있다. 그러나 이 질문을 던지고 답을 찾아가는 동안, 나는 환자들의 좋은 기억 안에 같이 존재하는 것 같았다. 대답도 제각각이고 어떤 경우에는 엉뚱한 이야기를 하지만 적어도 그 순간만큼은 내가 알지 못했던 그분들의 희로애락이 있었다.

이 작업 중 특별한 위안의 말을 찾지는 못했지만, 이를 찾아가는 과정 자체도 의미가 있었다. 아직 부모나 배우자가 온전히 내 옆에 있어 줄 때 용기 내 물어보자. 그 작은 위안이 치매라는 암흑 속에서 기억 한 편에 남아 사랑하는 사람에게 작은 마음의 휴식을 줄 수 있다면, 이 여행을 지금이라도 시작할 의미가 있지 않겠는가.

— 그 리

— 나 쁘 지 않 은

— 삶 이 었 음 을

"곧 돌아가실 것 같다. 한번 만나러 오는 게 좋지 않겠니?"

부산에 있는 큰어머니로부터 연락이 왔다. 요양병원에 있는 셋째 고모가 곧 돌아가실 것 같으니 마음의 준비를 하라는 연락을 받았다고 했다. 내가 알기로 고모는 결혼하지 않고 혼자 살았다. 양자를 들였지만 성인이 된 후 여러 사정으로 연락을 끊고 지냈기에 주위에 돌봐주는 사람이 없었다. 그래도 지척에 큰어머니와 막내 고모가 살다 보니 친구처럼 지냈는데, 외로움 때문인지 몰라도 세 분 중 유일하게 치매가 왔다.

유난히 우리 아버지를 많이 닮았던 셋째 고모는 멀리 떨어져 살아 자주 만나지 못했다. 그러나 내 기억 속 고모는 다른 사람에게는 깐깐하고 똑 부러질지 몰라도, 내게는 없는 살림에도 만 원한 장을 꼭 호주머니에 찔러주던 다정한 사람이었다.

그리고 바쁘다는 핑계로 시간이 많이 흘렀다. 어느 날 큰어머니로부터 셋째 고모가 치매로 집 밖을 배회하다 큰일 날 뻔했다는 연락을 받았다. 과거 고모네 집에서 사글세를 살던 젊은 새색시의 환청을 듣고 맨발로 뛰쳐나가 여기저기 헤매다 경찰의 도움으로 집으로 돌아왔다는 것이다. 사실 그 전부터 고모의 치매 증상은 진행되고 있었다. 깔끔한 성격이었던 분이 음식이 상하도록 관리하지 못했고, 한 번은 가스레인지에 불을 켜둔 채 외출을 해 화재가 날 뻔했다. 결국 이 일을 계기로 고모는 요양병원에서 지내게 됐다. 고모는 어느 날부터 식사를 잘 못하더니 급속도로 기력이 떨어졌다. 침대에 누워 지내는 시간이 급격히 늘어났고 잦은 사레로 인해 폐렴이 반복됐다. 고모에게 점점 죽음이 드리워졌다. 그러던 중 큰어머니가 고모에게 다가오는 마지막을 내게 알려 준 것이었다.

다음 날 새벽에 차를 몰고 부산으로 향했다. 아직 고모가 어떤 상태인지 알지 못했기에 어떤 이야기를 드려야 할지 머릿속이 복잡했다. 병원 직원의 안내를 받아 고모가 있는 중환자실로 향했다. 10개 남짓한 침대가 놓인 넓은 홀의 끝에 고모가 보였다. 너무

왜소해진 체격에 핼쑥한 얼굴, 내가 알던 고모의 모습이 아니어서 이름표를 다시 확인해야 했다. 침대 옆에 앉았지만, 가벼운 인사도 나눌 수 없었다. 치매가 급격하게 진행되어 의미 있는 말을 할 수 있는 상태가 아니었다. 목구멍 깊은 곳을 긁고 올라오는 것 같은 그르렁거리는 호흡 소리 중간에 "아악." 하며 생명을 쥐어짜는 듯한 외마디 비명이 있을 뿐이었다. 격심한 고통을 느끼는 것 같지는 않았지만 치매는 고모의 마지막 남은 인간성마저 허락하지 않는 듯했다.

"고모, 저 알아보시겠어요?"

"…"

나는 그녀가 어떤 반응도 해줄 수 없다는 것을 알면서도 관성적으로 어디 아픈 곳은 없는지, 불편한 곳은 없는지 물었다. 수많은 죽음의 형태 중 치매로 삶을 마감하고 싶지 않다는 사람들의 이야기가 어떤 의미인지 그 순간 이해됐다.

나는 숨막히는 상황을 견디기 어려워 자리에서 일어나 간호사에게 의미 없는 질문을 했다. 지금 병세가 나빠진 이유가 무엇인지, 혹시라도 더 진행할 수 있는 검사는 없는지 물었다. 그러자 간호사는 늦게 나타나서 무슨 트집을 잡느냐는 듯 나를 쳐다보았다.

"혈색소 수치가 6점대까지 떨어졌어요. 뭐 확인해 보기 위해서는 대학병원 가서 내시경 검사부터 해야겠죠. 하지만 보시면 아시겠지만, 지금 그런 검사를 받을 수 있는 컨디션이 아니에요. 어떻게 할지는 보호자분이 결정하세요."

나도 알고 있었다. 단지 침묵에 삼켜지지 않기 위해 누군가와 대화를 하고 싶었을 뿐이었다. 잘 돌봐달라는 부탁을 남기고 다시 고모가 누운 침대로 다가갔다. 반응 없는 고모의 마지막을 어떻게 위로해야 할지 갈피를 잡기 어려웠다.

그러던 중 갑자기 고모의 눈동자가 흔들림을 멈췄다. 동물의 신음 같던 외마디 소리도 더 이상 내지 않았다. 마지막 순간에 나를 알아차리지 않을까, 내 이름을 부르지 않을까 생각했지만, 그런 상황은 일어나지 않았다. 그저 서로의 눈을 응시하고 있을 뿐이었다. 고모는 그 작고 새까만 눈동자에 얼마나 많은 삶의 희로애락을 담아 왔을까. 하지만 이런 생각은 나 혼자만의 것일 뿐, 고모의 죽음에 감상적인 의미를 붙이는 건 그녀에게 어떤 위로도 되지 않을 것이었다.

죽음은 고모로부터 청력과 목소리를 앗아가고, 치매는 그녀의 세상에 대한 기억, 그리움과 사랑, 후회와 비통함조차 지워버렸다. 나의 존재는 고모에게 어떤 의미도 없었다. 나는 더는 입을 열지 않았다. 고모의 얼굴을 쓰다듬으려 하지도 않았다. 단지 손을 잡고 창밖으로 고개를 돌렸다.

의사로 일하며 나는 적잖은 죽음을 만나왔다. 암 환자들, 자살로 생을 마감한 사람들, 치매 노인들, 그리고 내 주위 사람들의 죽음까지. 노인 병동에서 당직을 서던 어느 날은 하룻밤 사이 세 분의 사망을 지켜보기도 했다. 나는 그분들의 호흡과 심장 소리, 맥박 등 살아있다는 신호가 이제 멈췄음을 결정하는 사망선고를 내려야 했다. 그나마 다행일 때는 가족들이 마지막을 같이 할 수 있을 때였다. 뺨을 쓰다듬고 안아주며 고생했다, 사랑한다, 걱정하지 말라 눈물을 흘려주는 사람이 있다면 불행하지 않은 듯 보였다. 그러나 마지막 순간에 안면도 없는 의사 한 명만 나타나 물끄러미 자신을 바라보고 있다면, 다가오는 어둠이 너무나 쓸쓸하고 두려울 것 같았다.

어떤 죽음이 외롭지 않으며, 어떤 죽음이 비극적이지 않겠는가. 죽음을 받아들인다는 것은 누구도 대신하거나 도와줄 수 없으며, 오롯이 혼자 감당해야 하는 과정이다. 아무리 마음 깊은 곳에 욕망과 부끄러움, 후회와 비참함을 꼭꼭 숨겨 뒀다 한들 죽음 앞에서 우리는 철저히 발가벗겨진다.

그중에서 치매 노인의 죽음이 다른 이들의 마지막보다 안타까운 것은 우리가 그 마음을 알기 어렵기 때문일지 모른다. 우리는 돌아가시는 분을 기리기 위해 그들이 삶의 마지막에 건네는 소중한 이야기에 귀를 기울인다. 그 순간에는 옳고 그름이나 선악은 중요치 않다. 품위 있는 죽음의 가장 중요한 부분은 사랑하는 사람과 같이 삶을 정리하고 의미를 나누며 사랑을 재확인하는 과정일 것이다. 그리고 그 사랑을 간직함으로써 당신의 생각과 마음, 기억이

우리를 통해 계속 이어질 것임을 약속한다. 그러나 치매 노인에게
는 처음부터 그런 기회가 주어지지 않는다. 그들은 살아있는 채로
죽음의 과정을 겪고, 죽음이 찾아왔을 때는 그것이 앞에 온 것조차
모르는 상태로 죽음을 맞이한다.

이런 죽음 앞에 겸허해질 수밖에 없고, 어떻게 살아야 할지
여러 생각이 든다. 어릴 때는 죽음 이후를 누구도 알지 못하기에
죽음 자체에 경외감을 갖는다. 그러다 나이가 들면 우리는 일상에
스며든 죽음을 인식하고 두려움을 느끼기 시작한다. 마지막 순간
이 되면 죽음의 두려움은 지금까지 살아온 삶에 대한 후회에 비례
한다. 떠나는 순간 미련과 애착이 클수록, 죽음은 그 사람을 삼킬
정도의 공포로 다가온다. 이런 이유로 죽음에 이르러서야 우리는
살면서 무엇이 가장 소중한 가치였는지 정리할 수 있는 것인지 모
른다.

그래서 나는 죽음을 마주할 때마다 스스로에게 지금 후회 없
는 삶을 살고 있는지 되물었다. 그동안 도전하지 못해 후회하는 일
이 있나? 사랑하는 사람과 더 깊은 관계를 맺었나? 나 때문에 상처
받은 사람들에게 용서와 화해를 구했나? 그러나 후회를 남기지 않
으려면 뭔가 더 해야 한다는 이런 생각은 압박감으로 다가오거나
일상에 묻혀 너무나도 쉽게 머릿속에서 사라졌다. 어쩌면 죽음이
원하는 대답은 이런 것이 아닐지도 모른다는 생각이 들었다. 그러

다 언젠가부터 내 진료실에서 들었던 치매 노인들의 잔잔한 말 한 마디가 맴돌았다.

"지금도 그렇게 나쁘지 않아."

치매의 불안과 초조에 휩싸여 있던 분들이 어느 순간부터 주위 사람들에게 이런 말을 던진다. 처음에는 자신의 현실을 받아들이지 않으려는 치매 노인들의 고집이라 생각했지만, 거듭해 들을수록 나에게 이유 모를 묵직한 울림으로 다가왔다. 어쩌면 죽음과 같은 치매 안에서도 그들은 어떤 삶의 태도가 자신에게 위안을 주는지 본능적으로 알고 있었던 것 같다.

죽음은 우리에게 어떻게 살아야 한다는 해답을 주지 않는다. 죽음은 어떤 삶을 강요하지도 않는다. 단지 그 순간 삶을 대하는 당신의 태도를 물어보고 상기시킬 뿐이다. 그것이 중요한 이유는 결국 당신이 어떻게 고난과 역경을 견뎌낼지, 어떤 방식으로 자신의 인생을 이끌어갈지가 태도에서 결정되기 때문이다.

그리고 나는 가장 비극적인 죽음을 맞이한다고 생각했던 치매 노인들로부터 죽음의 무게에 짓눌리지 않고 유연하게 맞선 그들만의 삶의 태도를 배웠다. 어쩌면 우리는 불완전하기에 후회 없는 삶이란 불가능할지 모른다. 대신 우리의 삶에 어떤 결함이 있을지라도 그날 하루에 대해 "그렇게 나쁘지 않았다."라고 대답해 줄 수 있다면, 아직은 온전히 자기 삶을 살고 있다 믿어도 되지 않을까? 그리고 그것이 하루하루 이어져 훗날 내 죽음 앞에서조차 스

스로에게 "후회 없이 살았다."가 아닌 "그렇게 나쁘지 않았다."라고
말할 수 있다면 나 또한 죽음의 외로움 안에서 스스로 위안을 얻
을 수 있을 것만 같다.

o

**잃어버린 것과
남겨진 것**

— 희 망 은
— 시 시 포 스 의
— 걸 음 에 있 다

오랜 기간 치매 환자를 돌봐온 환자의 배우자가 혼자 여행을 갔다
오기로 결심했다. 결심 후 실제 여행을 다녀오기까지 수개월이 걸
렸다. 두어 달 동안 의사인 나에게 정말 환자를 두고 여행을 다녀
와도 되는지, 정말 가도 되는지 몇 번을 물었는지 모른다.

"크게 문제없습니다. 잘 다녀오세요."

나는 거듭 그녀를 안심시켰다. 그녀에게 이번 여행은 일상을
벗어나 잠시 휴식을 취하고 돌아오는 그런 보통의 여행과는 의미
가 달랐다. 그녀는 자신이 극도의 한계에 내몰렸음을 직감한 것이
다. 그렇기에 이는 선택이 아니었다. 꼭 가야만 하는 여행이었다.

여행을 다녀온 환자의 배우자는 밝은 표정으로 돌아왔다.

"잘 다녀왔습니다. 제가 걱정하던 일은 없었어요. 정말 잘 다녀왔습니다."

그리고 그녀는 한동안 말이 없었다. 밝은 표정은 이내 울먹임으로 바뀌었다. 그녀는 울고 있었다. 무엇이 그 마음을 뜨겁게 하고 눈시울을 붉게 만들었는지, 지금까지 그녀가 짊어온 삶의 무게에 대해 어떤 말로도 위로할 수 없을 것 같았다.

"해야 하기 때문에 하는 겁니다. 특별한 이유가 있지는 않습니다. 나 말고 할 사람이 없지 않습니까?"

치매 환자를 돌보는 가족들이 보통 하는 말이다. 환자 가족들이 짊어져야 하는 짐은 절대 작지 않다. 진료를 본 뒤 치매 환자가 먼저 진료실 밖으로 나가면, 잔잔했던 공기가 갑자기 바뀐다. 그제야 가족들은 목까지 차올랐던 숨을 턱 뱉어낸다. 그리고 한 달 동안 환자를 돌보면서 느꼈던 고통과 불안, 분노를 쏟아낸다. 계속 같은 자리를 맴돌고 있는 답답함을 쏟아낸다. 나쁜 치매 증상 몇 가지를 조절하고 있다고 해서 가족들의 돌봄이 본질적으로 달라지는 건 아니다. 계속 옆을 지켜야 한다는 부담은 자신을 위한 어떤 선택도 하지 못하게 만든다.

돌봄을 통해 그들이 얻게 되는 것은 무엇인가. 단순히 피를 나눴다고, 같이 살아왔다고 해서 그 고통을 짊어져야 하는 걸까. 주변에서는 숭고함이나 인간다움이라는 의미로 그들의 돌봄을 이야기하지만, 그런 시각은 오히려 주위 시선을 의식하게 하고 또 다른 고통을 더할 뿐이다. 잠시 돌봄을 내려놓는 선택조차 할 수 없도록 보호자가 자신을 얽맨 안타까운 상황을 수없이 봐왔다. 어느 순간부터 나 또한 무거운 짐을 진 환자 가족들에게 위로다운 말 한마디 꺼내기가 어려웠다.

그런 나의 마음에 틈이 생긴 건 치매 할아버지의 딸이 홀로 찾아왔을 때였다. 한동안 얼굴을 못 봤지만, 기억이 났다. 병원에 올 때마다 할아버지의 손을 꼭 잡고 진료를 기다리던 딸이었다. 진료실에 들어올 때면 딸은 아버지의 느린 걸음에 발맞춰 천천히 걸음을 뗐다. 할아버지는 치매 진료뿐만 아니라 신부전으로 혈액 투석을 받아야 했다. 안타깝게도 주위에 치매와 투석을 동시에 돌봐주는 요양원이나 요양병원은 없었기에 결국 그 부담은 오롯이 딸의 몫이었다. 투석 후 축 처진 아버지에 대한 연민과 밤이 되면 섬망으로 폭언을 퍼붓는 아버지로 인해 딸은 밤마다 귀를 막고 눈물을 흘렸다. 밤에만 나타났던 섬망이 낮에도 나타나면서 나중에는 투석조차 받기 어려워졌다. 투석이 어려워지자 담당 내과 의사는 치매 담당의에게 더 높은 용량의 진정제를 받아오라고 했다. 그러나 잘 걷지도 못하는 할아버지에게 진정제 용량을 높이는 것도 한계가 있었다. 딸과 할아버지는 더 전문적인 도움이 절실했고, 그렇게 우리의 치료 과정은 마무리되었다. 마지막 기억은 나에게도 안타까움과 미안함으로 남았다. 그리고 시간이 흘러 딸 혼자 찾아온 것이다. 이런저런 안부를 묻는 중 아버지에 대한 이야기가 나왔다.

"아버지는 돌아가셨어요. 치매를 돌본 것도 힘들었지만 마지막에는 정말 괴로웠어요. 나도 선생님도 어떻게 할 수 없었으니까요. 너무 힘들어 아버지가 죽어 버렸으면 하고 밤마다 수없이 되뇌었습니다. 그리고 또 하루가 시작되면 그냥 내 앞에 던져진 일을 반복했어요. 아버지를 돌보고 병원에 가는 일을 하고 또 하고…. 모든 게 끝나고 나면 내 삶이 달라질 거라 되뇌면서 말이죠. 그런데 정작 돌아가시고 나니까 공허했어요. 며칠은 집 밖으로 나가지 않았어요. 처음엔 너무 지쳐서 그런 거로 여겼어요. 그런데 시간이 지나도 공허함이 사라지지 않았어요. 그러다가 며칠 전 카페에 잠시 앉아 커피를 마시는데 너무 어색했어요. 뭔가 맞지 않은 옷을 입은 것처럼요. 아주 사소한 것조차 나를 위한 선택이 익숙하지 않았던 거예요. 오랜 기간 내 삶은 아버지에게 맞춰져 있었거든요. 주위에 돌볼 사람이 없었기에 시작했지만, 어쨌든 내가 선택한 것이었죠. 하지만 그 이후에는 전혀 선택할 수 있는 게 없었어요. 아마 그런 일상에 길들여져 버린 것 같아요. 작은 것 하나 선택하지 못하는 나 자신이 한심하게 느껴졌어요. 문득 아버지를 데리고 병원에 왔던 게 생각이 났어요. 이게 일과 중 하나였으니까요. 이제 아버지도 없고 여기 올 필요도 없는데 발걸음이 향했어요. 정말 생각하기도 싫은 그 일상이 아직도 나를 움직이게 하네요. 새벽에 눈 뜨게 하고, 이렇게 병원에 오게 하고…. 가장 고통을 줬던 일이 나를 움직이게 하다니, 참 아이러니하죠?"

단지 자식이라는 이유로 고통을 감당해온 그녀에게 무엇이 남았을까. 치매와 투석을 동시에 챙겼던 힘겹고 지난한 매일의 기억? 아버지에게 얽매여 이제는 내 삶조차 내 것이 아닌 느낌? 아니면 결국 손도 쓰지 못하고 아버지를 떠나보내야만 했던 자신의 무력함? 그녀의 공허함을 설명할 수 있는 건 수백 가지였다. 그러나 나를 찾아온 딸의 모습은 무력한 그런 모습이 아니었다. 그동안 그녀는 아버지를 돌보며 수많은 고통을 인내했다. 자기 자신은 피할 수 없는 운명이라 생각했을지언정 그것은 엄연한 선택이었다. 그리고 이제 아버지가 없는 상황에서 삶은 그녀의 또 다른 선택을 기다리고 있었다.

그리스 신화에서 시시포스는 신의 노여움으로 무거운 바위를 산 정상에 밀어 올리는 형벌을 받는다. 온 힘을 다해 힘겹게 정상에 올려놓으면 바위는 순식간에 아래로 굴러떨어진다. 허무하고 희망도 없는 상황의 무한한 반복. 모든 것이 신이 짜 맞춘 운명대로 흘러가고, 여기서 그가 선택할 수 있는 것은 아무것도 없다. 얼마나 부질없고 형편없는 운명인가. 하지만 수만 번을 오르내리며 무기력했던 시시포스의 마음속에 유일하게 선택할 수 있는 것이 있다. 바로 살아간다는 것이다. 남들이 보기에는 운명에 힘없이 순응한 듯 보이겠지만, 자신이 할 수 있는 유일한 선택을 함으로써 그는 신과 운명에 저항한다.

그녀 마음속 깊이 새겨진 '살아간다'는 강렬하면서도 소리 없는 투쟁이 공허함에 빠진 그녀를 여전히 움직이고 있었다. 그 관성의 힘이 여기까지 뻗쳐 그녀를 진료실에 머물게 했다고 믿는다.

그 이후 딸은 진료실에 찾아오지 않았다. 그러나 그녀와의 만남 이후 나는 여리고 지친 가족들의 모습 뒤 바위보다 강한 시시포스를 상상하게 되었다. 그녀는 분명 자기 삶을 살아가는 선택을 했을 것이다. 이제 위로조차 조심해야 할 정도로 환자의 보호자들이 약하다는 생각은 하지 않기로 했다. 우리는 모두 바위보다 강하다.

— 삶의 고통이

— 죽음의 고통을

— 뛰어넘을 때

정신과에는 응급 입원이라는 시스템이 있다. 자살 위험이 아주 높다고 판단되거나 자살 시도를 한 경우 경찰, 정신보건요원의 판단에 따라 나라에서 지정한 병원에 사흘간 입원을 요청할 수 있다. 자살 행동을 하는 데에는 여러 이유가 있다. 어떤 경우에는 자신도 모르게 술을 마시고 충동적으로 저지른 경우도 있고 누군가에 대한 원망을 표현하는 수단으로 자살을 선택하는 사람도 있다. 가장 어려운 상황은 오랜 기간 죽음을 준비해온 사람들을 만났을 때다.

"죽음만이 고통을 벗어날 수 있는 유일한 방법입니다."

선택지가 하나밖에 없는 상황, 이 길 말고는 자신의 의지로 선택할 수 있는 게 없다는 비극이 얼마나 강렬한지 목도하게 된다. 그런데 똑같이 비극적인 자살도 치매 환자나 암 환자처럼 질병으로 인한 고통이 원인인 경우에는 고통을 마감하기 위한 죽음의 선택이 암묵적으로 용인된다. 루이소체 치매가 발병한 지 10개월 즈음 삶을 내려놓은 로빈 윌리엄스를 보며 당신은 어떤 생각을 했는가? 그런 마음의 발로가 최근 노인 안락사라는 구체적인 이슈를 불러일으키는 건지도 모른다.

그런데 만약 부모가 우리 앞에서 "어차피 나의 종착역이 죽음일진대, 고통을 조금이라도 줄일 수 있다면 이를 더 빨리 맞이한다고 큰 차이가 있겠는가?"라고 반문한다면, 우리는 어떤 대답을 할 수 있을까? 그리고 자신의 선택을 도와달라고 하거나 최소한 눈감아 달라고 부탁한다면? 이것은 세상에서 가장 잔인한 부탁이 될지 모르겠다.

자신의 우울증 경험을 기록한 『한낮의 우울』의 저자이자 저널리스트인 앤드루 솔로몬은 실제 난소암에 걸린 어머니로부터 자살을 도와달라는 부탁을 받는다. 앤드루 솔로몬과 그의 아버지, 법학도였던 남동생 모두 경악하며 어머니를 설득하려 했지만, 질병으로 삶의 통제력을 잃는 것을 두려워한 어머니는 결심을 바꾸지 않았다.

그의 어머니는 삶의 마지막을 스스로 결정하기로 마음먹은 이후, 오히려 현재의 삶에 집중할 수 있었다. 이는 다른 가족들도 마찬가지였으며, 그는 고통에도 불구하고 그 시기를 '평생 가장 행복했던' 시기로 기억했다.

그의 어머니는 8개월 후 암이 진행됐다는 이야기를 듣고 '때가 된 것 같다'는 메시지를 남기고 가족들에게 둘러싸여 삶을 마감한다. "어머니의 죽음은 어머니의 것이었다."는 앤드루 솔로몬의 말처럼 그녀는 죽음을 선택함으로써 고통으로부터 자기 삶을 지켰을지 모른다. 그런데 작가의 기록 이면에 숨어 있는 죽음의 모습은 그의 기억에서 '평생, 가장, 행복'이라는 단어를 떠올리기에 뭔가 자연스럽지 않았다.

어머니의 안락사 이후 가족들이 유품을 정리하는 과정에서 죽음의 어두운 단면이 드러나기 시작했다. 아버지는 안락사에 쓰인 약물이 남았는지 찾았고, 그가 모두 버렸다고 하자 갑자기 분노를 표출했다. "넌 그 약들을 버릴 권리가 없어." 어느새 어머니의 안락사는 아버지의 죽음을 지배하기 시작했다.

죽음의 판도라 상자가 열렸다. 이후 어머니의 자살을 지켜볼 수밖에 없었던 가족들의 고통이 이어졌다. 어머니는 정신적 한계에 도달했고, 주위 사람들 또한 난소암으로 인한 끔찍한 고통을 인정했기에 그녀의 자살은 정당화되었다. 그러나 남은 가족들은 준비되지 않은 상태에서 죽음과 자살이라는 잔혹한 현실에 노출되었다.

죽음과 자살을 경험하고 나면 주위 사람들은 돌이킬 수 없는 변화를 겪는다. 작은 삶의 무게에도 쉽게 죽음을 생각하는 경향이 생기고, 죽음의 유혹에 쉽게 시달리는 상태가 되기도 한다. 사회적 접근이나 개인의 심리 문제, 의학적 측면의 설명만으로 이런 현상이 나타나는 이유를 콕 짚어 이해하기는 어렵다. 그러나 분명 이런 현상은 유명인의 자살 후 자살하는 사람이 늘어나는 베르테르 효과처럼 강력하고 전염성이 있다.

자살을 철저히 개인의 자유와 선택의 문제로만 바라보는 의견이 있다. 하지만 죽음의 공포와 자살은 개인의 의식 수준에서 다룰 수 있는 종류의 문제가 아닐지도 모른다. 한 사람의 자살은 가족에게 심지어 세대를 거쳐 번지며 그들을 죽음의 유혹에 쉽게 빠지도록 한다. 단순히 충동적 자살 성향이 있다는 말로는 설명이 부족하다. 이는 마치 카를 융이 이야기한 인간의 원초적이고 원시적인 원형으로 이뤄진 두 사람 사이의 집단 무의식이 의식하지도 못한 사이에 자살과 죽음으로 인한 혼란에 뒤섞여 공명하는 것 같다.

자살은 개인적인 차원에서는 고통을 벗어나기 위한 몸부림이지만, 역설적으로 개인만의 문제가 아니다. 특히 노인의 자살은 심리적인 문제만 있지 않다. 경제적인 이유, 건강의 악화로 인한 신체적인 이유(치매나 암과 같은 질환) 등 고통스러운 사연을 듣다 보면 그런 선택이 어쩌면 자연스럽다는 생각이 들 수 있다. 그러나 자살은 자살이다. 자살로 인한 죽음의 무게는 눈을 감는다고 가벼워지지 않는다. 자신보다 사랑했던 사람들을 끝나지 않는 고통에 빠뜨리는 것이 과연 인간다운 선택일지에 대해 누구도 쉽게 답을 내릴 수 없을 것이다.

그럼 삶의 고통이 죽음의 고통을 뛰어넘을 때 노인들은 그것을 언제까지 견뎌 낼 수 있을까. 국내 건강보험 자료에 따르면 10년간 3만 6541명의 치매 노인을 조사한 결과 113명이 자살로 사망하였고 이들이 치매 진단 후 사망에 이르기까지 대략 1.2년 정도의 시차가 있었다. 놀랍게도 치매 환자뿐만 아니라 암에 걸린 노인들도, 뇌경색을 앓는 노인들도 진단 후 1년 내 자살 위험이 높은 것으로 보고되었다. 물론 이를 모든 노인 자살로 일반화하기 어렵겠지만, 자신의 힘으로 극복해 내지 못할 벽을 만나 자살이라는 선택을 하기까지 1년이라는 시간은 질병이 자살에 미치는 영향만큼 중요한 의미를 담고 있는 듯하다. 왜 1년이라는 시간에 그들은 자살을 치열하게 생각하게 되는 것인가.

진단 후 1년은 노인 자살을 막기 위한 중요한 시기라는 메시지를 넘어, 그들의 눈앞에 죽음이 더욱 또렷한 현실로 나타나 마주하게 되는 순간이다. 그리고 이는 그들이 진정 고귀한 죽음, 즉 인간다운 삶과 이를 위한 죽음에 대해 생각하게 되는 마지막 순간이다. 일단 죽음이 더 진행되면(치매가 진행되거나 암이 악화하면) 온전한 정신으로 자기 죽음에 대해 마주할 기회조차 잃어버릴지 모른다. 그렇기에 그들은 이 시기에 더 치열하게 자기 삶과 죽음에 대해 고민하게 된다. 이 결론이 자살로 이어지던 저항하는 삶을 선택하던 이 시기의 죽음의 공포는 그들에게 선택을 강요한다.

그러나 우리가 끝이라 생각한 상황에서조차 아직 변화시킬 수 있는 것들이 있다. 병이 주는 비극적인 삶에 대한 낙인, 한 가정을 순식간에 무너뜨리는 고통, 그리고 자신이 잊혀 가는 두려움을 부인하려는 것은 아니다. 그러나 그 흐름 안에서도 변화시킬 수 있는 것들이 분명 있다. 고통 안에서도 소중한 것을 끝까지 기억하려는 마음, 왜곡된 형태일지언정 인간다움이 증상 안에 어떻게 잠재되어 있는지를 직면하고 이를 지켜내려는 의지, 그리고 자신을 내던지고 싶은 욕망과 한계를 받아들이면서도 자기 삶을 완수하려는 누군가가 있다.

누군가에게 짐이 된다는 것, 그것이 나의 노력과 상관없이 점점 진행되리라는 것, 그리고 어느 순간 내가 죽으면 다 편해질 것이라는 전제는 옳지 않다. 삶의 고통이 아무리 극심할지라도 자살은 방법이 될 수 없다. 자살은 비참한 현실과 고통을 씨앗으로 자라났기에 그런 선택은 본질적으로 편안함을 가져오지 못한다. 실제 나는 건물에서 뛰어내린 자살 시도자의 임종을 지켜본 적이 있다. 병원에 실려 온 환자의 마지막 순간은 고통뿐이었다. 그의 눈빛에 절대 편안함은 없었다. 그리고 『한낮의 우울』 속 앤드루 솔로몬 가족의 경험에서 보듯 자살은 심연의 바다처럼 아직 우리가 충분히 이해하지 못하는 현상이다. 자살은 절대 자살한 사람만의 몫만 남기지 않는다. 한 사람의 자살은 시간과 공간을 가로질러 남은 사람들에게 번져 나간다.

그런데 역설적으로 현실이 삶을 압도하는 상황에서 우리를 구하는 것은 우연하고 사소한 것들이다. 자살 시도의 순간 갑자기 울린 전화벨 소리, 뜬금없이 건넨 누군가의 관심, 지나는 사람이 건넨 응원의 말, 우연히 발견한 작은 글귀 하나다. 특별한 사람만 할 수 있는 것들이 아니라 우리 모두 할 수 있는 그런 것들 말이다.

자살은 나쁘고 고귀한 죽음은 어떻다고 말하고 싶은 게 아니다. 그들의 짐은 누구도 대신 짊어질 수 없다. 단순한 위로나 격려는 상황을 더 악화시킬지 모른다. 그 대신 그들이 죽음에 점점 더 가까워지고 자신을 잃기 전에, 죽음의 공포에 압도되지 않고 생각할 수 있도록 옆에서 귀를 기울이는 것, 그것이 바로 고귀한 죽음에 대해 정의 내리기 전에 우리가 고민해야 할 숙제가 아닐까 한다.

진단 후 1년이라는 시간은 한편으로 자신의 삶에서 소중한 것, 지키고 싶은 게 무엇인지에 대해서도 질문을 던질 것이다. 그리고 개인적으로는 이 과정을 통해 그들이 고통을 견뎌 내면서도 지켜야 할 소중한 것을 찾았으면 한다.

── 피 를

── 훔 치 는

── 도 둑

외래 진료실에서 오전 진료를 준비하던 중 병동에서 급하게 연락이 왔다. 치매로 입원한 할아버지 한 분이 치료진에게 욕을 하고 물건을 던질 듯 위협하고 있다는 내용이었다. 전날까지만 해도 조용히 지냈고, 최근 그렇게 흥분할만한 상황이 없었기에, 나 또한 적잖이 당황스러웠다. 병동에 올라가 상황을 보니 할아버지의 눈빛에는 분노와 당혹감, 두려움이 교차하고 있었다.

"어떤 놈인지 알아내기만 하면 그냥 확!"

할아버지는 팔을 내밀며 내게 무언가를 보여주려 했다. 그것은 꼼꼼히 붙어 있는 흰색 종이 테이프였다.

"누가 내 피를 훔쳐가고 있어. 자고 일어났는데 누가 팔에 이렇게 종이테이프를 휘감아 뒀어. 옆자리에 물어보니 누가 새벽에 피를 뽑아갔다는 거야. 어떻게 이럴 수가 있어. 도대체 내 피로 뭘 하는 거야."

할아버지의 얼굴은 분노와 공포가 뒤섞여 하얗게 질렸다. 간호사들은 채혈하는 과정에서 분명 할아버지에게 설명했다는데 할아버지의 기억은 그 순간을 지워버렸다.

어린 시절에 나는 귀신, 흡혈귀 같은 이야기를 들으면 잠을 이루기 어려웠다. 그중 가장 두려웠던 건 귀신이나 흡혈귀의 괴기스러운 모습보다 어둠 속에서 자신도 모르는 사이에 피를 빨리는 상상이었다. 방문 너머로 막막하게 펼쳐진 어둠은 내가 어떻게 할 수 있는 그런 종류의 것이 아니었다. 눈을 감으면 어둠에 휩싸여 나에게 무슨 일이 벌어질 것만 같은 두려움과 무력함이 공포를 배가시켰다. 아마 어두컴컴한 밤에 자신의 피를 뺏긴 할아버지의 공포도 이와 같았을 것이다.

할아버지의 분노 이면에는 이유도 모른 채 피를 빼앗기고, 어떤 대응도 하지 못한 무력감이 자리 잡고 있었다. 치매 노인의 무력감은 그들을 세상에서 소외시킬 뿐만 아니라 실제 그들의 인지 기능을 더욱더 빠르게 악화시킨다. 이는 치매 환자만 겪는 문제가 아니다. 청소년부터 성인까지 정신과 상담을 해보면 환자들이 가장 고통스러워하고 극복하기 어려운 감정 중 하나가 무력감이었다.

정신적 고통과 상처에서 비롯된 무력감은 그 어떤 감정보다 자기 파괴적이다. 어린 시절 부모나 어른에게 학대받은 이들, 또래에게 따돌림당한 사람들, 성적으로 추행당한 사람들은 시간이 흘러도 자신을 얼어붙게 만든 그 무력한 순간에 머물러 있다. 그들은 성인이 되어도 상처받은 어린 아이의 마음으로 살아간다. 그들은 소중한 사람을 보지 못하고, 자신이 평범한 사람들과 다르다고 믿으며, 스스로 벽을 만들고 고립을 선택한다. 어쩌면 무력감은 소외의 감정일지 모른다.

치매 노인도 마찬가지다. 그들은 현실을 바라보는 힘이 부족할뿐더러 그들의 손을 잡아줄 사람도 많지 않다. 특히 치매 증상으로 입원 기간이 길어지면, 낯선 환경에 홀로 남겨진 혼란스러운 감정으로 인해 점점 무력감에 젖어간다. 자신의 입원을 이해하지 못한 치매 노인들이 처음에 길길이 화를 내다가 어느 순간부터 한마디 말도 없이 지내는 모습을 자주 본다. 물론 나쁜 치매 증상이 가라앉아서일지 모르나, 반복된 무력감으로 그들 자신을 고립시킨 것은 아닐지 두려울 때가 있다.

무력감에서 벗어나기 위해서는 자신이 이제 과거의 무력한 아이가 아니고 성장했음을 받아들이고 믿어야 한다. 이를 위해선 무력감의 무게를 같이 견뎌 줄 사람이 필요하다. 마치 아기가 엄마의 무한한 격려를 받으며 자신의 두 발로 땅을 딛고 일어나는 것

처럼 누군가로부터 온전히 받아들여지는 경험이 중요하다. 무력
감은 개인 내면이 아닌 사람과 사람 사이에서 다뤄야 할 감정이다.

'누가 내 피를 훔쳐 가고 있어.' 할아버지에게는 무력감을 대
신할 뭔가가 필요했지만 혼자서는 아무것도 할 수 없었다. 결국 할
아버지의 마음을 차지한 것은 극도의 분노였다. 간호사를 포함해
서 사람들이 차례로 설명하지만, 할아버지의 목청은 높아만 갔다.
그리고 마지막 타자로 내가 나섰다.

"제가 자세히 설명해드리지 못해서 놀라셨죠?"

가끔 다른 치료진들에게 미안할 정도로 생각보다 흰 의사 가
운의 도움을 받을 때가 많다. 할아버지가 목청을 가라앉히고 내가
들고 온 종이를 쳐다봤다. 다시 화를 내기 전에 나는 할아버지를
면담실로 모셔와 바로 피검사 결과 용지를 들이밀며 볼펜으로 큼
직하게 동그라미를 여러 번 그렸다.

"어르신 빈혈 수치가 심해서 이를 꾸준히 관찰하는 게 중요하
거든요. 빈혈이란 게 피가 모자란 건데 어지럽고 기운도 빠지고요.
그래서 제가 간호사 선생님께 오늘 피를 뽑아달라고 부탁했는데
많이 놀라셨죠? 그러니까 결국 피 뽑은 사람은 저예요. 그래서 여
기 보시면…."

한참 설명이 이어지고 나는 할아버지께 마지막 결론을 내려
드렸다.

"그래서 결국 피 뽑은 사람은 저예요."

이제 주치의까지 자기 앞에서 쩔쩔매고 있으니 할아버지의 마음이 풀리는 것 같았다. 압도했던 무력감이 이제 할아버지를 놓아주는 듯했다. 그제야 할아버지는 살짝 미소 지으며 나에게 말을 건넸다.

"의사 선생님이 나 건강하게 해 준다는데 그런 거면 내가 피 한 바가지라도 뽑아주지. 그래그래 알았어."

자신과 자신을 둘러싼 현실을 인식하고 누군가로부터 받아들여지는 경험을 통해 무력감은 조금씩 옅어질 수 있다. 물론 할아버지가 빈혈 때문에 피를 뽑는다는 사실을 명확히 이해 못 했을 수도 있다. 그러나 나를 포함하여 여러 사람이 할아버지의 분노에 어쩔 줄 몰라 하며 설명하는 모습은 무력하게 지내오던 할아버지에게 일종의 만족감을 줬으리라. 결국 무력감이 옅어지고 할아버지는 잠시나마 현실을 되찾았다.

그러나 우리는 알고 있다. 할아버지의 무력감은 피를 뽑힌 상황에만 국한된 것이 아니다. 자기 뜻과 상관없이 가족들에 의해 병원에 입원한 상황, 나아가 기억의 상실을 어쩌지 못하고 속수무책으로 떠밀려 가는 상황에서도 비롯된다. 지금 잠시 현실로 돌아왔을지언정 또 다른 형태로 할아버지의 무력감을 만나게 될지 모르겠다. 그래도 적어도 오늘만큼은 할아버지가 무력감을 내려놓고 잠시 쉬어가길 바랄 뿐이다.

── 내 가

── 없 는

── 가 족 사 진

부모님이 계신 집에는 가족사진이 두 개 있다. 하나는 모두가 볼 수 있는 거실에, 다른 하나는 구석진 방 한쪽에 걸려 있다. 거실에 있는 것은 아내, 애들과 조카, 큰누나, 작은누나, 동생, 부모님을 포함해 모든 가족이 웃고 있는 평범한 가족사진이다. 반면 구석진 방에 있는 것은 오래돼서 배경이 잿빛으로 변한데다 먼지가 쌓여 있다. 대략 십수 년 전에 찍은 것이라 거기에는 내 아내와 자식들의 모습이 보이지 않고 나 또한 그 사진 속에 없다.

당시 큰누나와 조카가 해외에서 2년간 떨어져 지내야 했기에 그전에 다 같이 모여 가족사진을 찍기로 했다. 두 달 전 사진관을 예약하고, 모일 약속 시간을 정해 뒀는데, 하필이면 병원 일에 치여 촬영 당일 나만 약속을 잊어버렸다. 약속 시간 한 시간 전에 가족들로부터 연락이 왔지만, 시간도 촉박하고 다음에 같이 찍으면 된다는 막연한 생각에 참석하지 않았다. 내 불참 소식에 어머니는 "다음에 같이 찍으면 되지. 건강 잘 챙겨라." 하며 덤덤하게 대답하셨다.

'다음'이라는 말의 무게를 느끼게 된 건 그로부터 얼마 지나지 않아서였다. 큰누나와 조카가 떠나고 한 달 정도 지난 무렵 어머니로부터 연락이 왔다. 평소에 자식 일하는 데 방해가 된다며 연락도 잘 안 하시던 분이 집에 한번 들르면 좋겠다고 당부하셨다. 처음에는 그냥 자식 얼굴 한번 보고 싶어 그러려니 하고 대수롭지 않게 생각했는데, 어머니가 조용히 나를 따로 불렀을 때 비로소 무슨 일이 있음을 직감했다.

어머니는 가슴에 멍울이 생겼는데 뭔지 확인해 줄 수 있는지 나에게 물었다. 순간 머뭇거렸다. 의사로서 당연히 확인해 줄 수 있는 것이지만, 나는 어머니의 아들이기도 했고 두려웠다. 그러나 어머니도 용기 내어 이야기했음을 알기에 마음을 다잡고 침착하게 부위를 확인했다. 호두알처럼 크고 울퉁불퉁하며 거친 멍울의 느낌이 손끝에 전달되는 순간, 심장이 덜컥 내려앉았다. 악성 종양일 가능성이 높았다. 의과대학 수업 시간에 외우고 또 외웠던 악성 유방암의 소견이었다. 그리고 그건 고통스러운 투병 생활의 시작을 뜻했다.

"왜 바로 병원에 안 가셨어요? 언제부터 이런 거예요?"

처음에는 어머니의 침묵에 화가 치밀어 올랐다. 호두알만 한 크기면 이전부터 알고 있었을 것이다. 마냥 참는다고 병이 낫는 것도 아니고, 아프면 병원에 간다는 어린아이도 알만한 상식을 어머니는 왜 무시하고야 말았는지, 순간 원망이 앞섰다. 어머니는 어떤 대답도 하지 않고 침묵했다.

어머니의 투병은 수년간 이어졌다. 어머니는 수술과 항암 치료, 방사선 치료로 이어지는 투병 생활 중에도 고통을 내색하지 않으려 애썼다. 어머니는 항암 치료를 받으러 아들이 근무하는 병원에 올 때마다 늘 웃고 계셨다. 그러나 집에 돌아가면 구역질과 온몸을 짓이기는 고통에 급하게 응급실을 찾는 일이 잦았다고 한다. 그런 상황에서조차 어머니는 나에게 연락 한번 하지 않았다. 언젠가부터 어머니의 음식 맛이 달라진 이유가 항암 치료로 미각이 떨어져서 간을 보지 않기 때문이라는 걸 알게 된 건 수년이 흐른 후였다. 내가 어머니의 고통을 알게 되는 건 항상 이런 식이었다.

항암 치료를 시작하고 5년이 지난 무렵 완치 여부를 확인하기 위해 병원에서 마지막으로 뼈 스캔 검사와 초음파 검사, 피검사를 진행했다. 검사 후 녹초가 되어 집에 돌아온 날, 어머니는 가족

사진을 물끄러미 바라보다 나에게 말을 건네셨다.

"이 사진 참 웃기지? 얼굴은 웃고 있는데 사실 속으로는 이제 곧 죽는다고 생각하고 있었어."

"이때 암인 줄 알고 계셨어요?"

"자기 몸은 자기가 알 수 있거든. 그래도 딸하고 손주가 좋은 일로 행복하게 떠나는 길에 안 좋은 말로 걱정을 끼칠 수도 없고, 나 혼자 억지로 참고 있는데 너까지 못 온다고 하니 참 운명이 짓 궂구나 싶었다. 그때 자식들에게 나쁜 일은 내가 다 안고 가야지 하고 생각하니 마음이 조금은 편해지더라."

암을 예감한 순간에 어떻게 가족들에게 내색 하나 없이 미소를 지으며 가족사진을 남기셨을까. 오랫동안 가족사진을 찍은 어머니의 마음을 짐작하기 어려웠다. 그리고 수년이 지나고서 어머니의 심정을 들을 수 있었다. 어머니는 가족사진을 찍기 수일 전에 멍울을 알아차렸고, 암일지 모른다는 불행한 예감을 애써 외면했다. 입 밖으로 말을 꺼내면 그 예감이 현실이 될 것 같아 무서웠다고 했다. 하지만 그것보다 더 무서운 것은 자식들에게 짐이 되는 일이었다. 가족사진을 찍는 순간만큼은 행복한 기억으로 남기고 싶었고 그게 어머니의 역할이라 생각했다.

"곧 죽는다고 생각하는 사람이 왜 이렇게 얼굴이 밝아요? 그러기에는 너무 잘 웃는 거 아니에요?"

이에 어머니는 내가 예상치 못한 대답을 남겼다.

"사실 눈물이 나려고 했지. 자식들 행복한 모습 오래 보고 싶어서, 죽고 싶지 않아서 미칠 것 같은데 사진사가 자꾸 웃으라고 하잖니. 어쩌겠니. 웃어야지."

그렇게 내가 없는, 하지만 내가 가장 사랑하는 가족사진이 완성됐다. 고통스러운 순간의 연속이 역설적으로 누군가의 진심과 사랑을 떠올리게 만드는 때가 있다. 한 가지 깨달은 게 있다면, 고통이 있다고 우리 삶이 끝나는 것은 아니라는 점이다. 그 고통 속에서도 삶은 이어진다. 그것이 가능한 이유는 어쩌면 고통 안에도 소중한 사람의 마음을 확인할 수 있는 순간이 숨어 있기 때문일지도 모르겠다.

— 자 존 감

— 이 전 에

— 존 재 감

진료실에서 치매 환자들을 만나 보면, 현재를 살면서도 과거의 기억으로 회귀하는 경우를 보게 된다. 환자들은 종종 자신의 존재감이 뚜렷했던 시절로 돌아가는 것 같다. 꼭 잘나가던 시절이 아니더라도, 가장으로서 집안 살림을 온전히 책임져야 했던 시절, 성실히 일하며 주위 사람들로부터 인정받던 시절, 아예 존재 자체만으로도 사랑받던 어린 시절로 돌아가 엄마 아빠를 찾기도 한다.

　사라져 가는 자신을 지키기 위해 주체적으로 살던 과거 기억으로 돌아가는 것일까? 살아 숨 쉬는 존재로서의 가치를 지키는 것, 존재감에 대한 고민은 단지 치매 노인들에게만 국한된 것 같지 않다.

존재감
사람, 사물, 느낌 따위가 실제로 있다고 생각하는 느낌. 존재
하는 것만으로도 자연스럽게 우러나오는 느낌.

이는 존재감에 대한 사전적 정의다. 그러나 존재감을 위의 정
의처럼 단순한 느낌으로만 제한할 수는 없을 것 같다. 어린이집에
서 말도 아직 서투른 아이들이 선생님의 질문에 서로 손을 들고
어떻게든 자신을 드러내려 애쓰는 모습을 보자면, 존재감은 단순
한 느낌 이전에 하나의 욕구이자 본능에 가까워 보인다. 배고프면
먹고 졸리면 자야 하는 것처럼, 충족되기 전까지는 우리를 계속 허
기지고 고통스럽게 만드는 그런 종류의 욕구 말이다.
갓 태어난 영아는 힘찬 울음소리로 존재를 알린다. 어린 학생
들은 또래 속에서 투명 인간이 되고 싶지 않다며 조언을 구한다.
아이, 어른 모두 가상공간인 SNS에서조차 자신의 존재감을 드러
내기 위해 조회 수에 집착하고 좋아요, 구독, 알림 설정을 외쳐 댄
다. 성인이 되면 자신이 누군가에게 가치 있는 존재인지, 사랑받을
수 있는 존재인지 끊임없이 증명하려 한다. 이는 나이가 들어도 마
찬가지다. 삶을 정리하는 노인들도 자신의 존재가 어떻게든 다음
세대에 남겨지길 원한다.

이렇듯 존재감 이슈는 일생 내내 따라다닌다. 어쩌면 존재감은 누구나 한 번씩 진지하게 고민하고 스스로 정의 내려야 넘어갈 수 있는, 또 하나의 발달 과제 같은 것일지도 모르겠다.

나 또한 존재감을 심각하게 고민한 적이 있다. 나는 존재감이 뛰어난 사람은 아니었다. 생각을 똑 부러지게 표현하는 게 어려웠고, 그렇다고 유머가 있어 분위기를 유쾌하게 만드는 편도 못 됐다. 내향적인 성격 탓에 하고 싶은 말도 속으로 삼키기 일쑤여서 목소리를 드러낼 일도 많지 않았다. 몇 년간 임상 수련을 했던 병원의 어느 동료는 "여기 있었는지 없었는지도 모르겠다."라고 평할 정도였다. 당시에는 그러한 평가가 그리 틀린 말도 아니어서 조용히 웃어넘기고 말았지만, 존재 자체가 부정당했다는 느낌은 상처가 되어 일이 잘 풀리지 않을 때마다 나의 자존감을 떨어뜨리곤 했다.

그러나 상처받은 사람들의 마음을 들여다보고 공감하고 위로하며 치료하는 일을 하면서 내가 만난 다양한 환자의 삶 속에서 존재감이 어떤 것인지 깊이 들여다보게 되었다. 존재감이라 생각했던 느낌은 사람들에게 상대적일 뿐만 아니라 다양했다. 상당수가 자신을 둘러싼 주변 사람들이 자신을 얼마나 필요로 하는지에 따라 존재감이 결정되었다. 타인의 평가에 의해 존재감의 크기가 달라지기도 했다. '목소리가 작다. 의기소침하다.' 등 개인적인 성격 성향은 흔히 존재감을 드러내는 데 있어 장애물로 여겨졌는데, 실제 존재감의 문제가 아니라 좋지 않은 결과를 개인의 책임으로 돌리는 변명으로 이용되는 경우도 많았다. 그러나 살면서 깨달은 것은 성격 성향 자체는 그 사람의 존재감을 좌지우지하지는 못한다는 것이다. 대신 타인의 평가에 흔들리지 않고 조용히 오랜 시간 성실히 자기 길을 뚜벅뚜벅 걸어온 사람들은 그 존재감이 더 크게 빛을 발했다.

결국 존재감은 남들에 의해 정해지는 불변의 것이 아니라 자신의 성장과 이에 따른 생각의 확장과 함께 변할 수 있다. 주위 사람들의 인정과 반응에 영향을 받는 건 부인할 수 없지만, 분명 자신의 이해를 기반으로 찾아가는 존재감은 자신을 행복하게 한다. 남들을 의식함으로써 만들어진 존재감은 결국 그에 대한 기대를 맞추다 무너지는 경우를 자주 봤다.

그런데 우리는 어떻게 '미친 존재감'을 만들지, 어떻게 하면 더 돋보일지 그 방법을 찾는 데 신경을 쓴다. 외모를 가꾸고, 말을 잘하는 방법을 배우거나 경력과 힘을 쌓아 남들보다 우월하고 힘 있는 사람으로 보이기 위해 발버둥 친다. 그러나 이는 존재감의 단편만을 이해한 것이다. 그렇게 만들어진 자신의 존재감은 자신보다 더 우월한 사람을 마주친 순간 무너지게 마련이다. 타인과의 비교와 평가에 의한 존재감에 대한 왜곡된 인식은 그 사람을 고통의 나락에 빠뜨릴 수 있다.

존재감은 자신의 성장과 고민, 그리고 이를 통한 생각의 확장을 통해 쌓여 가는 것이다. 존재감에는 어쩌면 시간이 필요하다. 자신만의 꽃을 피우는 성장의 시간이다. 물론 작은 손짓 하나도 다른 사람의 관심을 끄는 타고난 사람도 있겠지만, 그런 사람과 비교하며 자신을 부족한 사람으로 여기지 않았으면 한다. 존재감에 관해 고민하는 것 자체가 성장하고 있다는 증거다. 남들 눈에 얼마나 잘 띄는지 여부보다 세상과 자신의 경계를 확실히 세우고 남에게 휩쓸리지 않는 자신의 욕구에 충실한 존재감을 키워나가는 것이 중요하다.

존재감의 관점으로 치매를 바라본다면 한번 생각해 볼 만한 연구가 있다. 2013년 호주 뉴사우스 웨일대학의 리 페이 로우 박사는 개인의 성향과 치매 위험에 대한 6,000개 이상의 연구를 분석했다. 그 결과 성실성이 높은 사람은 치매에 걸릴 위험이 낮은 반면, 사교적이거나 활동적이고 리더십이 있는 경우(외향성이 높은 사람), 다른 사람의 마음을 헤아리는 공감 능력이 뛰어난 경우(우호성이 높은 사람)는 개인의 성향이 치매 예방에 큰 도움이 되지 않았다.

난 여기에 존재감의 힌트가 있다고 생각한다. 사교적이거나 활동적이지 못하더라도, 다른 사람의 마음을 헤아리는 능력이 좀 떨어져 눈치 없다는 이야기를 듣더라도, 묵묵히 자기 삶을 지켜나가는 사람들이 가진 내면의 힘은 절대 무시할 수 없다. 독특하거나 남들과 다른 개성만이 존재감을 만드는 것이 아니다. 자신의 길을 뚜벅뚜벅 걸어 나가며 자신의 시간을 기다리는 힘 또한 존재감의 원천이다. 나 또한 나만의 길을 꾸준히 걷고 싶다.

─ 사위가

─ 보고

─ 있잖아

휠체어를 탄 80대 할머니와 요양원 직원이 치매 진료를 위해 병원을 찾았다. 요양원에서 가져온 간이 인지 검사조차 모든 항목에 '확인 안 됨'으로 체크되어 있었는데, 이는 할머니와 소통에 어려움이 컸다는 방증이었다. 실제로도 할머니는 질문에 대답하지 않고 멀뚱히 시선을 다른 데로 돌리는 모습을 자주 보였다. 병원에 온 이유는 요양원 직원들에게 욕을 하고 팔을 휘저으며 위협하는 등의 공격성 문제였다. 치매 노인의 폭력성은 그 원인을 잘 탐색하는 것이 중요하지만, 소통이 어려운 할머니의 흥분을 이해하기에는 한계가 있었다.

다음 진료에는 딸, 사위가 같이 왔는데 아무래도 가족들이 옆에 있다 보니 할머니도 편안해 보였다. 딸이 어머니의 치매 증상을 자세히 묘사하자 할머니는 옆에서 묵묵히 듣고만 있었다. 보통 다른 어르신들은 가족들이 본인의 증상에 관해 언급하면 역정을 내거나, 가족들의 이야기가 틀렸음을 적극적으로 해명하려 한다. 그러나 할머니는 그런 것에는 전혀 관심 없어 보였다. 요양원에서 실패한 간이 인지 검사를 다시 하려고 하니, 딸이 핸드백에서 오래된 보청기를 꺼냈다.

"엄마가 잘 못 들으세요."

할머니는 보청기를 사용하는 것도 익숙지 않았다. 결국 딸이 어머니 귀에 대고 큰 목소리로 내가 하는 말을 전달하기로 했다. 오랫동안 귀가 잘 안 들렸던 분들은 상대방의 입술 모양을 보고 예측하는 경우도 많은데 코로나19로 모두 마스크를 쓰고 있으니 더욱 알아듣기 어려웠을 것이다. 시간이 걸리긴 했지만 할머니는 검사를 진행하면서 조금씩 과제를 수행해 나갔다. 고개를 끄덕이기도 하고 딸을 보며 살짝 웃기도 했다. 사위도 뒤에서 묵묵히 앉아 장모님이 검사하는 모습을 지켜보고 있다가, 장모님이 생각보다 잘하는 것을 보고 미소 지었다.

그런데 검사를 잘 따라오던 할머니가 오각형을 겹쳐 그리는 검사에서 멈추더니 더는 못 하겠다고 고집을 부렸다. 검사를 재촉하던 딸에게 할머니가 한마디 툭 던졌다.

"부끄럽잖아. 부끄러워."

"엄마, 뭐가 그리 부끄러운데, 이것만 그리면 다 끝나니까 끝까지 해보자."

할머니는 소녀처럼 웃더니 흘끗 뒷자리에 조용히 앉아있는 사위를 보고 말을 이었다.

"못 그리겠어. 사위가 보고 있잖아. 부끄러워."

사위도 딸도 부끄러워하는 할머니를 보며 웃었다. 할머니 두 볼이 발그레하게 물들어 마치 어린아이 같았다.

부끄럽다

1. 잘 못하거나 양심에 거리끼어 볼 낯이 없거나 매우 떳떳하지 못하다.
2. 스스러움을 느끼어 매우 수줍다.

부끄러움은 복잡한 감정이다. 첫 번째 정의의 부끄러움은 도덕적 양심에 어긋난 행동을 한 상황에서 비롯된 감정인 반면, 두 번째 정의는 그 사람의 타고난 성격에 기인한다. 게다가 부끄러움은 기본적으로 자기 자신을 인식해야 느낄 수 있는 감정인데, 이는 인간이 어느 정도 성숙한 이후에나 가능하다. 위의 두 가지만 고려해 봐도 부끄러움이 분노, 슬픔, 행복, 혐오, 놀람, 공포처럼 타고난 기본 감정인지에 대해 여러 학자 사이에서 의견이 분분하다.

그러나 치매 노인을 보고 있자면, 부끄러움이 오랫동안 그들 마음을 관통하는 기본 감정이라고 확신하게 된다. 치매 전 단계나 초기 치매 단계에서 노인이 먼저 경험하게 될 고통스러운 감정은 어쩌면 분노나 우울함이 아닌 부끄러움일지 모른다. 자신이 어렴풋이 느껴온 결함을 주위 사람들의 걱정과 지적을 통해 재확인하면서 부끄러운 감정은 더욱 강렬해진다. 결국 반복되는 부끄러움은 흔히 분노의 감정으로 대체된다. 적어도 화를 내는 순간만큼은 자신이 부족하다는 느낌이 들지 않고, 잠깐이라도 분노에 휩싸이면 상대적으로 혼란을 덜 느끼기 때문이다. 그렇기에 초기 치매 노인의 잦은 분노를 부끄러움에 대한 방어로 설명하기도 한다.

중증으로 치매가 진행되어 자신과 주변을 인식하는 능력조차 잃게 되면 부끄러움도 사라지는 것일까. 그러나 할머니의 수줍은 미소는 부끄러움이라는 감정이 우리가 생각하는 것처럼 단순하지 않다는 메시지를 주었다. 자신을 잃고 주위를 인식하지 못함에도 부끄러움의 감정은 살아 있었다. 대신 중증 치매인 할머니가 보인 부끄러움은 초기 치매에 흔히 보이는 자존감의 상실로 인한 부끄러움과 그 느낌이 미묘하게 달랐다. 어딘가 모르게 어두운 느낌이 아닌, 이를 바라보는 주위 사람들 마음에도 미소를 짓게 만드는 그런 종류의 감정이었다.

개인의 측면에서 부끄러움은 자신을 보잘것없는 존재로 바라보게 만드는, 그래서 극복해야 할 부정적인 감정으로 여겨진다. 부끄러움이 많은 사람은 적응력이 떨어지고, 결국 사회에서 소외되는 패배자로 그려지는 경우가 많다. 그러나 사회적 관점에서 부끄러움은 타인 및 사회와 좋은 관계를 유지하려는 의도에서 비롯한 감정이기도 하다. 진화심리학적으로도 부끄러움은 인간의 사회적 결속을 유지하기 위한 필수적인 감정으로 해석한다. 부끄러움을 느끼지 못하는 사이코패스 환자를 보면 그것이 사람과 사람을 연결하는 데 얼마나 중요한 감정인지 알 수 있다. 부끄러움은 자신의 부족한 모습이라도 남들과 솔직하게 드러내 놓고 소통하고자 하는 소망이 있을 때 경험할 수 있는 감정이다.

치매로 기본적인 의사소통조차 어려웠던 할머니가 사위 앞에서 느꼈던 부끄러움은 치매로 인해 비록 자기 자신을 인식하는 힘이 조각났을지언정 여전히 소중한 사람들과 같이 있기를 소망한다는 의미기도 했다.

치료하는 과정에서 알게 되었지만, 할머니가 요양원에서 침을 뱉거나 격노하는 건 주로 대소변으로 기저귀를 갈 때 나타나는 반응이었다. 수줍음이 많은 할머니는 자기 몸을 남에게 보여주기 싫었을 것이다. 전혀 들리지도 않고, 말도 못 하는데 얼마나 답답했을까. 돌보는 사람이 매번 부딪치는 곤란한 상황도 이해되지만, 할머니의 부끄러운 마음도 알 것 같았다. 할머니가 다시 안정을 찾

을 수 있으리라 기대하는 건 할머니가 보여준 그 수줍은 미소와
부끄러움이 여전히 우리 마음과 소통하고 있다는 것을 확인했기
때문일지 모르겠다.

─ 어르신들의

─ 마스크

코로나19로 인해 작은 진료실 안에서도 이런저런 변화가 있었다. 특히 치매 환자들의 고통은 이루 말할 수 없다. 요양 시설이나 병원의 노인들은 제한된 공간에 있다 보니 한 명이라도 바이러스에 감염되면 모든 사람이 위험에 노출되기 쉽다. 그래서 외출이나 외박도 쉽게 나갈 수 없을 뿐만 아니라 가족 면회도 전면 금지됐다. 이제 겨우 시설에 있는 노인들의 가족 면회를 시작했다는 뉴스가 나오기 시작했는데 또 상황이 급변했다.

집에서 지내는 치매 환자들도 마찬가지다. 밖에 나가질 못하니 기력도 떨어지고 기억력도 더 떨어진다. 예전에는 복지관이나

경로당, 노인 대학, 센터라도 놀러 갔는데, 지금은 문을 여는 곳이
없으니 꼼짝없이 집에서 TV만 바라보고 있다.

　그래도 할머니, 할아버지들은 각자의 방식으로 이 어려운 상
황에 적응하고 있다. 그중에서도 가장 달라진 점은 뭐니 뭐니 해도
마스크일 것이다. 신종 코로나바이러스가 처음 퍼졌을 때 마스크
착용 여부로 어르신들과 실랑이를 참 많이 했다. 거추장스럽기도
하거니와 숨쉬기도 답답하니 불평하는 분들이 많은 건 어쩔 수 없
었다. 어르신들은 자식이 마스크를 챙기면 버럭 화를 내며 호주머
니에 마스크를 욱여넣기 일쑤였다. 대화 중 자기 말이 들리지 않을
까 봐 습관적으로 마스크를 벗고 이야기하려는 분도 많았다. 마스
크를 며칠간 돌려쓰시는지 때가 꾀죄죄한 경우도 있어 새것을 하
나 건네 드리기도 한다. 그럴 때면 진료가 문제가 아니다. 마스크
쓰는 법을 교육한다.
　반대로 마스크를 쓰는 것으로도 모자라 자신만의 방식으로
철저히 방역을 챙기시는 분도 있었다. 한 할머니는 자기 진료 차례
가 되었는데도 진료실 문만 활짝 열어 놓고 안으로 들어오지 않았
다. 보행이 불편해서 보조기구를 쓰시는 분인데, 코로나19 이전에
는 아무리 시간이 걸려도 천천히 들어와 자리에 앉은 후에야 대화
를 시작했다. 코로나19가 심각해지자 할머니는 진료실 밖에서 보
조 기구에 몸을 의지해 서서 "잘 지냈소? 선생님." 하고 큰 소리로

말을 건넸다. 거기에 내가 뭐라 대답도 하기 전에 본인은 별문제 없다는 짤막한 대답과 함께 "약 잘 지어 주이소." 하고 몸을 천천히 돌려 나갔는데, 그 과정이 1분도 채 안 걸린다. 결국 나는 제대로 인사도 하기 전에 횡하니 돌아선 할머니의 뒤통수만 보고 있다.

코로나19 확진자가 한창 속출할 때였다. 그때 한 피부과 친구가 추천해 준 페이스 쉴드에 마스크를 쓰고 진료를 보았다. 다른 성인 환자들은 별로 반응을 보이지 않는데 어르신들만큼은 큰 관심을 보였다.

"그거 뭐여? 괴상하게 생겼네. 어디서 파는 거여?"

"무슨 일 있어? 여기도 병 걸린 사람 있나?"

마스크로 입만 가릴 때는 별 반응을 보이지 않던 어르신들의 질문 공세가 이어졌다. 얼굴 전체를 가리는 페이스 쉴드가 어색하셨나 보다. 한 할머니는 급기야 "마스크를 쓰니까 선생님이 좀 무섭게 보이네."라며 뚫어지게 쳐다보았고, 말수가 적은 또 다른 할머니는 나를 힐끗 쳐다보더니 바로 일어나 진료실에서 나가기까지 했다. 그다음부터는 나도 페이스 쉴드를 벗고 마스크만 썼다. 그동안 맨얼굴을 마주하며 우리가 참 많은 것을 소통하고 있었구나 싶었다. 요즘 어디 가서 말할 데도 없고 집에만 있다는 어르신들에게 진료실에서만큼은 하고 싶은 말씀 시원하게 하고 가시라고 하지만, 예전처럼 손을 잡아드리지는 못하고 있다. 대신 코로나 시대에 맞춰 서로의 주먹을 마주치는 새로운 인사법을 연습시킨다. 당연하게 생각했던 것들의 소중함을 절실히 느끼는 요즘이다. 이 시기가 지나고 어서 봄이 오길 간절히 바란다.

—— 201호 의

—— 목 욕

—— 소 동

푹푹 찌는 여름날 아침부터 아이가 울면서 놀아달라고 떼를 쓰면 아무리 인내심 강한 부모라도 짜증이 올라오기 마련이다. 그런데 그 아이가 한 명이 아니라 세 명이라면? 게다가 옆집 아이부터 학교 친구까지 10명이 넘는 개구쟁이들이 몰려와 뛰기 시작한다면? 아직 끝이 아니다. 뛰어다니는 아이들 사이에서 밥을 챙기고, 싸우는 아이를 달래고, 위험한 장난을 치는 아이들을 제지하고, 마지막으로 컴퓨터로 직장에 제출할 서류 작업을 두세 시간 안에 마무리해야 한다면?

정신과 병동에서 치매 노인을 돌보는 간호사, 보호사의 역할을 이야기하자면 이 정도는 되지 않을까? 대학 시절에는 환자를 아이로 보고 의료인들이 환자를 전적으로 이끌고 가는 의료적 온정주의는 지양해야 한다고 배웠다. 그러나 치매 환자들을 돌보는 간호사, 보호사들을 보면, 개구쟁이 아이들을 키우는 억척스러운 엄마의 모습이 보인다. 여기서 내 역할이 무엇이냐 물어본다면, 부끄럽게도 아이들을 돌보는 척하다가 조용히 핸드폰을 들고 구석방으로 사라지는 아빠에 가깝다. 물론 아이가 우는 소리가 들리면 언제든지 뛰어나갈 준비 정도는 되어 있다.

병동 일상 중에 간호사와 보호사들을 곤란하게 만드는 일이 있다. 그건 바로 어르신들을 씻게 하는 일이다. 치매가 진행되면 지금까지 너무 당연히 여기고 있던 일상생활이 무너지기 시작한다. 그중에서도 목욕은 일상생활을 구성하는 가장 기본이면서도, 다양한 기능이 뒷받침되어야 가능한 생각보다 복잡한 활동이다. 머리 감는 것 하나만 생각해도 그렇다. 우리도 어린 시절 혼자 머리를 감기까지 얼마나 오랜 시간을 거쳤는가. 허리를 굽히고 비눗물이 눈에 들어가지 않게 주의하고 샴푸와 린스를 구분해 자기 힘으로 머리를 감는 건 예닐곱 살에야 겨우 가능하지 않았는가. 그런데 치매가 진행되면 머리 감는 순서를 잊어버리거나, 또는 집중력 저하, 근력과 균형 감각의 저하로 누군가의 도움 없이는 머리 감는 일조차 점점 낯설고 불편한 일이 된다. 심리적으로도 자신의 기능이 떨어진 부분에 대해 드러내고 싶지 않고, 이로 인해 귀찮은 부분을 그냥 씻기 싫다는 표현으로 얼버무린다. 그러니 스스로 씻도록 설득하는 일은 쉬운 일이 아니다.

그중에서 기억에 남는 건 201호 삼인방 할아버지들이었다. 세 분 다 치매 증상으로 들어오셨는데, 그분들이 있는 201호는 침대를 잘 사용하지 못하거나 낙상 위험이 높은 분들이 지내는 6인실 온돌방으로, 치매 노인들이 많이 배정되고, 회진 때도 내가 가장 먼저 들어가는 병실이었다. 아침 10시에 가도 세 사람은 눈을 감은 채 벽을 향해 몸을 돌려 한 쪽 팔베개를 하고 누워 있는데, 마치 아이돌 그룹의 자로 잰 듯한 군무처럼 자세가 똑같았다. 인기척을 느끼면 가장 문 쪽에 가까운 첫 번째 할아버지는 내가 인사하기도 전에 대답부터 한다.

"응, 왔어? 별일 없으니까 담에 봐."

그러면 그 옆의 두 번째 할아버지가 살짝 고개를 들고 같은 대답을 남긴다.

"응, 나도."

마지막 세 번째 할아버지는 눈도 안 뜨고 고개를 빠르게 끄덕이고 손을 까닥이며 "응, 응."과 같은 한마디와 함께 빨리 가라는 무언의 압박을 한다. 식사 때 조용히 같이 나와 식판을 갖고 들어가고, 옥상에 산책하러 갈 때도 셋이 제일 먼저 나와 앞줄에 서서 기다리니 얼핏 보면 친한 사이처럼 보이지만, 평상시에 셋이 대화하는 것을 본 사람은 많지 않다.

그런데 이 할아버지들이 씻기를 거부할 때면 단합이 좋았다. 본래는 잘 씻지 않는 어르신들도 젊은 환자들과 같은 병실을 쓰게 되면 주위 눈치를 보신다. 그때를 노려 치료진이 씻는 걸 도와주겠다고 하면 바로 따라 나오는 분들도 많다. 그러나 201호에서만큼은 달랐다. 간호사가 집요하게 씻기를 유도하지만, 이 세 분이 단합하면 쉽지 않았다. 할아버지 삼인방은 안 씻는다고 말하지 않았다. 서로의 '티키타카'로 치료진을 힘 빠지게 했다.

"자네가 먼저 가."

"내가 왜? 자네가 먼저 가면 나도 갈게."

"난 지금 힘들어. 먼저 따라가."

"저번에 내가 먼저 했잖아."

세 번째 할아버지는 여기서도 말 대신 손짓이다. 대신 손을 까닥이며 내보내려는 대상은 다른 두 할아버지가 된다. 같은 이야기의 도돌이표가 반복된다.

초보 간호사들은 이런 상황에 쉽게 당하기 마련이었다. 처음에는 직접 팔을 잡아끌기도 하고 본인이 먹으려고 가져왔던 초콜릿 간식으로 달래기도 하지만, 역전의 용사들은 좀처럼 넘어가지 않는다. 이렇게 되면 다음으로 베테랑 간호사들이 출동한다. 이들은 할아버지의 잔꾀에 호락호락 넘어가지 않는다. 이들은 입가에 미소를 짓지만 단호한 눈빛으로 다가가 자신만의 기술로 할아버지들을 일으켜 세운다. 친밀하지만 강하게 밀어붙이는 유형, 밀당으로 목표를 달성하는 유형, 할아버지들이 알았다고 할 때까지 집요하게 물고 늘어지는 유형, 주위 다른 할아버지들을 이용해 안 갈 수 없는 분위기를 조성하는 유형 등 각자의 방식이 있다. 오늘은 베테랑 간호사가 밀당을 선택했다.

"자 할아버지들, 목욕하고 오시면 가족들하고 영상 통화하게 해 드릴게"

혼자 통화하기도 어려운데 영상 통화를 도와준다는 건 분명 끌리는 협상 카드다. 예전에도 반은 성공한 적이 있는 방법이다. 반이라고 하는 이유는 할아버지가 가족들과 영상 통화를 하고 샤워실까지 들어가기는 했는데, 가볍게 물 뿌린 정도로만 몸에 물을 묻히고 속옷만 걸치고 순식간에 병실로 들어가셨기 때문이다. 그런데 오늘은 세 분 다 꿈쩍도 하지 않고 자리에서 일어나지 않는다.

"다음에, 다음에."

그래도 베테랑 간호사의 눈치가 보이는지 몸을 더 벽 쪽으로 돌리고 웅크린다. 그래도 어쩌겠는가. 돌볼 사람이 한 명이라면 어떻게든 달래겠지만, 현실이 그렇지 않으니 그것만 붙잡고 있을 수 없는 게 현실이다. 할아버지들이 목욕을 끝내 거부하면 간호사들은 나에게 최후의 수단을 상의하러 온다.

"선생님, 그럼 시행할까요? 안 씻은 지 너무 오래됐어요."

"베개를 갈아줘도 순식간에 누렇게 변해요."

"다른 환자분들도 이제 힘들다고 하세요."

정신과 병동에서는 요양원이나 요양병원처럼 치매 노인 분들을 씻기고, 입히고, 옆에서 전문적으로 돌봄 서비스를 제공해 주실 분들이 없다 보니, 치료팀에게 이런 짐을 지운 것도 미안한데 다른 방법도 없어 보인다.

"그래요. 방법이 없네요. 그럼 진행합시다."

201호 병실에 긴장감이 감돈다. 목욕을 안 한다고 갑자기 주치의가 나타났으니 할아버지들도 평상시와 달리 힐끗 쳐다본다. 아이들을 훈계할 때 말을 많이 하는 것은 좋지 않다. 일단 눈빛에서 7~8할이 결정된다. 뭔가 심상치 않다는 메시지를 눈빛 하나로 보낼 수 있어야 한다. 그러면서도 과도하게 부릅떠서 상대방을 자극하는 도발의 눈빛은 피해야 한다.

"세 분 다 안 씻으시면… 오늘부터 흡연 금지입니다."

긍정적인 행동을 증진하기 위한 행동 치료라는 이름을 붙이긴 하나 사실 이런 거다. 그래도 삼인방 할아버지들에게 산책 중 흡연이라는 큰 낙을 하나 뺏는 것이니, 이것만큼 강력한 협상은 없다. "뭐야! 누구 맘대로 그걸 정해!"라며 화를 내는 사람들도 있기에 할아버지의 답을 기다리며 이다음 무슨 말을 할지 고민하고 있을 때였다.

"뭐, 그럼 어쩔 수 없지…. 그냥 한번 가볼까?"

"같이 가지 뭐. 선생님도 이렇게 부탁하는데…. 당신도 빨리 일어나."

역시 역전의 노장들이다. 아무리 치매라도 이분들의 유연한 사고를 흔들지는 않았나 보다. 젊은 사람이라면 화가 화를 불러 스스로 감당 못 하고 크게 부딪치는 상황이 생기기도 한다. 그러나 201호 삼인방 할아버지들은 치고 빠져야 할 타이밍을 안다. 갑자기 비장한 각오로 온 내가 머쓱해진다.

"그래, 선생 고생이 많아."

줄줄이 샤워실로 가는 할아버지들이 던진 이 한마디로 줄다리기는 마무리된다. 왠지 내가 과도하게 비장했다는 생각이 들면서 할아버지들에게 졌다는 결론이 내려진다. 치료라는 굴레 안에 거창한 것들이 있을 것 같지만, 적어도 내가 그분들과 지내는 일상은 이런 지극히 평범한 일들의 연속이다.

— 받아들일 수
— 없는 걸
— 받아들이는 일

"어이, 잘 지냈어?"

외래 진료실 문이 활짝 열림과 동시에, 할아버지는 한 손을 번쩍 들어 올리고 얼굴에 함박웃음을 짓고 들어온다. 그 기운에 어쩔 땐 나도 모르게 진료실 의자에서 일어나 꾸벅 허리 굽혀 인사할 때도 있다. 곧바로 할아버지는 내 얼굴을 이리저리 살펴보고 자리에 앉으면서 슬쩍 말을 건넨다.

"무슨 일 있었어? 저번에 왔을 때보다 안색이 좀 안 좋네. 밥 건너뛴 거 아니야?"

코로나19로 인해 진료 중에도 마스크를 쓰고 있지만, 할아버

지는 어느새 내 안색까지 살핀다. 곧바로 할아버지는 내 주치의가
된다. 진료실에 들어오면 일단 본인은 아무런 문제가 없고 건강하
다는 짧은 대답을 남기고 나에 대해 이야기한다. 얼굴이 야위었다,
밥은 잘 먹고 다니느냐, 자신처럼 혈압이 높은 건 아니냐, 운동해
야 한다 등 진단에 처방까지 같이 낸다. 할아버지가 올 때면 흰 가
운을 입은 것이 무색하게 나는 그의 돌봄을 받는 사람이 된다. 마
음이 지쳐 있을 때면 그에게 위로받기도 한다.

　사실 나는 처음으로 할아버지에게 치매라는 무게를 지운 사
람이다. 할아버지는 통장이나 모아둔 현금을 잃어버리고 가족들
에게 짜증을 내거나, 자식들에게 전화해 놓고 다음 날 전혀 기억하
지 못하는 등의 기억력 감퇴 증상으로 치매 진단 검사와 뇌 영상
검사를 받았다. 검사 결과 인지 기능의 세부 영역에서 모두 치매
수준의 저하가 관찰됐고, 뇌 영상 검사에서도 기억력에 직접적인
영향을 미치는 뇌의 해마 부위에 위축이 보였다. 분명 할아버지는
치매 초기였다.
　검사 결과를 설명해줬을 때 할아버지의 표정이 아직도 내 기
억에 남아있다. 할아버지는 경직된 표정과 떨리는 입술로 "나는 아
무런 문제가 없다."라는 말을 몇 번이고 중얼거렸다. 그래도 의사
로서 검사 결과를 정확히 알리는 것이 중요했다. 나는 뇌가 위축된
영상 검사 결과를 할아버지와 가족들에게 보여줬다. 해마 부위를

짚어주며, 기억을 담당하는 해마의 위축은 치매의 시작을 알리는 경우가 많다고 설명했다.

"나는 그렇게 약한 사람이 아니야. 지금까지 힘든 일이 있어도 다 해냈고 그런 내가 치매에 걸렸을 리 없어."

할아버지는 설명을 다 듣고 나지막이 이야기했다. 눈빛은 당혹감을 담고 있었다. 현실을 받아들이지 못하는 할아버지에게 치매가 진행되면 어떤 문제가 생기는지, 어떤 치료 계획을 세워야 하는지 설명하는 것은 아직 무리일 것 같았다. 할아버지가 자신의 상태에 대해 받아들이는 데는 분명 시간이 필요했다. 아니 어쩌면 시간이 지나도 할아버지가 현실을 받아들이지 못하고 점점 자신을 잃어갈지도 모른다는 불안이 내 마음속에 스멀거렸다. 치매 환자, 특히 인지 능력 손상이 미미한 초기 환자는 치매 진단에 큰 충격을 받는다. 물론 이후 정신을 차리고 현실을 직시하며 차분히 치료받는 분들도 있다. 그러나 멀쩡히 아침에 내 손으로 밥도 먹고 일상생활을 하는데 치매일 리 없다며 화를 내고 진료실을 박차고 나가는 일도 부지기수다. 가족들은 전문가라면 이런 환자를 설득하고 달래 다시 치료받게 할 수 있으리라 기대한다. 그러나 아예 병원 입구에 발조차 들이지 않으려는 분들의 마음을 되돌릴 수 있는 마법과 같은 방법은 없다. 자신의 치료를 결정하는 것은 자기 결정권의 문제이기도 하다.

그런데 도저히 가능성이 없다고 생각했던 분들이 서서히 변화했던 경험을 떠올려 보면 그것은 어떤 특별한 의학적 설명이나 정교한 설득, 억지로 먹이는 약에 의한 것이 아니었다. 환자는 병에 대해 받아들이기 전에 관계에 대해 받아들이는데, 그것이 변화의 첫 신호가 된다. 물론 이것은 환자 이외 다른 사람이 억지로 끌어낼 수 있는 것이 아니다. 가족이나 치료자가 할 수 있는 것은 관계에 대한 환자의 생각이 변화할 때 그 순간을 놓치지 않고 손을 내미는 것이다.

예상했던 대로 할아버지는 다음 외래에 얼굴을 비추지 않았다. 대신 가족들이 내원해 할아버지의 소식을 전해줬다. 치매 진단 이후 할아버지는 과할 정도로 운동을 했다. 하루에 세 시간도 넘게 땀을 뻘뻘 흘리며 동네를 돌아다닌다고 했다. 다음 외래에도 할아버지는 오지 않고 가족들만 방문했다. 가족들은 전문적인 치료를 받지 않는 할아버지의 치매 증상이 더욱 나빠지지 않을까 걱정했다. 가족들은 나에게 어떻게 해야 병원으로 데려올 수 있을지 물었다. 가족들이 불안해했지만, 할아버지가 오지 않기로 했다면 어떤 방법도 소용없었다.

그래도 내가 본 한 가지 희망은 치매 진단 이후 할아버지가 보인 모습이었다. 할아버지는 자신이 할 수 있는 것과 없는 것을 분명히 자각하고, 그중에서 자기가 할 수 있는 것에 매진했다. 치매를 받아들이는 것은 할아버지가 절대 할 수 없는 선택이었다. 그렇다고 할아버지는 아예 손을 놔 버리지는 않았다. 대신 튼튼한 두 다리로 움직이고 또 움직였다. 자신이 아직 건강하다는 것을 증명하는 방법이자 동시에 스스로 잘할 수 있는 일이기도 했다.

가족들에게 필요한 건 인내심이었다. 가족들 입장에서는 빨리 치매약을 쓰지 않으면 때를 놓치고 증상이 더 악화하지 않을까 두려웠을 것이다. 그러나 이 일은 억지로 할 수 있는 게 아니었다. 가족들도 불안을 견뎌 내며 그들이 할 수 있는 선택을 해야 했다. 가족들은 병원에 다시는 가지 않겠다는 할아버지를 대신해 정기적으로 병원에 방문했다. 왜 쓸데없는 짓을 하냐는 할아버지의 핀잔을 뒤로하고 나를 찾아와 할아버지의 상태나 일상생활, 본인들의 불안을 상의했다. 가족들은 할아버지에게 "내가 가고 싶어서 가는 것이니 신경 쓰지 말라."며 목청을 높이기도 하고 어떨 때는 운동에 매달리는 할아버지를 격려하며 선생님도 응원하고 있다는 메시지를 전해줬다.

주치의인 나 또한 지금 내가 할 수 있는 일을 하는 게 중요했다. 우선 가족들과 나 자신의 불안을 마음에 담고 견뎌 내야 했다. 치매약을 두세 달 빨리 쓴다고 경과에 큰 차이가 나는 것은 아니다. 약을 빨리 쓰는 것보다 할아버지가 자신의 상태를 어떻게 받아들일지 기다리고, 거기에 맞춰 치료 계획을 세우는 게 중요하다. 가족들에게 얻는 정보를 통해 치매 증상이 심해지지 않았는지 점검하고, 할아버지가 마음을 돌릴 때까지 기다려야 한다고 되뇌었다.

삶의 문제는 처음에는 전체적인 모양을 알 수 없는 낱개의 퍼즐 조각 같다. 하나씩 이리저리 맞춰가는 중에 시행착오를 겪기도 하고, 왜 이 조각이 이 자리에 있어야 하는지 답을 찾지 못하는 경우도 있다. 그런데도 놓을 수 있는 몇 개의 조각을 시작으로 하나씩 맞춰 가다 보면 어느 순간 전체적인 그림이 완성된다. 마치 할아버지와 가족들, 그리고 나로부터 시작된 각자의 노력이 어느 순간 마주하게 된 것처럼 말이다.

수개월 후 할아버지는 가족들과 같이 다시 진료실에 방문했다. 가족들은 할아버지에게 그동안 열심히 노력했으니 다시 한번 평가를 받아보자고 설득했다고 한다. 결과가 잘못된 걸 수도 있고 더 좋아지지 않았겠느냐며 달래니 할아버지는 의외로 같이 따라나섰다. 그 첫 발걸음이 변화의 시작이 됐다. 물론 그렇다고 할아버지가 자신의 치매를 인정한 것은 아니었다. 처음 만났을 때처럼 기억력 문제에 대해서는 한마디도 꺼내지 않았고, 여전히 자신의 상태도 인정하지 않았다. 대신 할아버지는 본인의 증상보다 내 안색에 관심이 많은, 나의 주치의 역할을 시작했다.

올 때마다 내 걱정만 하는 할아버지의 태도는 자신의 결핍을 인정하지 못하고 부인하는 모습일 수 있었다. 아니면 환자와 주치의 입장을 뒤집고 이를 통해 온전함을 느끼려는 무의식적 방어 기제로 해석할 수도 있었다. 할아버지가 마음속으로 치매를 받아들였는지 직접 물어본 적이 없으니 그 마음을 알 수는 없었다. 할아

버지에게 그 마음을 대놓고 묻지 않는 것은 할아버지가 나에게 어
렵게 뻗은 연결 고리를 존중하고 싶었기 때문이다. 말로 표현하지
않는다고 해서 문제를 회피하는 것은 아니다. 할아버지에게 중요
한 것은 치매의 유무가 아니라 자신이 대등한 입장에서 존중받을
수 있는지 여부였다. 그렇다 보니 치매를 인정하는지 직접 묻는 것
보다 행동의 변화에서 할아버지의 마음을 헤아리는 게 중요했고,
그것이 할아버지와의 관계를 만드는 핵심이라 생각했다.

　치매약을 처음 처방하는 날, 그것은 꼭 넘어야 할 치료의 한
과정이면서도, 한편으로 할아버지의 마음을 확인할 수 있는 순간
이기도 했다. 여전히 치매라는 현실을 부인하고 있을지 모른다는
우려에 나는 이런저런 말로 할아버지를 달랬다. "약이라 생각하지
말고 뇌 영양제로 생각해라. 한 알이니 전혀 불편하지 않을 거다."
라는 설명에 할아버지는 아무 대답도 하지 않고 내 얼굴을 뚫어지
게 쳐다보았다. 그러나 그뿐이었다. 할아버지는 나직이 다음에 보
자는 말을 남기고 진료실을 나갔다. 할아버지가 약을 거부하지 않
을까 걱정했지만, 내가 우려했던 일은 벌어지지 않았다. 오히려 할
아버지는 집으로 돌아간 후 친구들에게 뇌 건강을 위해 약을 먹기
시작했다고 말했다.
　내가 할아버지에게 무언가 특별한 것을 해준 것은 아니다. 할
아버지도 내 건강을 걱정해준다고 하지만 정작 어떤 의학적 지식

으로 나를 돌보는 게 아니라는 것을 알고 있다. 그러나 할아버지도, 나도 말로 직접 표현하지 않아도 서로가 서로에게 무엇이 중요한지 알고 있다. 할아버지는 병에 대해 받아들이기 전에 관계에 대해 받아들였고, 그것은 서로에게 익숙해지는 과정이었다.

할아버지는 이제 한 달에 한 번씩 진료실에 찾아와 내 건강을 챙기고 있고, 비록 약에 대한 이야기를 먼저 꺼내지는 않지만 스스로 관리하고 있다. 가족들이 걱정할 정도로 꾸준히 운동하고, 병원에 방문할 때마다 자기가 얼마나 건강해졌는지 자랑하는 것도 할아버지의 일과가 됐다. 할아버지가 치매를 받아들였는지 여전히 묻지 않지만, 말하지 않아도 알 수 있다. 서로의 삶이 교차하고, 서로에게 익숙해진다는 것은 참으로 신기한 경험이다.

── 봉숭아물을
── 들이는
── 행복

처음 할아버지는 치매가 아니라 알코올 중독 치료를 위해 입원했다. 젊은 시절부터 일주일에 4~5일 술을 마셔 댔던 할아버지는 뇌졸중에 심근경색까지 죽을 고비를 수차례 넘겼다. 기력이 점점 쇠했지만, 할아버지는 술 마시는 것을 멈추지 못했다. 술만 마시면 어디서 그런 힘이 솟구치는지 가족들을 괴롭혔다. 그러다 어느 날 할아버지가 술에서 깨보니 아내도 자식도 모두 자기 옆에 없었다. 그때의 공허함을 할아버지는 잊지 못한다고 했다.

병동에서도 할아버지는 여기저기 아픈 곳이 많은 사람이었다. "나 배가 아파. 머리가 어지러워. 오늘따라 이유도 없이 힘이

빠지네." 항상 힘없이 아프다는 말만 반복하는 할아버지에게 다가
갈 사람들은 많지 않았다. 할아버지는 병실에서도 외롭게 혼자 지
내는 경우가 많았다. 치매를 진단받은 것은 퇴원 후 외래를 다니면
서다. 당시 가족들조차 치매는 술로 몸을 혹사한 당연한 결과라고
생각했다. 결국 가장 우려하던 상황을 맞닥뜨리고 나니, 주치의로
서 나 또한 앞으로 벌어질 더 힘든 상황을 할아버지가 견뎌 낼 수
있을지 걱정이 앞섰다. 외로움에 사로잡힌 할아버지가 한계에 부
딪히면 파도에 무너지는 모래성처럼 흩어져 버릴 것 같았다.

　그러던 어느 날, 할아버지는 열 손가락에 진한 봉숭아물을 들
인 채 외래 진료실에 나타났다. 자세히 보니 손톱뿐 아니라 손가락
한두 마디가 붉게 물들어 있었다. 할아버지는 마른 체형에다 머리
까지 짧게 밀어서 안 그래도 작은 두상이 더 작아 보였다. 깡마른
할아버지가 두 손에 봉숭아물을 들인 모습은 일본 영화 「메종 드
히미코」에 등장하는 여장 할아버지들을 연상시켜 처음에는 기묘
한 느낌이었다. '치매가 진행 됐나?' 주치의로서 걱정도 되었다. 사
실 봉숭아물을 들이는 거야 평범한 일이지만, 환자가 이전에 하지
않던 행동을 할 경우에는 조심스럽게 병세 악화를 의심하지 않을
수 없다. 치매가 진행되면 퇴행 현상으로 인해 이상하고 부적절한
행동이나 성적 행동이 늘어나는 경우도 종종 있기 때문이다.

　"할아버지, 이거 뭐예요? 봉숭아물 들이셨어요?"

　"아, 이거?"

"네, 갑자기 봉숭아물을 들이셔서 놀랐어요. 어떻게 하시게 된 거예요?"

"뭐 봉숭아물 들이는 데 이유가 있나. 예쁘잖아? 잘 봐봐. 이 거 잘 물들었지?"

할아버지는 씩 웃으며 기다렸다는 듯 양손을 내밀어 나한테 자랑했다. 이리저리 손바닥을 뒤집어 가며 봉숭아물을 보여주는 데 여념이 없었다. 내가 가만 지켜보자 할아버지는 기대하던 반응 이 아니었다는 듯 물었다.

"왜 이상해?"

내 걱정을 너무 드러내는 것도 할아버지를 불편하게 할 것 같 다는 생각에 고개를 저었다.

"아뇨, 할아버지 이렇게 예쁘게 하고 다니는 거 처음 봐서 그 래요. 정말 예뻐요."

"선생도 이거 해 봐. 예전에는 남자애들도 많이 했어. 동네 누 나들이 애들 모아 놓고 꽃이랑 잎을 돌로 짓이긴 다음에 한 명씩 해줬어. 그때는 남자애가 뭘 이런 걸 하냐고 도망 다녔는데 지금 해보니까 참 예쁘네. 어릴 때 우리 엄마가 이런 거 하고 다니면 고 추 떨어진다고 했는데…."

처음에는 치매 증상 악화가 아닐까 걱정했는데, 할아버지의 생기 있는 표정을 보니 생각이 달라졌다. 할아버지가 이렇게 행복 해하는 표정을 본 적이 있었던가. 예전에는 원망과 심신의 고통에 잠식되어 병동에 웅크린 채 여기저기 아픔만 호소하셨다. 그런데 지금 눈앞의 할아버지는 봉숭아물을 들인 손톱을 자랑하며 행복해하고 있다.

"할아버지, 이거 첫눈 올 때까지 안 지워지면 사랑이 이뤄진다던데, 지금 연애하고 싶은 거 아니에요? 아님 벌써 애인 있는 거 아니에요? 애인이 해줬나?"

"그러면 얼마나 좋아! 안 지워야겠어. 선생도 같이해!"

소소하지만 확실한 행복, 일명 '소확행'은 일본 작가 무라카미 하루키에서 유래했다. 그는 수필집 『랑겔한스섬의 오후』에서 남성용 팬티를 모으는 취미에 대해 "작기는 하지만 확고한 행복"이라고 이야기했다. 이는 불확실한 미래의 꿈이나 목표가 아닌 지금 바로 만족할 수 있는, 내 눈앞에 있는 확실한 행복을 즐기는 태도이다.

우리나라에서는 취업도 어렵고, 내 집 구하기는 더욱 쉽지 않은 MZ세대가 자신의 취향이나 즐거움을 위해 돈을 쓰는 소비 트렌드에 '소확행'이라는 이름이 붙었다. 큰 행복에 대한 희망이 사라졌기 때문에 생긴 작은 행복의 추구. 그러나 이는 자신의 불행한 현실을 막연히 받아들이는 수동적인 선택과는 다르다. 세상에 짓눌리는 고통 안에서도 자신만의 행복을 찾아 나가겠다는, 세상을 향한 작은 반항심과 지친 나를 위한 배려가 있다.

그런데 신기하게도 지금 MZ 세대들이 겪는 상실의 고통은 치매로 인해 삶을 송두리째 잃어버린 우리 할머니, 할아버지들의 현실과 참 비슷하다. 불안하게 바라보는 주위의 시선, 이로 인해 생긴 마음의 거리와 외로움은 치매 노인도 경험하고 있는 것이다. 그리고 봉숭아물 들인 손을 바라보며 어린아이처럼 웃는 할아버지의 모습은 치매라는 멍에를 얹은 그분들에게도 주위 사람들의 시선을 의식하지 않고 그 순간을 즐길 수 있는 '소확행'이 있다는 것을 보여준다. 누군가는 한 달에 한 번 자식 손주들과 함께 식사하는 일에, 또 누군가는 작은 화분에 화초를 키우는 일에 '소확행'을 느낀다. 어떤 할아버지는 달달한 인스턴트커피 한잔에 행복을 만끽하고, 한 할머니는 수건을 반듯하게 정리하면서 마음의 편안함을 느낀다. '소확행'은 어쩌면 고통스러운 현실에서 선택할 수 있는 가장 인간답고 유쾌한 삶의 방식일지 모른다.

지금 할아버지는 과거에 머물지 않고 현재를 살아가기 위해 노력하고 있다. 자신이 다니는 주간 보호센터에서 다른 회원들과 어떻게 지내고 있는지, 그곳 선생님들이 얼마나 잘 대해주는지에 관해 이야기한다. 또 한 가지 달라진 점이 있다면, 할아버지는 '덕분에'라는 말을 자주 쓰기 시작했다. 진료실에 들어올 때도 직원에게 "덕분에 고마워."라고 하며, 진료실을 나갈 때도 "내가 선생 덕분에 잘 지내고 있지."라는 말을 문을 닫고 나가는 순간까지 반복한다.

　봉숭아물을 예쁘게 들인 할아버지를 보면 자기답게 살아가는 것은 어떤 거창한 방식이 아님을 깨닫게 된다. 소소한 일이라도 그의 고유한 삶과 연결되는 순간, 노쇠한 치매 노인에게 그 자신으로 살아가고 있다는 충만감을 불러일으킬지 모른다. 나 또한 오늘은 할아버지를 생각하며 시원한 인스턴트커피 한잔에 혼자만의 확실한 행복을 누리려 한다.

—— 잃 기

—— 전 에

—— 잊 어 버 린 사 람

엄마를 잃어버린 지 일주일째다.

신경숙 작가의 『엄마를 부탁해』를 읽고 나면 항상 가슴이 먹먹해진다. 생일상을 받으러 상경한 치매 노모가 지하철 서울역 구내에서 남편을 놓친 뒤 실종되고 이후 가족들은 심한 고통과 죄책감에 빠져든다.

엄마의 사진을 어느 걸 쓰느냐를 두고 의견이 갈라졌다. 최근 사진을 붙여야 한다는 데에는 모두 동의했지만 누구도 엄마의 최근 사진을 가지고 있지 않았다. 너는 언제부턴가 엄마가 사진 찍히는 걸 매우 싫어했다는 걸 생각해냈다.

신경숙, 『엄마를 부탁해』, 창비, 2008

소설이나 참 소설 같지 않은 묘사다. 이 소설에 대한 한 비평가의 표현처럼 엄마를 '잃어버리기' 전에 엄마를 '잊어버린' 상황이다. 실종 신고를 위해 어머니의 사진을 경찰에 보내야 하는데 가족 모두 최근 찍은 엄마의 사진이 없다. 이런 상황이 실제 치매 노인의 실종 이후 가족들이 겪게 되는 절망감과 당혹감의 한 단면인 경우가 흔하다.

우리나라는 2017년에 이미 치매 실종 1만 명 시대에 도달했다. 2018년도에는 1만 2124명의 치매 노인이 실종 후 발견되었고, 128명이 사망하였다. 치매 노인의 실종으로 가족들이 겪게 될 고통은 왜 홀로 내버려 뒀냐는 주위 사람들의 비난 때문만은 아니다. 고통스러운 현실에서 정말 그들이 내 눈앞에서 잠시라도 사라졌으면 했던, 자신을 그만 놔줬으면 했던 마음속 깊이 숨겨 둔 바람이 모두의 눈앞에 드러난다. 부끄러움과 죄책감, 이런 상황을 만든 치매 노인에 대한 분노가 뒤섞인다. 그렇기에 한 번이라도 치매 노인의 배회를 경험했던 가족은 이를 기점으로 요양원이나 요양병원 같은 시설 입소를 적극적으로 고려하기도 한다. 하지만 이것이 배회를 해결하는 유일한 선택지가 되는 현실이 안타깝다.

배회로 인한 실종의 문제는 개인의 차원을 넘어서 사회적 관심이 절대적으로 필요하다. 심장마비, 뇌졸중 치료에 골든타임이 있듯이 치매 노인의 실종에도 골든타임이 있기 때문이다. 24시간이다. 24시간이 넘어가면 그들을 찾을 확률이 확연히 떨어진다. 24시간이라는 시간을 충분히 활용하기 위해서는 그전부터 준비가 필요하다. 첫째, 실종 위험이 있는 만 60세 이상 치매 환자 옷에 신원을 확인할 수 있는 인식표. 둘째, 배회감지기(GPS형, 매트형). 셋째, 경찰청 지문등록이다.

이에 더해 최근에는 배회 감지기를 더 발전시킨 새로운 장치들이 개발되고 있다. 예를 들어 경기도의 한 치매 안심센터에서는 치매 특화 사업으로 신발 밑창에 칩을 심어 환자의 배회 활동을 감지하는 사업을 진행한다. 그리고 각 통신 업체들은 정부와 협력하여 치매 환자를 위한 사물 인식 시스템을 실생활에 구축하려는 노력도 하고 있다. 물론 아직 노인들이 스스로 기계를 관리하거나 장착하는 것이 어렵기에 시행착오를 거치고 있지만, 이런 시도가 치매 노인의 배회에 분명 변화를 가져올 수 있으리라 기대하고 있다.

하지만 이런 기술적 발전과 사회적 시스템 구축 이전에 우리가 먼저 재고해 봐야 할 것이 있다. 배회를 어떤 관점에서 이해하고 바라봐야 하는지에 대한 고민이다. 기술이 아무리 발전할지라도 치매 환자의 배회에 대한 이해가 없으면 한계가 생길 수밖에 없다. GPS도 분명 필수적인 기계이기는 하나 2018년 기준 발급률이 2.7%밖에 되지 않는다는 것은 시사하는 바가 크다. 배회에 대한 이해를 기반으로 개선점을 찾거나 추가로 새로운 방법을 찾아가야 한다.

사실 변비나 단순한 무료함부터 환청 같은 심각한 정신 증상까지, 배회를 악화시키는 요인은 수십 가지다. 그렇기에 배회를 다루는 정형화된 방법이 있는 건 아니다. 환청이나 초조함에 의한 배회처럼 원인이 명확한 경우는 약물 치료를 통해 배회 증상을 완화할 수 있다. 그러나 이런 경우는 빈도가 높지 않다. 대부분은 그 원인을 짚어 내기가 어렵고 복합적이다. 한편 배회를 증상이 아닌 욕구의 관점에서 바라보면 도움이 될 때가 있다. 식욕, 성욕, 수면욕과 같은 본능, 욕구 말이다.

증상의 관점에서 보면 이유가 무엇인지 찾고 이를 교정하는 게 중요하지만, 욕구의 관점에서는 원인을 정확히 짚어내지 못해도 괜찮다. 이를 어떻게 해소하느냐에 초점을 맞춘다. 식욕을 해결하는 방법은? 마음으로 달랜다고 해결되나? 약을 먹는다고 해결되나? 아니다. 일단 먹어야 해결된다. 수면욕도 마찬가지다. 커피를 진하게 타 마시고, 신경 자극제를 먹고 쏟아지는 잠을 순간 견딜 수는 있지만, 그것은 일시적이다. 결국 수면욕도 잠을 자야 풀수 있다. 배회를 증상이 아닌 욕구의 관점에서 보자면 어떻게 해야 하는가? 배회도 결국 '배회해야' 해결된다.

원래 사람은 불안, 초조와 같은 불편한 느낌이 들거나 더 참을 수 없을 만큼 권태로움이 잠식해오면 리드미컬하게 온몸을 흔들며 발길을 옮기는 걷기를 통해 감정을 다독일 수 있다. 적어도 걷는 동안 우리는 해결되지 않는 현실이나 고민에서 잠시 벗어나 걷고 있는 자신만을 온전히 느끼기도 한다. 수많은 철학자가 걷는 행위 자체를 예찬하는 것은 어쩌면 걷는 행위를 통해 평안을 얻었기 때문일 것이다. 이런 의미에서 철학자 가브리엘 마르셀은 인간은 본질적으로 길 위의 사람, 호모 비아토르(Homo Viator)라고 했다.

치매 환자들의 배회가 실종으로 이어지거나 주위 사람을 자극하지만 않는다면, 적당한 배회는 그날 수면과 초조 증상 완화, 식사량 증가에 도움이 되는 것을 종종 본다. 배회를 막으면 오히려 공격적으로 반응하거나 초조 증상이 예상보다 더 크게 나타나기도 한다. 자, 여기서 질문이 바뀐다. 어떻게 배회해야 하는가? 핵심은 '안전하게' 배회해야 한다는 것이다.

드레스덴 공과대학 교수인 게신 마르쿠르트는 2011년 발표한 연구에서 치매 환자의 안전한 길 찾기를 위한 4가지 공간 요인을 강조했다. 단순하고 직관적일 것(글이나 몇 단계의 해석을 통해 파악해야 하는 환경은 피할 것), 모든 구조가 한눈에 들어올 것, 선택하도록 만드는 환경은 피할 것, 위치를 파악하는 데 도움이 되는 단서를 만들 것(가구, 독특한 건물) 등이다.

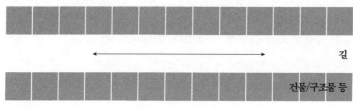

길

건물/구조물 등

직선 순환 구조

만약 직선 순환 구조, L-자 모양 직각 구조, 뜰 안 네모 구조 등의 길이 있다면, 치매 환자가 안전하게 배회할 수 있는 길은 직선 순환 구조이다. 가족들이 치매 환자의 배회 욕구를 풀기 위해 같이 돌아다닌다면, 빨리 가는 길보다 안전하게 갈 수 있는 직선 순환 구조의 길을 택하는 게 좋다. 멀리 돌아가더라도 위의 조건에 적합한 길로 목적지에 가는 연습을 반복한다면, 치매 환자의 인지 부담을 줄여 안전한 배회를 할 수 있게 할 뿐만 아니라 배회가 실종으로 이어져도 쉽게 환자를 발견하는 데 도움이 될 것이다.

배회를 없애야 할 증상이 아닌 욕구로 바라보는 관점은 배회를 어떻게 다뤄야 할지에 관한 또 다른 시선을 갖게 해준다. 일본의 지역 포괄 케어처럼 우리나라도 치매 안심 마을이라는 개념으로 치매 노인에게 도움을 줄 수 있는 지역사회 자원을 찾아내 네트워크를 만들고 강화하는 시도를 하고 있다. 앞으로 치매 노인이 요양 시설이 아닌 지역사회에서 살아가기 위한 밑바탕이 될 시도이기에 여러 한계점에도 불구하고 계속 고민해야 할 것이다.

안전한 배회를 위한 고민을 가족, 지역사회, 전문가 집단이 같이 공유하고 발전시켜 가야 한다. 배회로 인해 요양 시설로 가게 될 많은 치매 노인을 다시 지역사회로 품는 첫걸음이 될 수 있을 것이다.

─ 눈 이

─ 부 시 게

종종 강연에 나갈 때가 있다. "우리나라는 초고령화 사회에 진입했고 2017년 기준 65세 이상 노인 중 추정 치매 환자는 약 70만 명, 평균 치매 유병률은 10.0%⋯." 수치와 의학 지식을 통해 우리가 치매에 관심을 가져야 하는 이유를 토로해보지만 청강하는 분들의 두 눈은 이미 반쯤 감겨 있다. 치매 환자 가족들은 이미 처절한 현실을 경험하고 있고, 아직 치매를 경험한 적이 없는 젊은 사람들에게 치매라는 병은 자신의 현실과 동떨어져 있다. 그리고 결론은 모두에게 항상 똑같다.

'치매는 걸리면 끝장이다.'

마치 과거 나병이라 불리며 사회적으로 철저히 격리되었던 한센병이나 접촉만 해도 병이 옮는다는 편견에 차별당해왔던 에이즈 환자처럼, 치매 또한 사회적으로 낙인찍힌다. 우리 주변 치매에 대한 가장 흔한 낙인은 치매를 어리석음과 연결 짓는 현상이다. 특히 선거철만 되면 상대 진영을 치매라고 비난하는 음해성 발언이 어김없이 나온다. 치매라는 용어도 어리석다는 의미를 담고 있기에 최근 인지증, 인지저하증과 같은 병명으로 바꾸려고 하는데, 정작 사회지도층에서 이에 대한 주의를 기울이지 않는다는 건 안타까운 일이다.

개인적으로 더 비극인 것은 그들을 이미 죽음에 이른 사람으로 단정 짓는 시선이다. 물론 치매로 인해 환자와 가족 모두 얼마나 깊은 고통을 겪는지 모르는 것은 아니다. 나 또한 치매 환자들 옆에서 무력감을 숱하게 느껴왔다. 그러나 우리가 잊지 말아야 할 것은 치매에 걸린 그분들도 상처에 아파하고 따뜻한 온기를 그리워하는 사람이라는 점이다. 이상한 행동과 말을 모두 치매 증상으로 단정 짓고 그 안에 숨은 이해 가능한 영역을 간과해버린다면, 정말 그분들은 잊히고 사라진다. 그런 점에서 나는 치매 노인에 대해 이야기하는 작가와 시인, 예술인들에게 항상 고마운 마음이 있다.

최근 드라마 「눈이 부시게」를 봤다. 아버지를 구하기 위해 타임 리프를 사용한 한지민이 노인인 김혜자가 되면서 벌어지는 판

타지 로맨스 이야기로 알았다. 그런데 우리 중 10명 중 한 명이 겪게 될 현실이라는 반전이 벌어졌다.

"저는 알츠하이머를 앓고 있습니다."라는 독백으로 시작되는 현실이었다. 김혜자가 아빠라고 생각했던 나이 든 안내상은 아들이었고, 괴롭히던 건달들은 요양병원 직원, 복지관에서 만난 친구들은 같은 요양병원 환자들이었다. 알츠하이머병은 외롭고 힘든 삶을 살았던 혜자를 스물다섯 살까지의 행복했던 시절에 머물게 했다.

젊은 김혜자의 삶의 고통과 무게를 보면서 우리는 스물다섯 살에 머물러 있는 알츠하이머 김혜자를 안타깝게만 여기지 않는다. 어느 순간 알츠하이머 김혜자가 경험하고 있는 망상과 환각은 힘들었던 그녀 삶의 마지막 휴식처럼 느껴진다.

물론 드라마다. 현실과 다른 부분도 분명 있다. 그들이 현실과 격리되어 환각과 망상의 세계에만 빠져 지내는 것은 아니다. 또 환각과 망상의 내용은 아름다운 시절에만 머물지 않는다. 삽화적 기억이 아닌 감정을 기억하는 변연계는 긍정적인 감정보다 트라우마를 일으킬 만한 부정적인 감정을 더 잘 기억한다. 그래야 뇌가 생존에 대비할 수 있기 때문이다. 그렇기에 치매 환자의 망상은 주로 누군가가 나를 괴롭히고 있다는 부정적 감정을 기반으로 한 피해망상이 많다.

하지만 「눈이 부시게」가 왜 나를 포함한 많은 사람에게 뭉클

한 감동을 줬는지 생각해보는 건 의미가 있다. 여기서는 여타 치매 환자들이 나오는 다른 드라마처럼 단순히 치매로 고통받는 가족의 모습을 그리거나 이상 행동을 하는 치매 환자를 보여주며 두려움의 대상으로 삼지 않았다. 두려움을 자극하는 대신 그들의 감정과 마음, 그들이 만들어 낸 세계에 집중하도록 만들었다. 즉 치매라는 무서운 병이 아닌 사람을 보게 만들었다. 그리고 우리가 그들의 삶을 조금 더 들여다볼 수 있다면 그들이 현실과 분리되어 만들어 낸 세계도 삶의 한 부분으로 받아들여질 수 있다는 가능성을 보여줬고, 사람들은 그것에 감동했다.

치매로 인한 두려움에만 머무는 것이 아니라 그들이 만들어 낸 세계에 집중한다는 것은 어려운 일이다. 이는 현실과 연결고리가 없는 난해한 그림을 들여다보고 이해하는 과정과 유사하다. 예를 들어 당신이 지금 앙리 마티스의 작품 「이카루스」를 보고 있다고 생각해보자. 「이카루스」를 보는 많은 사람은 다음과 같은 질문을 받는다. 그림 속 이카루스는 추락하는 것일까, 아니면 하늘 높이 날아오르고 있을까.

이카루스는 잘 알려진 것처럼 밀랍을 녹여 내 붙인 깃털로 날개를 만들어 미로 동굴을 도망치는 데 성공하지만 태양에 더 가까이 가고 싶은 욕망으로 인해 밀랍이 녹는 바람에 추락한다. 과도한 욕망의 비극적인 결과를 보여준 신화인 이카루스 이야기는 욕심

Icarus, 1947 work by Henri Matisse ©Succession H.Matisse

을 과하게 부리면 안 된다는 교훈적인 의미 정도로 내 기억에 남아있다. 이 신화의 내용대로라면 이카루스는 추락하고 있다. 그러나 단순히 이카루스라는 제목으로만 작품을 바라보지 않고, 앙리 마티스라는 사람을 이해한 후 그림을 바라보면 또 다른 모습이 보인다.

마티스는 나이 들어 암과 지독한 관절염으로 붓을 잡을 수 없자 절망감에 빠지지 않고 붓 대신 가위와 색종이로 작품에 대한 열정을 이어갔다. 이런 배경으로 탄생한 작품이 「이카루스」다. 파란색의 하늘과, 붉은 심장을 간직한 검은색 이카루스, 떨어지는 노란색 날개 깃털. 단순하지만 강렬하다. 작가 마티스의 마음을 이해하고 있다면 이카루스는 추락하는 게 아니라 오히려 하늘로 올라가는 듯한 느낌을 받는다. 죽음을 앞에 두고 시커멓게 변해버린 이카루스의 육체 안에 아직 붉은 심장은 역동적으로 뛰고 있다. 그 심장이 멈추기 전까진 추락하지 않을 것 같다. 이제 이카루스는 비상하고 있다.

마티스의 삶을 이해함으로써 우리는 그의 작품 「이카루스」에서 고통에서도 지켜내고 싶은 그의 열정과 같은 인간다움을 찾아냈다. 마찬가지로 증상 아래 숨겨진 치매 환자의 삶과 그 의미를 이해한다면, 그들이 아직 우리 곁에서 숨 쉬고 살아가는 존재임을 발견하게 될 것이다. 치매 환자의 삶과 그들의 현재를 연결하려는 노력은 단순히 그들을 연민하고 이해하는 것을 뛰어넘는다.

완치할 수는 없어도 같이 살아갈 수 있다. 치매 환자의 힘든 그들의 감정과 행동을 주위 사람들이 이해할 수 있도록 해석해주고, 그들의 불안정한 마음을 달래 소중한 사람들과 같이 살아갈 수 있도록 이어주는 것, 즉 그들이 만들어낸 현실과 우리의 현실을 연결해 주는 작업을 해야 한다.

사람 사는 모습은 어디서나 같다. 슬픔도 있고, 기쁨도 있고, 후회를 남기기도 하지만 그 아래 아련함도 남는다. 단순히 치매 노인이 죽음이 얼마 남지 않은, 요양원에서 죽음만을 기다리고 있는 존재가 아님을 마음에 새긴다. 그들의 이상하고, 이해되지 않는 모습을 따라가다 보면 오히려 우리에게 보여주지 않았던 진짜 모습을 만나기도 한다. 우리가 그토록 만나길 바라던 잊힌 얼굴이 있다. 침대에 누워 눈을 감는 모습으로 주위 사람들에게 기억되는 것이 아닌, 아이처럼 변했지만 그래도 가족 옆에서 살아갔던 사람으로 남아 있길 간절히 바란다.

사라지고 있지만
사랑하고 있습니다

초판 1쇄 발행 2021년 11월 8일
초판 2쇄 발행 2021년 12월 27일

지은이 장기중

발행인 이재진 **단행본사업본부장** 신동해
편집장 김경림 **책임편집** 송보배
디자인 강경신
마케팅 이화종 이인국 **홍보** 최새롬 권영선 최지은
제작 정석훈

브랜드 웅진지식하우스
주소 경기도 파주시 회동길 20
문의전화 031-956-7358(편집) 031-956-7089(마케팅)
홈페이지 www.wjbooks.co.kr
페이스북 www.facebook.com/wjbook
포스트 post.naver.com/wj_booking

발행처 ㈜웅진씽크빅
출판신고 1980년 3월 29일 제406-2007-000046호

ⓒ 장기중, 2021
ISBN 978-89-01-25428-9 (03810)

※ 웅진지식하우스는 ㈜웅진씽크빅 단행본사업본부의 브랜드입니다.

※ 책값은 뒤표지에 있습니다.
※ 잘못된 책은 구입하신 곳에서 바꾸어드립니다.